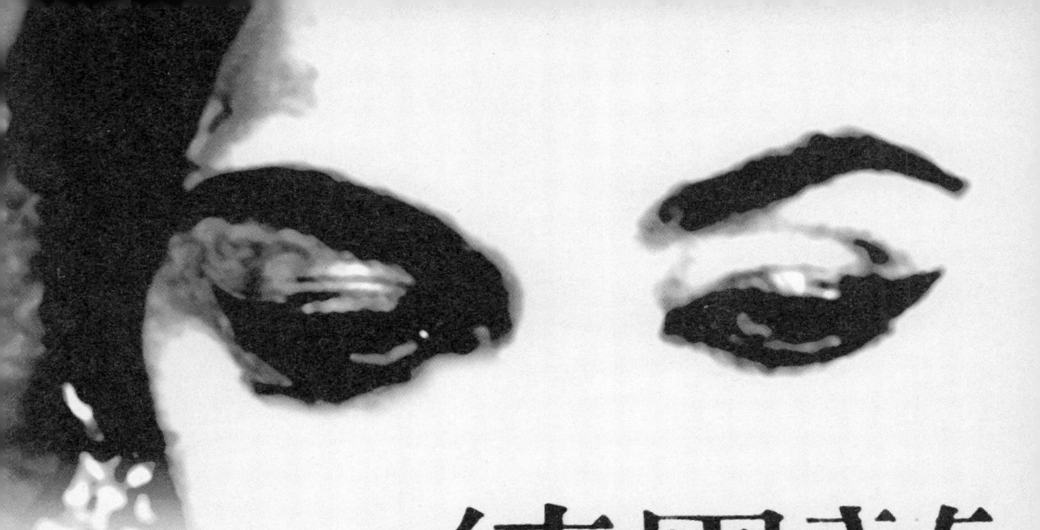

德黑蘭的囚徒

瑪莉娜·奈梅特（Marina Nemat）著
郭寶蓮 譯

Prisoner of Tehran

獻給安德烈、麥可和湯瑪士
獻給艾文監獄的所有政治犯
尤其是Sh.F.M、A.Sh，和K.M.
還有，潔拉·卡傑蜜（Zahra Kazemi）*

*一名加拿大籍的伊朗女性，在伊朗拍攝監獄照片時遭到逮捕，隨後被凌虐致死。

【專文推薦】

誰的歷史，誰的記憶

胡晴舫

聽起來最荒謬的情節，往往不是發生在小說家的筆下，而是眞實的人生裡。

十六歲的天主教少女瑪莉娜，在一九八二年伊朗德黑蘭上課的教室裡，嚴正要求教師停止宣導伊斯蘭教義，正經上數學課。教師回答那是他的課堂，如果她不喜歡授課內容，她大可從教室門口走出去，於是她收拾書包走出教室。不料，此舉引來全校諸多同學的支持，最後竟演變成大規模的罷課抗議行動。

接下來，她及其他同學分別在家裡被逮捕，在他們的摯親父母面前被強制帶走，關進伊斯蘭革命時期最惡名昭彰的政治犯死牢艾文監獄。他們被淩虐、毒打、折磨，最後甚至被判處死刑。

槍聲響起的前一刻，瑪莉娜跟其他死刑犯排排站，面對冷血指著他們鼻頭的槍枝，忽然，一輛車子急駛而來，那個負責看守她卻愛上她的衛兵阿里，緊急送來一封伊朗統治者何梅尼親自封印的文件。原來阿里動用了家族關係，在槍下救回瑪莉娜的命，將她的死刑改成終生監禁。瑪莉娜雖然從死神手中被救了下來，但代價卻是必須嫁給阿里，以及改信伊斯蘭教。

十六歲的瑪莉娜就這麼妥協地活了下來，直到二十年後，她才鼓起勇氣說出發生在自己身上的這個眞實故事。

就在她的丈夫兼保護人阿里死後，她如願以償嫁給深愛的男人，並在阿里家人的幫助下，逃離伊朗。在她的第二故鄉加拿大，過著典型西方中產階級的生活，有自己的車子、咖啡機、微波爐和電冰箱，但她的旅程卻未因此而結束。在看似平靜的日子背後，她的過去仍像一大袋還未卸下的沉重行李，壓著她日日夜夜焦躁不安，無法眞正安定下來。從伊朗到加拿大，從十六歲到中年，瑪莉娜的旅程終點不在沉默，而是說話。

如果哥雅（Goya，西班牙畫家）那幅畫作《一八〇八年五月三日》（*The Third of May 1808*）裡那名即將被槍決因而一臉驚恐的平民能夠死裡逃生的話，他也會想自己提筆畫下當晚的情景。就像所有劫難的倖存者，瑪莉娜覺得有責任替當時的人說出他們的故事。因爲其餘未能活下來的人全都被剝奪了說話的權利，他們的被迫緘默，使得她更應該開口。於是她提筆寫下自己的生死遭遇。

《德黑蘭的囚徒》一經加拿大企鵝出版社出版後，如同描寫阿富汗社會的《追風箏的孩子》般，作者幾近好萊塢電影情節的人生歷程，立刻在西方書市引起很大的迴響。作者初試啼聲，宛如專業小說家的清麗文筆替故事的戲劇性降溫，使得整個峰迴路轉的情節少了煽情的氣味，而有一股娓娓道來的眞摯語氣。

然而，當西方社會歡迎這類所謂海外流亡人士的作品，爲他們開啓一扇窗得以一窺神祕的伊斯蘭教社會時，同樣是從何梅尼政權逃出來的伊朗流亡者卻有不同的聲音。一拿到瑪莉娜這本

《德黑蘭的囚徒》，一些人就跳出來公開指責她美化了獄中的回憶。譬如，他們指稱，艾文監獄乃是人間煉獄，只要進去就很少人能活著出來，女孩們被獄卒強暴，時有所聞，但瑪莉娜卻描述了一個富有人性的衛兵阿里愛上了自己，還死命把她從槍決現場救下來，讓他們懷疑瑪莉娜是否患了「斯德哥爾摩症候群」，即被綁架的肉票彷彿被催眠般深深迷戀上自己的綁架者。他們也提出，何梅尼連自家親戚都不放過，阿里如何能說服他改變瑪莉娜的判決，實在令人匪夷所思。且因為艾文監獄是個看守嚴謹，如銅牆鐵壁般的地方，所以他們更不相信當瑪莉娜改判終生監禁後，居然能自由進出監獄，阿里的家人也能隨時來探望她。

他們以為瑪莉娜的這個故事如果是小說也就算了，但因為瑪莉娜堅持要說出她真實的故事，以記錄當時那些人的經歷，所以他們不得不對此斤斤計較。他們堅持，如果要說那個年代的故事，那麼，由誰來說，怎麼說，就變得非常重要。

這些出版背後的是非風波，無疑地反應了伊朗至今仍詭譎複雜的政治局勢，也更證明了瑪莉娜為何想要敘說這段往事的欲望。

當大歷史掀起巨浪波濤，小歷史往往化成海面上的泡沫，明日太陽升起便蒸發不見。這些關於誰的歷史、誰有權說話的爭論，那些認為對方歷史版本跟自己不同就是不對的憤怒，向來是人類世界之所以爭鬥不休、互相殘殺的核心緣由。暴力總是最直接的手段，希望對方閉嘴甚至立刻消失，像是政府假借社會安全壓制自己的人民，如當今緬甸的軍政權；或以淨化之名對弱勢族群進行種族屠殺，如南斯拉夫邦聯分裂時所發生的伊斯蘭教徒迫害事件，都是在逼迫對方消音，以自己的歷史取代對方的歷史。當社會發生動亂時，第一個被犧牲的往往是女人跟孩子，因為他們最無法抵抗暴力的迫害，也因為他們常常被父權思想視為族群的財產，而搶奪、毀損及管理「財產」乃是當權者最愛做的事情。

瑪莉娜是一個在伊斯蘭教社會長大的天主教女子，她因直言道出自己的價值，而被強制押進一個要求她緘口的恐怖地獄，經過一番曲折，她活了下來，所以她決定要開口說她的故事。「她」的故事，不是誰的。只是「她」的。

那麼，身為讀者，究竟要相信這個故事反應多少伊朗社會的真實性，我以為，歷史本來就有多種面向，不可能有一個官定終極版本；事實上想要一個官定版本是最危險的欲望，那是令人想要使用各種手段讓其他人閉嘴的啓端。真實故事是一個非常個人的歷史版本，雖然人類記憶力本來未盡可靠，加上個人總是下意識想要自我保護，裡面若是出現美化或誇大的情節，都是可能發生的情形。只是，任誰的歷史可能都免不了美化或誇大某些細節的成分，誰說那些古代大將軍凱旋而歸時，不曾渲染了自己的戰績，或那些史官在下筆時，不會為了取悅皇帝而多添兩筆錦花？

然而，瑪莉娜的故事帶給我個人的閱讀樂趣，並不是對時代的控訴或對政權的抗議，而是在那些瑣碎的生活點滴，像是她的俄羅斯祖母替她掩飾她打破東西的罪行、她跟第一任男友在海邊的約會，當她描述那些她自小生長的街道，我彷彿看見那些商店和活動其中的人物，聞到飄浮於空氣中的香甜味道。

那個十六歲女孩在伊朗的生活是真實的，至少，對瑪莉娜來說，再真實不過，真實到她覺得需要說出來，以證明它的確存在過。

（本文作者為台港知名作家）

【中文版作者序】

我用回憶，將自己推向陽光燦爛的未來

瑪莉娜・奈梅特

一九七九年伊斯蘭革命成功的那一年，我才十三歲。這場革命完全逆轉了我的世界。

我來自信奉俄羅斯東正教的家庭，在伊朗德黑蘭出生長大。革命之前，我的生活重心是學校、朋友、音樂、書本和在裏海邊小木屋度假的夏天。我穿著比基尼、和男孩跳舞、立志當醫生，最大的煩惱是下次派對要穿什麼衣服。然而，革命一起，改變了所有的事情，原本維繫我世界的價值和規則也在一夕間崩解。

要習慣新制度著實不容易，和同輩的多數青少年一樣，我也叛逆。我起身頂撞革命衛兵出身的新老師、在校刊上寫文章批評政府、參與抗議遊行，直到十六歲那年，我像許多朋友一樣被捕入獄，在德黑蘭北部惡名昭彰的艾文監獄（Evin）裡受到凌虐，甚至差點被處死。有名衛兵拯救了我的性命，但卻要我付出令人震驚的代價：嫁給他並改信伊斯蘭教。就這樣，我成了他的祕密新娘，在監獄裡繼續服著未完的刑期，夜晚則與他在另一間牢房過夫妻生活，直到他被政敵暗殺身亡。再經一番波折，我終於在入獄兩年兩個月又十二天後，回到家人的懷抱。

出獄回家那晚，我在餐桌上，訝異地看著家人若無其事閒聊著天氣。他們假裝我從未離開過，假裝不曾發生過什麼大事。這時我才明白，我得自己設法忘記那段日子，因爲那是大家都不願面對的過去。當時我才十八歲。

現在回頭看，我知道自己當時得了「創傷後壓力症候群」。我深陷驚恐情緒，逼自己相信，我可以徹底遺忘過去。但我花了很長的時間才終於明白，回憶不可能被抹滅。二十年後，那些回憶仍如夢魘般回頭來找我，慢慢地，我失去了正常生活的能力。

但我還是沒開口求救，或許因爲中東世界的女性本該自己求生存，而且我不知道有什麼求救資源可利用。文學閱讀一直在我的生命中占有重要位置，所以我自己動手記下那些回憶，來紓解心頭重擔，但那些手稿都被我深鎖在抽屜裡。痛苦依舊，甚至愈來愈難承受，我終於知道，自己得跨出下一步，得將自己的故事和世界分享，我必須讓自己的倖存活出眞正的意義。

前一陣子，在義大利巡迴簽書會中，有人問我：「妳現在感覺如何？生活還好嗎？」老實說，我覺得自己現在的生活很奇怪。我巡迴過許多國家，一遍又一遍地訴說自己的故事，接受各式各樣的提問。每一天都在過去的回憶裡進出好多遍，這眞的不容易，心力幾乎耗盡，但我也學到這個使命沒有終點。我現在敢迎面正視我的恐懼和痛苦，也因此能勇敢接受它們，畢竟，有了那段過去，才型塑出今日的我。對我來說，把這段經歷訴諸文字是個沒有終點的旅程，透過書寫，我更了解自己以及所處的世界，和自己在世界中的位置。每次巡迴簽書會，每場訪問，每次公開演說，都幫助我更往前跨出一步，重新發現我自己以及身邊的人。

世界各國都有人讀我的書，這本書迄今已／正被翻譯成十七種語言。我決定將這份回憶付梓出版，因爲我希望和其他人分享我的回憶，我需要感覺和別人有所連結。我知道自己無法改變過去，但或許可以改變現在和未來。如果我們能了解那經常被遺忘、被忽略的過去，以及歷史的人性面，我們就能積極造成正面改變。懂得紀念，就能開始打造一個更美好的未來。

人類應該要懂得承認錯誤，並從中記取教訓。華人、伊朗人、加拿大人……各種族的人都有相同的情感，都想要和平、幸福和更美好的生活。爲了臻此目標，我們應該敞開心胸，彼此溝通，參與對話。當我聽到我的書將被翻譯成中文時，內心非常興奮激動，因爲中文是個多麼古老又美麗的語言啊。即使我終將老去，我也希望我的回憶能一直活在台灣善良人民的心裡。若眞如此，身爲作家，夫復何求？

有人問過我，如果時光可以倒流，我會做出相同的決定嗎？我已經學到一件事，既成事實的過去無法改變，而我之所以回頭去看過往，是爲了要讓自己活得更快樂。我早已把「如果」這兩個字從我的字典中拿掉。生命不會停頓，它不會給我們足夠的時間去仔細衡量每件事。每次遇到狀況，我們通常必須根據自身的經驗和知識迅速做出決定，但事實上我們每天都有新經驗，所以如果有機會深思兩秒，重新考慮，我們應該會做出不同的決定。但不管怎樣，這樣的想法是沒有意義的。人生的眞相就是，既然「如果」改變不了過去，我們就得找到勇氣，根據已經做出的決定，好好活下去，然後在未來做出更好的決定。

二〇〇七年九月

如果我禱告，
唯一能驅動我雙唇的禱詞，
將是
「取走我胸中的心臟，給我自由！」

是的，隨著歲月朝向終點流逝，
這就是我懇求企盼之物，
不論生或死，一個無枷鎖的靈魂，
都有勇氣來承受。

～艾蜜莉．勃朗特（Emily Bronte）～

這個故事，囚禁了我二十年——

雖然這不是個虛構的故事，但我已經將書中人物名字改寫，避免我那些獄友身分曝光。同時我也把其他囚犯的故事細節融入她們的故事裡，重塑了她們的面貌。這樣一來，我才能放心地訴說艾文監獄高牆後那些生生死死的故事，保留我們一切遭遇的原始面貌，而不會為此置任何人於險境，或者侵犯任何人的隱私。不過我相信，這些親愛的獄友們，一定輕易就能從本書中找到她們自己。

寫作本書時，我得重新回溯記憶。和其他人一樣，我的回憶可能多少有些消褪，或者會玩弄花樣騙人。有些事情我記憶猶新，彷彿上週才發生過；有些卻已支離破碎，模糊難辨，畢竟那已經是二十多年前的塵封往事了。

在每日的生活中，對話是人們溝通的主要工具，我也相信，沒有對話，回憶將無法有效地將場景帶回過去。我盡力重現本書中的對話原貌，在能力所及的範圍內，使之盡可能貼近眞實。

第一章

有句波斯古諺：「行止所至，天色同一。」然而加拿大的天空，與我記憶裡的伊朗天空，卻不相同。伊朗的天空色調更爲深藍，放眼望去，無止無盡，沉沉地重壓著地平線。

一九九一年八月二十八日，一個風和日麗的日子，我們抵達加拿大多倫多的皮爾森國際機場。哥哥來接機。我和丈夫及兩歲半的兒子將借住他家，直到找著房子。和哥哥已闊別十二年，當年他離家遠赴加拿大時，我才十四歲。現身機場的他，雖然髮色斑白，髮量也稀疏了，但他近兩百公分的身高，鶴立在熱切引頸接機的混亂人群中，我一眼就認出了他。

車子駛離機場時，我從車窗向外望，驚見異鄉如此遼闊無際的景致地貌。過去的都過去了，我拋開過去，這樣對大家都好。我們走投無路時，這個陌生的國家收留了我們，我們得在這裡展開新生活，我必須努力活下去，爲了丈夫，也爲了孩子。

我們的確展開了新生活，丈夫找到好工作，家裡多添了個小男孩，我還學會開車。二〇〇〇年七月，初抵加拿大九年後，我們終於在多倫多郊區買下一棟四房透天厝，擠身爲得以抬頭挺胸的加拿大中產階級，有後院庭園可照料，有車接送小孩去游泳、踢足球、上鋼琴課，還能邀請朋友來家裡烤肉辦派對。

然而，就在此時，我卻無法入眠。

一上床，往事一幕幕在腦海中閃爍浮現，我努力揮除，卻揮之不去，它們急奔向我，占領我的白晝，也占領我的黑夜。塵封往事緊攫住我，我逃不了，也躲不掉。我必須面對，否則它快要徹底摧毀我了。如果忘不了，那就牢牢地記著吧。我開始寫下在艾文監獄裡的日子。在德黑蘭那間惡名昭彰的政治犯苦牢裡，我經歷的凌虐、痛苦、死亡和折磨，實在很難道盡。這些被深埋多眠的塵封往事，終於出蟄，化為文字。一開始我以為只要形諸文字，我就會好過些，但事實不然，我無法只把這些血淚手稿深埋在臥房抽屜裡，我必須做更多，我見證了這一切，我要說出來。

我的第一號讀者是丈夫，他也不清楚我在牢獄發生的種種細節。我把手稿給他看，但他塞進他那側的床舖下，原封不動地擺了三天。我難過又痛苦，他什麼時候才會看？看了會諒解嗎？他會原諒我隱瞞這些祕密嗎？

「妳怎麼不早點告訴我？」他終於看了，然後這樣問我。

我們已經結婚十七年了。

「我試過，但做不到……你會原諒我嗎？」我問他。

「妳沒什麼好被原諒的。反倒是妳，妳會原諒我嗎？」

「原諒什麼？」

「原諒我竟從沒問過妳。」

對於將此事公諸於世，我本來還有些猶豫，但是二〇〇五年夏天，當我在一場晚宴上遇見一對伊朗夫婦後，這些猶豫不安一掃而空。當晚，我們相談甚歡，聊了許多日常事：工作、房地產市場、孩子的教育。外頭夜冷如冰，難以安坐聊天，我們轉移陣地進屋內享用甜點。女主人邊倒咖啡邊問我，我的書寫得怎麼樣了，還說，這位伊朗女性，派麗莎，很想知道內容呢。

「我十六歲那年被逮捕，在艾文監獄度過兩年政治犯的牢獄生活，我寫的就是這些。」我告訴他們。

突然，派麗莎的臉色轉爲慘白。

「妳還好嗎？」我問她。

她躊躇半晌，終於開口，她說自己也曾被關在艾文監獄數個月。

屋內陷入一片沉默，所有人看著我們。

派麗莎和我發現，我們被囚禁的時間竟然一樣，而且還被關在同一棟牢舍內，只是位置不同。我說了幾個和我同牢房的人的名字，她都不清楚。她也告訴我她的獄友名字，但我也不認識，不過，我們還是分享了多數艾文獄友熟知的幾段往事。她說，這是她第一次向別人傾吐這段牢獄經驗。

「大家就是不提。」她說。

沒錯，就是這種沉默，禁臠了我二十多年。

我從艾文監獄被釋放出來後，家人假裝一切都很好，沒人提起監獄，沒人問過我「妳在那裡發生過什麼事」。我急切地想告訴他們我的獄中生活，卻不知如何開始。我等著他們來問，隨便問一句，我就能開始訴說。但是大家日子照常過，好像什麼事都沒發生。我猜想，家人希望我還是入獄前那個純真的女孩，我這段恐怖痛苦的過去，令他們驚懼，所以他們故意視而不見。

我鼓勵派麗莎打電話給我，兩人談了好幾次。每次說到獄友，回想起那些幫助我們活下去的友誼，她總是聲音微顫，難掩激動情緒。

幾個星期後，她卻說不想再談，她不想再記起這些往事。

「我辦不到，太難、太痛苦了。」她哽咽地告訴我。

我了解，不想和她爭辯。她有她的決定，我也下了自己的決心。

第二章

一九八二年一月十五日，晚上九點鐘，我被逮捕了，那年，我十六歲。

那天清晨，天還沒亮我就醒了，接著便無法再入睡。臥房比平常更暗、更冷，我繼續裹在駱駝毛毯被窩裡，等待太陽升起，但黑暗似乎駐足不動，就這樣停在那裡。在這種冷冽的天氣，我總希望家裡暖氣能強一點，兩個煤油暖爐根本不夠，但父母卻說，全家只有我覺得冬天屋裡太冷。

父母臥房在我隔壁，廚房位於狹窄走道的另一側，走道連接著這間三房公寓的兩端。我聽到父親起床準備上班。他躡手躡腳，怕吵醒我們，但我還是能循著他弄出的細微聲響，察覺他移動到了浴室，然後廚房。爐子上的熱水壺響了，冰箱打開又關上，或許他正在麵包上塗抹奶油果醬。

終於，一抹微弱晨光緩緩游移入窗內。父親出門上班了，母親還在睡，通常要到九點，她才會起床。我在床上翻來覆去，等了又等，太陽跑哪兒去了？我試圖擬定今天的計畫，卻徒勞無功。時間彷彿錯亂了，我在時間之流中跌跌撞撞，迷失了方向，最後乾脆起身下床。亞麻油地氈比空氣更冰冷，廚房比臥室更黑暗，彷彿我再也感覺不到溫暖，或許太陽永遠不會升起了吧。喝了杯咖啡，我唯一想做的，只有上教堂。我穿上母親爲我縫製的褐色毛料長外套，用一條米色大頭巾蓋住頭髮，走下二十四級灰色石階到前門，出了這道門，外頭就是市中心的熱鬧街道。店家仍休歇，車潮未湧現，我埋著頭走往教堂，反正四周沒什麼好看的，牆上不是何梅尼的照片，就是「美國去死」、「以色列去死」、「共產黨、與伊斯蘭爲敵者，全都去死」、「反革命者去死」之類的標語。

我走了五分鐘才到教堂。碰觸到厚重的木製大門時，一片雪花便悄落在我鼻上。在雪花緩緩飄落的夢幻氣氛下，德黑蘭總是如此純眞美麗。伊斯蘭國度禁止多數美麗的事物，卻阻止不了雪花飄落的美麗。

政府命令女性必須遮蓋毛髮，也勒令反對音樂、化妝品、未戴頭巾的女性畫像，以及西方書籍的出現，這些都是邪惡的象徵，也因此於法所不容。我走進教堂，關上後頭的大門，坐在角落，凝視著十字架上的耶穌。教堂空無一人，我想祈禱，腦海中的字句卻無意義地飄浮著。約莫半小時後，我起身前往教堂辦公室，想和牧師打個招呼，卻迎面遇上安德烈，那個英俊的風琴師。我們數月前相識，我經常在教堂看見他。所有人都知道我們彼此愛慕卻羞於承認，或許是因爲安德烈比我大了七歲吧。我羞紅臉問他，怎麼這麼早就在教堂，他說，要來修理壞掉的吸塵器。

「好幾天沒見到妳，」他問我，「妳最近好嗎？我打了幾次電話去妳家，妳母親說妳不舒服。我還在想今天要過去看看妳呢。」

「是不太舒服，大概是感冒之類的吧。」

他覺得我氣色不太好，應該在床上多休息幾天，我想也對。他提議開車送我回去，但我想透透氣，決定自己走回家。如果心情不是如此憂慮消沉，我的確很想和他在一起，然而，自從學校裡的朋友，莎拉和吉塔，以及莎拉的哥哥沙羅士被抓進艾文監獄後，我整個人就失神了。從小學一年級起，莎拉和我就是好朋友，而我也和吉塔成為好友有三年了。莎拉和沙羅士在一月二日被逮捕，吉塔則是去年十一月中就被抓走了，但我彷彿還能見到褐色長髮細軟如絲的吉塔，帶著蒙娜麗莎般的笑容，坐在籃球場旁的長凳上。不知道她喜歡的男孩雷明現在如何了。從一九七八年夏天，吉塔就沒有他的消息。那是革命之前，也是世界新秩序建立前的最後一個夏天①。

吉塔在艾文監獄超過兩個月了，當局還不准許她父母去面會。我每週打一次電話問候他們，她母親總是在電話那頭哭泣，她每天站在家門前好幾個小時，望著往來行人，期待女兒吉塔歸來。莎拉的父母已經去過監獄數次，希望能見見孩子，卻屢遭拒絕。

早在用「沙」（Shah）做為伊朗國王稱號的時代，艾文監獄就一直是囚禁政治犯的地方。「艾文監獄」這個名字象徵凌虐和死亡，大家聽了不寒而慄，監獄各棟牢舍散落在德黑蘭北部阿爾波茲山脈（Alborz Mountains）的綿延山腳下。對這個蒙上恐懼陰影的名字，人人噤若寒蟬，噤口不說。

莎拉和沙羅士被抓的那一晚，我正躺在床上讀著法蘿②的詩集。房門突然被推開，母親出現

---

①一九七八年底，伊朗發生政變，當時流亡巴黎的伊斯蘭教領袖何梅尼（Ayatollah Khomeini）回國，於一九七九年二月十一日接管政權，四月一日宣布成立伊朗伊斯蘭共和國。

②Forough Farrokhzad，一位舉足輕重的伊朗現代女詩人。

在走道上。

「莎拉的媽媽剛剛打電話來……」母親說。

聽到這裡，我難以呼吸，彷彿吸入的不是空氣，是碎冰。

「一小時前革命衛兵抓走了莎拉和沙羅士，把他們送進艾文監獄了。」

我全身僵硬，呆若木雞。

「他們做了什麼啊？」母親焦急地問。

可憐的莎拉和沙羅士，他們一定嚇死了，但是他們會沒事的，他們必須平安無事。

「瑪莉娜，回答我，他們到底做了什麼？」

母親關上背後的房門，整個人靠在門上。

「沒有，莎拉什麼都沒做，只有沙羅士是『墨加帝組織』（Mojahedin-e Khalgh Organization）的成員。」我聽到自己既微弱又飄緲的聲音。墨加帝組織是左派穆斯林團體，從一九六〇年代起，就開始對抗國王的舊體制。一九七九年伊斯蘭革命成功後，組織成員轉而反抗擁有無上權力的伊朗最高領導人何梅尼，並稱他爲獨裁者。正因如此，伊斯蘭政府將墨加帝視爲非法組織。

「我明白了，他們抓走莎拉，可能是因爲哥哥沙羅士的關係。」

「或許吧。」

「他們的母親眞可憐，一定緊張死了。」

「那些革命衛兵有說什麼嗎？」

「他們要莎拉的父母不用擔心，他們只是要帶他們去問些問題。」

「所以，他們很快就會放他們走囉？」

「嗯，如果事情如妳所說，我想莎拉很快就會被放回來，不過沙羅士……嗯，他應該早就清楚後果，所以不用太擔心。」

母親離開我房間，我試著好好想一想，腦袋卻一片混亂。我覺得整個人都虛脫了，只能闔上雙眼，努力讓自己入睡。

之後十二天，多數時間我一直昏睡著。光是想到做點小事，就足以讓我虛脫疲憊。我什麼都做不了，不餓也不渴，不想看書，不想出門，連話都不想說。每天晚上，母親會轉告我，還沒有莎拉和沙羅士的消息。他們被捕後，我知道，下一個將會是我。化學老師芭媚女士在校長室看到名單，我的名字和地址就在上面，而校長麥穆笛女士正是革命衛兵的成員。芭媚女士是個好人，她提醒我，這份名單會被呈到伊斯蘭革命法庭。但我無計也無力可施，只能靜待後果。我躲不了的，我能逃到哪兒去？革命衛兵是殘酷的，如果他們要逮捕的人不在家，他們就會隨便抓個家人。我不能爲了自己而危及父母的性命安全。過去幾個月，有好幾百人被逮捕了，罪名是以各種手段反抗政府。

晚上九點鐘，我正準備洗澡，打開水龍頭，蒸氣白煙縷縷冒出，突然一陣門鈴聲在屋內迴響。我的心往下墜，這時間通常不會有訪客的。關上水龍頭，我坐在浴缸邊，聽著父母應門，幾秒鐘後，母親呼喚我的名字。我打開浴室門，看見兩名荷槍實彈、滿臉蓄鬍、穿著深綠色軍裝的革命衛兵站在走道上，其中一人拿槍指著我。我的靈魂似乎飄出軀體，正看著一齣電影上映，彷彿正在演出的不是我，而是別人。

「你在這裡看著他們，我先來搜搜房子。」一名革名衛兵對同袍交代完，轉而問我，「妳的房間在哪裡？」他口氣盡是洋蔥臭味，惹得我胃部一陣翻騰。

「在走道底，右手邊第一間。」

母親全身顫抖、臉色慘白，她用手捂住嘴巴，像是要把傾湧而出的哭泣給硬塞回去。父親凝視著我，那眼神彷彿見我得了不治之症，驟然死去，他卻無能爲力。他的眼淚滑落臉龐，自從祖母死後，我就沒見過他流淚。

沒多久，革命衛兵搜索完我的房間，手裡拿著幾本書，全是些西方小說。

「這些是妳的吧？」

「對。」

「我們要把其中幾本拿來當證物。」

「什麼證物？」

「妳反伊斯蘭政府的證物。」

「我是對這個政府不滿，但我沒做過什麼反政府的事啊。」

「我不是來這裡判定妳有罪或無罪，我只是來逮捕妳的。披上妳的罩袍吧。」

「我是天主教徒，沒有罩袍。」

他們一聽，非常訝異，不過其中一名革命衛兵還是說：「沒關係，那就找條頭巾披上，準備走了。」

「你們要帶她去哪裡？」母親焦急問。

「艾文監獄。」他們回答。

有個革命衛兵跟著我回到我房間，我抓了條米色的喀什米爾純毛披肩，蓋住頭髮。這夜冷極了，這條披肩可以讓我暖和點。正要步出房間時，我瞥見放在桌上的念珠，便順手拿起來。

「喂，等等！妳拿什麼？」革命衛兵問。

「用來祈禱的念珠，我可以帶著嗎？」

「給我看看。」

我將念珠遞給他，他仔細端詳，緊緊盯著每顆淺藍色小石珠和銀色十字架。

「好，妳就帶著吧，在艾文監獄裡，妳最需要的就是好好禱告。」

於是我把念珠放進口袋。

革命衛兵把我壓往門外的黑色賓士車，他們打開後門，我跨坐進去。車子開動，我回頭張望，緊抓住黑夜中家裡窗戶透映而出的燈光，以及父母站在車道看我遠離的畫面。我知道自己該感到驚恐，但卻不然，我感受到的，只有冰冷的空虛，無情地籠罩四周。

「給妳個建議，」其中一名革命衛兵說：「待會兒，妳最好老老實實回答每個問題，不然就有得受，妳應該聽說過，艾文監獄自有辦法讓人開口吧，如果妳說實話，就能免受皮肉之苦。」

車子往北駛向阿爾波茲山脈（Alborz Mountains），街道空蕩，幾無人跡，只有幾輛車呼嘯而過。從遠處便可清楚看見交通號誌的變換，從紅燈轉綠，再轉黑。半小時後，在慘白的月光下，我見到了丘陵中蜿蜒蛇行的圍牆，那是艾文監獄。車內，一名革命衛兵正說著他妹妹快要出嫁，他很高興，因爲妹婿是個高階的革命衛兵，而且來自富裕的傳統家庭。我的胃部隱隱作痛，痛楚蔓延進骨子裡，這時我想到了安德烈，彷彿這一切噩夢是發生在他身上，而不是我。

車子拐入彎曲狹窄的街道，右方出現了紅磚高牆。每隔幾公尺，就有座瞭望高台投射出強烈燈光，照亮黑夜。車子駛近一扇巨大鐵門，在門前停了下來，四周全是荷槍實彈的蓄鬍衛兵。人行道的地面映照出一整排牆頭糾結鐵絲網的影子。司機步下車，坐在副駕駛座的衛兵丟給我一條厚布條，要我將眼睛矇住。「給我好好矇緊，不然妳就倒大楣！」他厲聲吼著。我矇著眼，感覺車子駛進大門，兩分鐘後又停下來。有人綁住我的手腕，把我拖進一棟建築物內，我踉踉蹌蹌，被東西給絆倒。

「妳瞎了啊？」有人揶揄我，引起哄堂大笑。

沒多久，感覺四周暖和起來，我知道我已經身在建築物內了。矇眼厚布條的下緣透出一絲細微光線，我隱約知道我們正走過一處迴廊，空氣中滿是汗水及嘔吐味。我被命令坐在地板上安靜等候。我可以感覺到身邊坐著其他人，但是我看不見他們。每個人都沉默不語，而緊閉的門後隱約傳來憤怒咆哮的聲音，偶爾，我會聽見幾個字：「騙子！給我說！名字！寫下來！」有時，則聽到痛苦的尖叫聲。我的心臟怦怦跳，撞得我胸膛疼痛不堪，我將雙手按在胸口，輕輕壓住。沒多久，有人厲聲命令某人坐到我旁邊，是個正在哭泣的女孩。

「妳幹嘛哭？」我悄聲地問。

「我好害怕！」她說：「我想回家。」

「我知道，我也是，但妳別哭，哭也於事無補，我相信他們很快就會放我們回家了。」我撒了善意的謊言。

「不會的，他們才不會。」她哭著說：「我會死在這裡，我們都會死在這裡！」

「妳得堅強點。」這話一說出口，我就後悔了。或許她才剛被刑求過，我哪有資格叫她堅強點呢？

「好戲上場囉，」有個男子對我說：「瑪莉娜，輪到妳了，現在跟我來。站起來，往前走十個階梯，然後向右轉。」

那個女孩哭得更大聲了，我自顧不暇，只能照著命令行動。男子指示我繼續往前走四階，一道門在我背後關上，我被命令坐在椅子上。

「妳剛剛很勇敢嘛，在艾文監獄這裡，勇敢是很罕見的喔，我可是見過太多強壯的男人在這裡徹底崩潰。好啦，言歸正傳，所以妳是亞美尼亞人囉？」

「不是。」

「可是妳告訴衛兵，妳是天主教徒。」

「我的確是天主教徒。」

「那麼，妳就是亞述人？」

「不是。」

「這沒道理啊，在伊朗的天主教徒，不是亞美尼亞人，就是亞述人啊。」

「一般來說是這樣沒錯，但也有例外。我兩個奶奶都是俄國人，俄國革命後，才從俄國移居到伊朗。」

祖母和外婆都是嫁給一九一七年俄國革命之前就在俄國工作的伊朗人，革命爆發後，她們的丈夫被迫離開俄國，因爲他們不屬於俄國公民，於是她們都跟著丈夫回到伊朗定居。

「所以他們是共產黨徒了。」

「如果他們是共產黨徒，怎麼會被迫離開俄國？他們之所以離開，就是因爲他們憎恨共產黨，他們都是虔誠的天主教徒。」

審問我的人說，伊斯蘭教的《古蘭經》也有提到耶穌的母親，即聖瑪利亞。他說，穆斯林相信，耶穌是偉大的先知，而且他們也非常敬崇瑪利亞。他說，他要唸一段《古蘭經》給我聽。我聽他唸著阿拉伯語的經文，聲音低沉又溫柔。

「嗯，妳覺得如何？」他唸完後問我。

我希望他繼續唸下去，因爲如果他一直唸下去，我應該就會沒事，但是我知道不能信任他，他可能是個殺人不眨眼的革命衛兵。

「很美，我曾看過《古蘭經》，剛剛你唸的章節，我以前就讀過。」我略微結巴地道出這些話語。

「妳讀過《古蘭經》？哇，這下更有趣了！一個勇敢的天主教女孩，竟然讀過我們伊斯蘭教的經典！而且妳了解過我們的先知和教義後，竟然還堅持當個天主教徒？」

「對啊，我就是這樣。」

母親經常教訓我，認爲我說話太不經大腦。每次我據實回答問題，努力不讓自己被誤解時，她反而這樣訓誡提醒我。

「太有趣了！」唸《古蘭經》的男人放聲大笑。「改天找個時間再來和妳聊聊這話題，不過現在，老大哈瑪德正等著審問妳呢。」

看來我讓他聊得很盡興。我應該是他在艾文監獄唯一見過的天主教徒，或許他以爲我會像多數來自傳統家庭的穆斯林女孩一樣，安靜、害羞又順服。但很抱歉，這些特質我都沒有。

依然矇著眼的我，聽到他從椅子上起身離開房間。我發現自己竟不恐懼，而是麻木。這裡的氣氛已非恐懼所能形容，所有人類該有的正常情緒，在此似乎連掙扎也不掙扎地，任憑被扼制，也因此，我竟麻木到不知害怕。

我等著，心想他們應該沒有理由刑求我。刑求是逼供的常用手段，但我手上根本沒有任何對他們有用的訊息，況且我也不屬於任何政治組織。

門突然打開又關上，我嚇了一大跳。唸《古蘭經》的那個人回來了，他說自己叫阿里，還說，老大哈瑪德正忙著審問其他人。阿里告訴我，他在伊斯蘭革命法庭第六處工作，就是負責審訊我的單位。他語氣平和又有耐心，但仍鄭重警告我，必須全盤托出說實話。與人交談，卻看不到對方模樣的感覺很奇怪，我根本不知道他的長相、年紀多大，還有我現在身處在什麼樣的房間裡。

他告訴我，他知道我在學校裡散布反革命的思想，還在校刊中寫文章反對政府。我沒有否認，這種行爲既不是祕密，也不構成犯罪。他問我，我是否和任何共產組織合作，關於這點，我予以否認。他認爲我在學校發起的罷課活動，絕不可能出自我一個女學生之手，一定有其他非法的政治團體在幕後策畫。我向他解釋，我沒有進行什麼陰謀，更沒有人在幕後策畫，我只是要求微積分老師好好教微積分，不要談論政治，結果老師要我離開教室，我照做了，其他同學跟著我走出教室，如此而已。後來我才知道，這件事傳到其他班級的學生耳裡，他們竟也起而效仿，拒絕回教室上課。但阿里不相信事情有這麼簡單。他告訴我，根據情報，我和共產組織的關係很密切。

「我不知道你從哪裡得到這種情報，」我冷靜地說，「不過這情報完全錯誤，我讀過共產主義的思想，就像讀過伊斯蘭教教義一樣，但是我並沒有因此變成共產黨員，就像我沒變成穆斯林一樣啊！」

「這段話說得眞精采，」他笑著說，「好啊，把所有共產黨員的名字給我，或者把學校裡其他反革命的學生名單交出來，我就相信妳不是在說謊。」

他幹嘛要我同學的名單？他既然知道罷課和校刊一事，那表示麥穆笛校長已經和他談過，也把名單交給他了。我不能冒險告訴他任何事，因爲我根本不知道除了我，還有誰在那份名單上。

「我不會給你任何名字。」我堅定地說。

「我知道妳很挺他們。」

「我沒有挺誰。如果我給了你名字，你就會逮捕他們，我不想見到這種事發生。」

「對，我們會逮捕他們，這樣才能確定他們沒做什麼反政府的事。如果他們眞是無辜的，我們自然會放他們走。但是，如果他們在進行反政府的計畫，我們就得阻止他們。被抓了也怨不得人，只能怪自己。」

「我不會給你任何名字。」

「夏拉澤呢？妳不會說妳不認識她吧？」

半晌時間，我搞不清楚他在說誰，誰是夏拉澤啊？不過稍後我馬上記起來，她是吉塔的朋友，是「法達因」共產組織（Fadayian-e Khalgh）的成員。暑假前兩週，吉塔曾要我和夏拉澤見面，希望她能說服我加入她們的組織。我只見過她一次，而且清楚告訴她，我是虔誠的天主教徒，沒興趣加入共產組織。

阿里告訴我，他們早就盯上夏拉澤，不過被她發現，她躲了起來。他們找了她一段時間，認爲她一定又和我見過面。阿里說，夏拉澤會找我，一定有比說服我加入法達因更重要的事情，她是個很重要的人物，不會浪費寶貴時間只爲了拉我入黨。不論我怎麼解釋說我和她毫無瓜葛，阿里就是不相信我。

「我們必須知道她的下落。」他說。

「我眞的幫不了你，我根本不知道她在哪裡。」

整個訊問過程，他一直保持冷靜的姿態，也沒提高過音量。「瑪莉娜，妳仔細聽清楚，我看得出來妳是個很勇敢的女孩，我很欣賞這一點，不過，我眞的必須知道妳所知道的一切，如果妳不願意告訴我，老大哈瑪德會很不高興，他很沒耐心，我可不想看妳受苦。」

「眞抱歉，但我眞的沒什麼情報可以告訴你。」

「那我也只好對妳說抱歉了。」說完，他帶著我離開房間，走過三、四處走道。

我被命令坐在地板上，聽到有個男人放聲哀號，阿里說，一開始，那個男人跟我一樣，堅持不吐實情，但是他很快就會改變主意了。

四周盡是痛苦的哀號聲，沉重、絕望，一聲聲刺穿我的肌膚，蔓延到每個細胞裡。那可憐的男人快要崩潰了。世界變成一枚鉛片，狠狠穿進我胸膛。

無情響亮的抽鞭聲、男人的哀號、片斷的死寂，如輪迴般重複上映。

幾分鐘後，我聽到有人問那男人，是否準備招供了。「不！」他依然拒絕，鞭子繼續抽下去。我的雙手雖然被綁，但仍試圖將用手臂摀住耳朵，企圖將聲音阻隔，卻徒勞無功。一切繼續進行，一鞭又一鞭，不停哀號。

「住手……拜託……我說……」受苦的男人終於哭泣求饒了。

停止了。

一切都不重要，反正我已下定決心，什麼名字都不給。我不是軟弱的無助者，我已經準備好戰鬥。

「瑪莉娜，妳好嗎？」剛剛嚴刑拷打審問那男人的聲音，轉向了我。「阿里已經告訴我妳的事情，妳讓他印象深刻，他不希望妳受傷，不過還是得公事公辦。妳聽到剛剛那男人的哀號了吧？一開始他什麼都不說，最後還是招供了。如果一開始就全盤托出，不是更聰明嗎？現在，妳應該準備好說實話了吧？」

我深呼吸一口氣，「不。」

「那就慘了喔，站起來。」

他抓住綁在我手腕上的繩子，將我拖了幾步，然後把我推到地上。矇住雙眼的布條被扯掉，眼前出現一名短褐髮、留著八字鬍的瘦小男人，他傾身看著我，手中握著矇住我雙眼的布條。他約莫四十出頭，穿著褐色休閒褲和白襯衫。房間空無長物，只有一張簡陋木床和床頭板。他解開我手腕上的繩結。

「看樣子光綁上繩子還不夠看，得下點猛藥。」他說完，從口袋掏出一副手銬，銬住我的手腕。

另一個男人走進房間，身高約一百八十公分，九十公斤，留著黑色小平頭，黑色鬍鬚明顯修整過，看似將近三十歲。

「哈瑪德，她說了嗎？」他問。

「沒有，她很頑強，不過別擔心，她很快就會說了。」

「瑪莉娜，這是妳最後的機會了。」剛走進來的男人對我說。

我認得他的聲音，是阿里。他的鼻子似乎過大，棕色雙眼彷彿會說話，睫毛濃密又纖長。

「反正最後還是得說，如果現在就說，不是更好嗎？快把名字給我們吧！」

「不要。」

「好吧，我眞正想知道的是，夏拉澤在哪裡？」

「我不知道她在哪裡。」

「阿里，你看看，她手腕這麼細，鐵定可以掙脫手銬。」哈瑪德說。

他硬把我兩隻手腕擠進同一側的手銬內，將我拖到床上。鐵製手銬嵌進我的骨頭，痛得我忍不住發出哀號聲。但是我不掙扎，因爲我知道現在叫天天不應，叫地地不靈，如果正面反抗，只會更糟。他將另一頭的手銬銬在床頭板，然後扯掉我的鞋子，將我的腳踝綁在床上。

「我要用這條纜繩抽妳的腳底板。」哈瑪德在我面前揮舞著粗細不及一吋的黑色纜繩。

「阿里，你覺得抽幾下才會讓她說實話？」

「不用太多吧。」

「我看，大概十下吧。」

纜繩落下的尖銳威嚇聲，咻咻地劃破空氣，直落我的腳底板。一陣我不曾經歷過的痛楚襲來，這樣的痛，我甚至連想都無法想像，它像是一道閃電，在我身體裡面爆裂燃燒。

第二抽，我的呼吸哽在喉嚨。怎麼會這麼痛？我試著找法子幫助自己承受這種痛。我無法尖叫哀號，因爲肺裡的氧氣根本連呼吸都不夠。

第三抽，纜繩呼嘯落下，一陣昏眩的疼痛隨之而來，我的腦中盡是〈聖母經〉①，一心祈求聖母垂憐我。

倏地又是一道鞭抽，一鞭接一鞭，我透過祈禱來對抗痛楚，我希望自己昏死過去，無奈卻始終清醒，每一鞭都讓我更清楚意識到下一鞭落下將會帶來的痛苦。

第十抽，我祈求上帝減輕我的痛楚。

第十一抽，這一鞭的痛，似乎遠比之前十鞭更劇烈。

上帝啊，我呼求祢，別遺棄我，我承受不住了。

纜繩揚起又落下，一鞭又一鞭，帶來永無止盡的痛楚。

如果我給了名字，他們就會住手……不，他們不會住手的。他們想知道的是夏拉澤的下落，可是我根本不知道她的任何事，他們不可能一直鞭打下去，我乾脆一次受個夠。

到了第十六鞭，我不再數了。

又是劇烈疼痛。

「夏拉澤在哪裡？」

如果知道我早就說了，只要能讓他們住手，說什麼都行。

又一鞭。

以前我承受過各種痛，包括把手給跌斷，但沒有任何痛比這種鞭打更劇烈、更難以承受。

「夏拉澤在哪裡？」

「我眞的不知道！」

一陣痛楚。

吵雜人聲。

哈瑪德終於住手，我殘存的力氣只夠轉頭看他離開房間。阿里幫我解開手銬，鬆開我的腳踝。我的雙腳仍疼痛不堪，然而受折磨的痛楚已消失，取而代之的，是血管內流動蔓延的平靜空虛。沒多久，身體似乎開始麻痺，眼皮沉重往下墜，突然，一陣冰冷潑上臉龐，是水，我搖搖頭，將水甩開。

「妳昏過去了，瑪莉娜，來，坐起來。」阿里叫著我。

他拉住我的手，幫助我坐起來。我的雙腳好似被千百隻蜜蜂叮螫過，火辣地燒灼著，我看著

①Hail Mary，天主教主要的祈禱文。

雙腳，紅腫又瘀青。我很驚訝，竟沒皮開肉綻。

「妳現在有沒有什麼想對我說？」阿里問我。

「沒有。」

「這樣不值得的，」他怒視著我，「妳還想再討打嗎？如果妳再不說，雙腳會更慘的。」

「我眞的什麼都不知道。」

「妳再堅持下去，就不是勇敢而是愚蠢了！妳知道嗎，妳很可能被冠上不合作的罪名而被處死！別再這樣折磨自己了。」

「我沒折磨自己，是你們折磨我的。」我糾正他。

他第一次直視我的眼睛，告訴我，他們手上早就握有學校裡的所有名單，麥穆笛校長早就把名單給他們了。他說，如果我乖乖就範，說出名字，雖然不會改變那些同學的命運，但卻可以幫我自己免去刑求之苦。他說，不管我說或不說，我的朋友終將被捕，但如果我願意寫下他們的名字，我就不會繼續受苦。

「我相信妳會老實說出夏拉澤的一切。」他繼續說服我，「別逞強當英雄，再耗下去，妳很可能會死。哈瑪德堅信妳是法達因共產組織的一分子，但我不認爲，法達因的人被刑求時，不會呼喊聖母瑪利亞的。」

我不知道自己竟然祈禱得這麼大聲。

我問是否可以上廁所，阿里攙扶我的手臂，幫助我站起來，這動作引來一陣暈眩。他放了一雙塑膠拖鞋在床前的地上，尺寸是我腳的四倍大，不過現在我的雙腳嚴重腫脹，這雙拖鞋反而顯得太小，硬穿上去的結果，是一陣錐心刺骨的疼痛。阿里扶著我走過房間，我身體搖搖晃晃，難以平衡。一到房門口，他馬上放掉攙扶的手，遞給我布條，要我矇上眼睛。我照做。他在我手腕綁上繩子，引導我走到廁所。我跨進廁所，打開水龍頭，用冷水沖臉，突然一陣作嘔，胃部糾結緊縮，我開始狂吐。我的身體似乎被刀子劈裂兩半，耳朵轟隆作響，黑暗吞噬了我。

睜開眼睛時，我一時間不知道自己身在何處。等到神智逐漸清醒後，才發現自己不在廁所，而是躺在剛剛被刑求的木床上。阿里坐在椅子上看著我。我的頭很痛，手一摸，感覺前額右側腫了一大塊。我問阿里發生了什麼事，他說，我在浴室昏倒，撞到了頭，醫生已經來看過，應該沒什麼大礙。然後他幫助我坐到輪椅上，要我把眼睛矇上，推我走出房間。

稍後，他拿下我矇眼的布條，我看見我們來到一個非常小的房間，房間內沒有窗戶，角落有馬桶和洗手台。地上有兩件灰色的軍裝夾克，他扶我躺下來，拿件夾克蓋住我。夾克粗糙又硬邦邦的，還散出一股霉味，但快凍僵的我已經管不了那麼多了。阿里問我，是不是還很痛，我點點頭，納悶他為何對我如此友善。他離開房間，沒多久後，帶著一名穿軍裝的中年人回來，他說，這是謝克醫生。

醫生在我手臂上打了針，然後和阿里一起離開牢房。我闔上雙眼，想到家裡。好希望能鑽進祖母的被窩，就像小時候那樣，她一定會告訴我，別害怕，這只是一個噩夢。

第三章

回憶童年，我最愛德黑蘭大清早那種還賴著夢鄉的靜謐，以及如夢似幻般的城市色彩，在這樣的氛圍下，我全身輕飄飄、無拘無束，彷彿化於無形，隱身塵世。每天只有這個時間，我能隨意在母親的美容院裡蹓躂，穿梭在造型椅間，把玩著吹風機，而不惹母親生氣。一九七二年八月的某個早晨，當時七歲的我拿起母親最愛的水晶菸灰缸。這菸灰缸約有餐盤大小。她警告過我千百萬次，不要去碰它，但是它的晶瑩剔透總讓我忍不住想用手指輕撫上面的細緻花紋。我看得出母親真的很愛這只菸灰缸，在她眼中，它似乎幻化成永不融化的大片雪花，抓住了永恆的剎那。就我記憶所及，它一直放在玻璃桌的中間，母親那些客人坐在鋪有朦朧花紋白墊的等候椅上，紅豔長指甲間夾著香菸，會在它上面輕彈幾下。她們有時失手，菸灰掉落在桌面，母親最痛恨桌面被這樣弄髒。同樣地，每次我把店面或桌面弄亂，她就會氣得大聲咆哮，命令我清乾淨。我常想，到底怎樣才叫乾淨？東西本來就會髒的啊。

我拿起這只菸灰缸，一抹薄紗似的金色陽光正從房間裡唯一的窗戶灑曳進來，映照在南側大半面的白牆上。陽光經白色天花板一反射，將透明閃爍的菸灰缸照耀得更晶瑩透亮。我歪著頭想從另一個角度欣賞它，它卻從我手指瞬間滑下。我想接住，但太遲了，菸灰缸撞在地板上，裂成碎片。

「瑪莉娜！」母親的咆哮聲從與美容院相鄰的主臥房裡傳出來。

我往左邊跑出美容院，衝進黑漆漆的走道，回到房間，瑟縮在被窩裡。浮塵的空氣讓我鼻子發癢，我忍住呼吸就怕出聲打噴嚏。雖然看不到母親，我可以聽到她的塑膠拖鞋重踏在亞麻地氈上的聲音，那憤怒的節奏讓我更往牆邊縮。她一次又一次叫喚我的名字，我就一次比一次更不敢動。她終於進了我房間，站在我床邊。我聽到祖母問她發生了什麼事，母親說我打破了菸灰缸。祖母說不是我打破的，是她在打掃時不小心掉下去的。我不敢相信耳朵聽到的，祖母告訴過我，說謊的人死後會下地獄。

「您打破的？」母親不相信。

「對，我在擦桌子時不小心掉下去的，等會兒我就去處理乾淨。」祖母回答。

沒多久，我的床舖被某人的重量壓得嘎吱響，我將米色舊床單撩起幾吋高，看見祖母褐色的拖鞋和纖瘦的腳踝。我從被窩中爬出來，坐在她身旁。祖母的白髮總是俐落地紮成一束在腦後，她穿著黑色裙子、平整燙熨過的白上衣，往前凝視著牆壁的神情，不像在生氣。

「奶奶，您說謊。」我說。

「對啊，我說謊。」

「可是上帝不會對您生氣。」

「為什麼？」她驚訝地揚起眉毛。

「因為您救了我。」

她微微一笑。祖母很少笑，她是個嚴肅卻能幹的女人，什麼事情都處理得很周到，任何問題都難不倒她，對胃痛更有一套穩當有效的妙方。

祖母是爸爸的母親，和我們住在一起。每天早上八點左右，她會去雜貨店買東西，我經常跟去。那天如同往常，她抓起錢包，我跟著她下樓梯。她一打開樓下粉紅色的木門，街上汽車、行人和小販的聲息瞬間湧進樓梯間。我第一眼見到的是阿克巴爺爺，他至少八十歲了，還用那台破手推車賣香蕉。

「今天要買香蕉嗎？」

祖母翻翻香蕉，每根看起來都色澤鮮黃、飽滿無傷痕。她點點頭，伸出八根手指，於是阿克巴爺爺給我們八根香蕉。

我們在拉季街左轉，這是條狹窄的單行道，兩旁人行道髒得不得了。往北，我看得到灰藍色的阿爾波茲山脈綿延天邊。時值夏末，覆蓋山頂的白雪早已融化，只有休火山達馬旺德峰（Damavand）的最高頂還殘存一抹白雪。我們穿過馬路，被洗衣店敞開大門裡飄出的一團蒸氣給籠罩住，還能聞到熨燙過的被單那乾淨清爽的氣味。

「奶奶，您爲什麼不直接用波斯話跟阿克巴爺爺說『八』？您會說波斯話的啊。」

「妳知道的，我不喜歡說伊朗的波斯話，我比較喜歡俄語。」

「我喜歡波斯話。」

「我們只說俄國話。」

「等到秋天我上小學，就會學怎麼讀和寫波斯話，到時候我再教您。」

祖母嘆了口氣。

我蹦蹦跳跳往前跑。街道靜謐，幾無車輛。兩個女人走過來，手上晃著空空的購物袋。進入雜貨店時，面龐消瘦慈祥，卻留著極不協調濃密八字鬍的老闆婁斯塔密先生，正和一位從頭到腳罩著黑袍，只露出臉龐的婦女在說話。還有個女人穿著迷你裙和緊身T恤等在一旁。當時還是國王時代，婦女們不必嚴守伊斯蘭教的服裝規定。

雜貨店是典型的「麻雀雖小，五臟俱全」，店鋪小小的，架上貨品卻琳瑯滿目：長穀米、香料、乾香草、奶油、牛奶、起司、糖果、跳繩，和塑膠足球。在櫃檯後面的婁斯塔密先生將褐色紙袋遞給穿黑罩袍的女人時，笑著順手遞給我一罐巧克力牛奶。我大口喝著牛奶，享受冰涼滑順的暢快感。祖母這會兒才進來，用手指了指要買的東西。回家途中，看見塔克西爺爺，他每年這時候都會到街上大聲叫嚷著「刷駱駝毛和棉布喔」，婦女聽到，就打開窗戶，叫他到家裡把厚棉被裡的駱駝毛或棉花給彈一彈、刷一刷，好應付即將來臨的冬天。

從雜貨店回到家，我像跟屁蟲一樣，又跟著祖母走進了廚房。廚房左側是兩個火口的煤油爐，右側擺了白色冰箱，碗櫃則靠著正對廚房門的牆壁。祖母和我一同擠入小廚房，擠得廚房裡連轉身都難。廚房的小窗靠近天花板，我還搆不著，小窗外邊就是一所男校的後院。祖母把一只老舊的不鏽鋼水壺放到煤爐上準備煮茶，然後打開碗櫃。

「妳媽媽又進來過，害我又找不到東西了。她把煎鍋放哪兒去了呀？」

碗櫃另一側，鍋盆丟了滿地，我趕緊過去幫祖母將它們物歸原處。廚房是祖母的管轄地，而她也負責打理家務和照顧我。母親一天有十小時都在美容院裡，反正她也很討厭煮飯。

「別擔心，奶奶，我會幫您的。」

「妳說，我告訴過她多少次了？叫她別進來廚房。」

「無限次了。」

沒多久，東西都物歸原位。

「克亞！」祖母叫喚著父親，他好像在房子另一側的舞蹈教室裡，不過他沒回應。

「瑪莉娜，去問妳爸爸要不要喝點茶。」祖母把剛才買回來的雜貨放進冰箱裡。

我走過母親美容院對側的漆黑走道，來到父親的舞蹈教室，這個L型的大教室，鋪著褐色亞麻油地氈，牆上掛著衣裝優雅的雙人舞者圖像。位於L型教室較短區塊的等候區中間，有張圓形咖啡桌，上面擺滿雜誌，還有四張黑色皮椅圍繞著桌子。父親正坐在其中一張皮椅上看報紙。他約一百七十公分，身材精實，頭髮灰白，鬍子總是刮得很乾淨，還有琥珀色的眼眸。

「爸爸，早安，奶奶要我問你，要不要喝茶。」

「不用。」父親厲聲回答，連看都沒看我一眼。我轉身跑回廚房。

有時我特別早起，會趁著大家還在夢鄉，偷溜到父親的舞蹈教室。我腦中響起音樂，尤其是華爾滋，因爲這是我的最愛。我在教室內跳舞迴旋，想像父親站在角落，鼓掌叫好：「好棒啊！瑪莉娜，妳跳得眞好！」

我走進廚房，祖母正在切洋蔥，眼睛被熏得落淚，我的雙眼也開始灼熱起來。

「我討厭生洋蔥。」我說。

「等妳大一點就會喜歡了。到時候妳如果想哭，又不希望別人知道妳在哭，就可以切洋蔥來掩飾。」

「那您現在不是在哭吧？」

「不是，當然不是。」

父母是在第二次世界大戰期間結婚的，婚後他們在伊朗最大的城市暨首都德黑蘭的市中心，沙街和拉季街交叉口的東北方租了一間小公寓。樓下是小家具工廠和小餐館，父親在二樓公寓裡開了自己的舞蹈教室。戰爭期間伊朗來了很多美國人和英國人，所以西方文化在上流社會大受歡迎，也因此父親招收了很多渴望能如西方人般翩翩起舞的忠實學生。

母親是一九五一年生下哥哥的，他兩歲左右，母親隻身去德國學美髮，雖然當時她一句德文都不會說。六個月之後學成歸國，她需找個地方開美容院，剛好隔壁有間隔局一模一樣的公寓要出租，於是便租下來將兩間打通成一間。

我是一九六五年四月二十二日出生。一九四一年起，傾向西方的專制者穆罕默德．禮薩．沙．巴勒維（Mohammad Reza Shah-eh Pahlavi）成了伊朗的國王。我出生前四個月，伊朗前首相哈山．阿里．曼蘇爾（Hassan Ali-eh Mansur）被什葉派基本教義派（Shia）領袖何梅尼的追隨者刺殺身亡，而何梅尼就是伊朗神權國家的催化者。一九七一年，當時的首相阿密爾．阿巴斯．胡韋達（Amir Abbas-eh Hoveida）在古遺跡波斯波里斯①舉辦盛大慶典，以慶祝波斯王朝建立兩千

①Persepoli，西元前三百多年的波斯王朝文明遺跡，波斯就是現在的伊朗。

五百年。當時有來自世界各地的兩千五百位賓客，包括各國的國王、皇后、總統、總理和外交官參與這場盛會，花費約三億美元。國王表示，這場盛會的目的，是要向全世界展示伊朗近幾年的卓越進步。

我四歲時，哥哥離家去念巴勒維大學（Pahlavi University），這所學校位於伊朗中部的城市夕拉茲（Shiraz）。我很崇拜哥哥，他又高又帥，但是他很少在家，即使回來也僅短暫停留。在他偶爾返家的寶貴時光裡，總會來到我的房門前，整個人塞滿門框，微笑著問我：「我的小妹妹好不好呀？」我愛死了他身上古龍水的香味。他和祖母是唯一會送我聖誕禮物的人。父母認爲，過聖誕節根本就是浪費時間和金錢。

祖母每週日都會帶我上教堂。從我家步行到德黑蘭唯一的俄羅斯東正教教堂，需要兩個小時。上教堂途中會經過德黑蘭市中心，街道兩旁有一整排的商店、小販和老楓樹，還有烤葵花子和南瓜子的香味瀰漫在空氣中。我最喜歡經過拿德里大街，因爲那兒有玩具店和糕餅店。現烤出爐的糕餅傳來陣陣香味，有香草、肉桂和巧克力，讓我興奮不已。好多聲音交織懸浮在街道上：汽車喇叭聲、小販叫賣聲、討價還價聲，還有震耳欲聾的傳統音樂聲。祖母不認爲買玩具是疼愛孫子的表現，不過她還是會給我買點小東西讓我高興高興。

有個星期日，我們提早出門，因爲祖母還要去拜訪單獨住在小公寓的友人。祖母的朋友是個很講究美感的俄國老婦人，留著一頭金色的捲短髮，總是塗著鮮豔口紅、藍色眼影，笑得像朵花。她家有好多舊家具，擺滿了各種小飾品，還收集許多好漂亮的瓷器娃娃，擺在各個角落，邊桌上、書架上、窗檻邊，甚至廚房吧台上都有瓷器娃娃的蹤跡。我特別喜歡有精緻翅膀的小天使。

她裝茶給我們喝的瓷杯好漂亮，我從沒見過那樣漂亮的瓷器杯子，潔白閃亮，上面還繪有粉紅色玫瑰。她給每個杯子配了一枝金色的小湯匙。我最愛在茶裡放塊小方糖，攪動時看著杯裡咕嚕冒出的泡泡。

我問她，爲什麼有這麼多天使娃娃，她說，是爲了陪她作伴。她問我，知不知道每個人都有守護天使，我說，知道啊，奶奶有告訴過我。她厚重眼鏡後方的淡藍眼眸大大地凝視著我，緩緩地說，其實每個人都看過自己的守護天使，卻忘了祂們的長相。

「好，現在告訴我，」她說，「妳有沒有過想做壞事，卻聽到心裡有個聲音悄悄告訴妳，不要去做？」

「嗯……應該有吧。」我想到菸灰缸的事。

「對了，那就是妳的守護天使在跟妳說話。妳愈專心聆聽，就能聽到愈多。」

我眞希望能記住自己的守護天使。祖母的朋友要我把她所有的瓷器天使好好看一看，挑出我最喜歡的天使，她說，她相信我的守護天使一定跟我最喜歡的那個瓷器天使長得很像。我認眞端詳每個瓷器天使，終於找到最喜歡的一個：那是個英俊的男天使，穿著白色長袍。我把這個天使拿給祖母看，她卻說這不像天使，因爲沒有翅膀，我告訴她，有翅膀，只不過是隱形的。

「這個妳留著吧。」祖母的朋友把這個禮物送給我，我高興得樂不可支。

每天祖母都會帶我到公園去走一走。離家走路約二十分鐘有個大公園，叫瓦里耶得公園

（Park-eh Valihd）。我們會在裡面閒晃好幾個小時，觀賞古樹和芬芳的花朵。炎熱夏日裡，我們會坐在樹下的長椅上乘涼，舔著甜筒冰淇淋。公園中央有個淺淺的水池，水池中間有個噴水柱，能將水噴得特高，四周還圍繞著許多小噴水柱。我總喜歡站在水池邊，讓微風將噴高的水柱吹濺到我身上。噴水池四周立了幾尊小男孩銅像，每尊相貌都不一樣。其中一個挺立站著，望向天空，其他則跪在噴水池邊看著池水，彷彿正在尋找掉入水中的珍貴東西。旁邊一尊手拿銅條插向水中，另一尊則伸出一條腿在半空，好像正準備跳入水池。這些銅像看起來既悲傷又寂寞，它們明明栩栩如生，卻永遠都只能被牢牢困在堅硬暗沉的銅鐵內，不得自由。

公園裡最好玩的是盪鞦韆。祖母知道我喜歡盪得很高，總會幫我推到雲朵高處。我喜歡盪在高空中，享受風兒吹過髮梢，世界消失在背後的那種感覺。在我七歲小小的世界裡，我以爲日子就是會這樣過下去。

有天下午我在公園裡奔跑，祖母從遠處呼喚我該回家了，但是她叫錯我的名字，她叫我塔瑪拉。我一臉疑惑地跑向祖母，問她誰是塔瑪拉。她跟我說對不起，要我趕快跟她回家，因爲她熱得受不了。她看起來很疲倦，我覺得很不尋常，因爲我從沒見過她出現倦容或生病模樣。

「誰是塔瑪拉？」我邊走邊問。

「塔瑪拉是我女兒。」

「您沒有女兒，您只有我啊，奶奶，我是您的孫女兒。」

她說，她眞的有個女兒，比我父親大四歲，我長得非常像她，簡直是一個模子刻出來的。塔瑪拉十六歲時嫁給俄國人，和他一起搬回俄國。我問，她怎麼從沒來過我們家，祖母說，塔瑪拉不能離開俄國，因爲俄國政府不准人民隨便到其他國家。祖母以前會寄些漂亮的衣服、肥皂、牙膏之類的給塔瑪拉，因爲那裡物資取得不易。直到有一天，她收到「薩瓦克」（SAVAK），就是伊朗祕密警察組織寄來的信，說她不能和蘇聯的任何人通信爲止。

「爲什麼啊？」我很好奇。

「這裡的警察認爲俄國是個壞國家，所以他們不准我再寫信或寄任何東西給塔瑪拉。」

我努力消化著從未謀面的姑姑的事情，祖母則在旁自言自語。我聽不懂她說的話，她提到我沒聽過的人名和地名，還講了一些聽起來很陌生奇怪的字句，我只能聽懂其中的隻字片語。她好像是說，她十八歲時愛上了一個男人，但他在俄國革命時被殺了。她描述了一間房子，位於窄街上，有綠色大門，旁邊還有一條大河和一座大橋，她還說到騎馬的軍人對群眾開槍。

「……我回頭看見他倒下去。」她說，「他中槍了，到處都是血，我扶住他，他就這樣死在我懷裡……」

我不想再聽祖母自言自語，但她就是說不停。我不能摀住耳朵，這樣很沒禮貌，而且會讓她難過。或許我可以走快一點，和她拉開距離，可是不對勁，她好像不舒服，我得看著她。逼不得已，我只好嘴裡亂哼著歌，希望自己的聲音能掩蓋住她的話。上床睡覺前，祖母總會說故事給我聽，這些故事都有圓滿的結局，不會有人死掉。我知道好人死後會上天堂，所以死亡應該也不算太可怕，可是祖母此時描述的死亡，卻讓我很驚恐。那種感覺就像走在死寂的黑暗中，隨時會發生可怕的事情。我眞的一點都不喜歡黑暗。

我們朝著家門前進。終於，祖母不再自言自語，但卻眼神茫然地四處張望。雖然快到家了，我還是得牽著她的手，幫她帶路。我認識的堅強女性，我倚靠的熟悉伴侶，永遠在旁等候我的祖母，突然變得如此脆弱陌生。她變成孩子，像我一樣的小孩。她以前習慣聆聽，話不過三句，現在竟開始叨唸起她一生的故事。她話中談到的流血、暴力和死亡，令我深感驚嚇。以前和她在一起，我總覺得世界很安全，可是現在她卻說什麼都留不住。不知何故，從她的眼神，我竟看得出來她快要死了，彷彿是死亡自己對我悄悄透露了這一點。

回到家，我扶著她上床，她沒和我們一起吃晚餐，隔天早上也沒起床。爸媽帶她去給醫生看，回家後祖母直接上床，我問爸媽祖母生了什麼病，他們都不回答。

我進去祖母房間，她正在睡覺，我坐在床邊椅子上，等了很久，她終於動了一下。我這才突然發現，她變得好瘦、好脆弱。

「奶奶，您怎麼了？」我焦急問她。

「我快死了，瑪莉娜。」她平靜地告訴我，彷彿這只是件小事。

我問她人死後會發生什麼事，她卻只叫我要好好照顧她臥房牆上那幅畫，還要我告訴她，從畫中看到什麼。我說，畫裡有個白髮蒼蒼、拄著手杖的老婆婆，她走在黑暗森林中的小徑，小徑盡頭有一片亮光。

祖母說，她就像那老婆婆。她走過這輩子，現在累了。她的生命黑暗又困頓，遭遇過許多難關，但她從未放棄。

「現在啊，」她說，「終於輪到我了，我可以去見上帝了。」

「奶奶，」我不要她走，「您為什麼不和我在這裡見上帝呢？我答應會讓您好好休息，您不用陪我出去玩。」

她笑一笑，「孩子，我們不能用這雙眼睛見到上帝啊，」她伸出顫抖的手摸摸我的眼睛，「而是要用靈魂。妳要知道，死亡只是邁向另一個世界的過程，在那個世界裡，我們一樣活著，只是用不同的方式活著。」

「我不要有任何改變，我希望事情就像現在這樣。」

「瑪莉娜，妳得勇敢些啊。」

我不想要勇敢。我知道自己很害怕，很悲傷，要我勇敢聽起來就像要我說謊，假裝什麼事都很好，可是，我覺得這樣很不好啊。

她顫抖地吸了一大口氣，要我打開衣櫥左上方的抽屜。裡面有個金色盒子，我將盒子拿給她。然後她要我爬進床底下，將一雙黑鞋子拿出來。左腳那隻鞋子裡，有把金色的小鑰匙。

她流著淚，把盒子和鑰匙交給我。

「瑪莉娜，我已經把我一生的故事寫下來了，就放在盒子裡。現在它是妳的了，我要妳保存它，並且記得我。妳會替奶奶好好保存它嗎？」

我點點頭。

「把盒子放在安全的地方。好啦，別擔心，現在出去吧，我想要休息一下。」

我離開祖母房間，回到自己房間躲起來，感覺前所未有的寂寞。我把盒子藏在床底下，打開通往陽台的玻璃門，走到陽台上。空氣溫暖卻沉重，熙攘街道一如往常，什麼都沒變，但感覺都不同了。

祖母再也沒有清醒過，肝臟的癌細胞吞噬著她的生命。母親告訴我，祖母陷入昏迷了。在她昏迷的兩週以來，父親每天在走道上徘徊啜泣。我則每天坐在祖母旁邊至少兩小時，除了陪她，也讓自己覺得不那麼孤單。她的面容依然慈祥平靜，但是卻消瘦蒼白許多。日子一天天過去，我努力撐著不掉淚，就怕淚水一滑落會證實祖母就要逝去，會讓我和死亡更接近。

有天早晨，我起得非常早，無法再入睡的我走進祖母房間，打開燈，看她躺在那裡。她面無血色，我摸摸她的手，冰冰冷冷。我沉默佇立著，知道祖母已經死了，但不知道該怎麼辦。我想對她說些話，但又不確定她是否聽得到，我不知道是否可以跨越死亡在我們之間築起的那道藩籬。

「奶奶，再見了，不管上帝在哪裡，我都祝福您和上帝在一起能過得很好。」

我感覺怪怪的，好像當時房裡除了我和祖母之外，還有其他人。我跑回房間，跳到床上，將記得住的禱告詞一股腦兒全說出來。

隔天，祖母被移走了。一整天都聽到父親哭泣，我用雙手摀住耳朵不想聽，亟欲逃避這事實，但放眼環顧四周，卻發現自己哪裡都逃不了。每次有壞事發生，祖母永遠是我的避風港，但現在，她這個避風港消失了。最後我只好拿起衣櫥上的瓷器守護天使，躲到床底下。我開始唸起〈聖母經〉：「萬福瑪利亞，您充滿聖寵，主與您同在，您在婦女中受讚頌，您的親生子耶穌同受讚頌。天主聖母瑪利亞，求您現在和我們臨終時，爲我們罪人祈求天主。」

床一側的被子被掀開，一道光線透進我的藏身處。一張陌生臉孔望著我，是個年輕男子，一頭黑捲髮和黑色眼眸，我從未見過如此深沉的眼神。在黑髮襯托下，他的臉龐如此白皙，笑容溫暖和善。我想問他是誰，卻問不出口。

「妳好。」他向我打招呼。

他的聲音輕柔溫和，給了我最需要的勇氣，讓我終於敢從床底下爬出來。他穿著白長袍，打著赤腳。我觸摸他的長袍，感覺溫暖極了，他彎下腰，抱起我，坐在床沿，把我放在他的大腿上。一陣芳香撲鼻而來，就像雨天裡黃水仙綻放的香氣。

「妳呼喚我，我就來了。」他邊說邊撫摸我的頭髮。

我閉上雙眼。他的手指滑過我的頭髮，讓我想起春天那清涼卻吸收了甦醒樹林間溫煦陽光的微風。我靠著他的胸膛，感覺好像認識他，好像以前見過他，只是不知何時何處。我抬起頭看著他，他露出燦爛溫暖的微笑。

「你怎麼不穿鞋？」我問他。

「我來的地方不需要穿鞋。」

「你就是我的守護天使嗎？」

「妳覺得我是誰呢？」

我望著他半晌，只有天使才會有那樣的眼睛。「對，你就是我的守護天使！」

「妳說得沒錯。」

「你叫什麼名字？」

「我是死亡天使。」

我的心臟震住了。

「死亡有時很難度過，但它絕不是壞事，也沒什麼好害怕的，它只是一段旅程，爲了去見上帝。因爲人通常只死一次，所以他們不知道這段旅程的方向，而我，就是要來帶領他們走上這段旅程。」

「你是來這裡帶我走的嗎？」

「不，時候未到呢。」

「那你會幫奶奶嗎？」

「對，我會幫她。」

「她快樂嗎？」

「她很快樂。」

「你可以多陪我一會兒嗎？」

「好啊。」

我又靠在他胸膛，闔上雙眼。我以前一直很好奇，鳥兒沐浴在陽光下，乘風飛入天際究竟是什麼感覺，現在我終於知道了。

隔天，當我醒來，發現自己躺在床上，沒有半個天使在身旁。

第四章

似睡未睡地瞇了一會兒，就被右肩一陣劇痛給驚醒。有人叫喚我的名字，睜開眼，視線模糊。哈瑪德高高俯看著我，踹踢我的肩膀。我只記得阿里把我留在牢房裡，但不知道已過了多久。

「是，我是！」我趕緊回應。

「起來！」

我的雙膝顫抖，雙腳灼痛。

「走！我要妳親眼看著妳的朋友們被逮，」哈瑪德說，「就是那些妳極力保護的人。其實，我們早就掌握他們的名字和地址，我們對妳逼供只是想刺探妳更多底細，現在妳自己露了底，我們知道妳的確是革命的敵人，是危害伊斯蘭社會的不良分子。」

我又被矇上雙眼。哈瑪德用長繩綁住我的手腕，拖著我前行。我被推入一輛車，幾分鐘後，有人拿掉我矇眼的布條。車子駛離監獄，我不知道今天幾號，現在幾點，看天色應該是大清早。雲層壓頂，天色微暗。我們沿著蜿蜒狹窄的街道往南而去。街道冷清，人車稀寥。道路兩旁矗立的老舊土磚牆環繞著大型建物，宛如河堤般高聳地隔離起兩岸，街道成了乾涸的河床底。

幾株光禿的裸樹迎向天空，隨風擺動。沒多久，車子駛上約丹高速公路，繼續朝南前進。這附近是新興的高級住宅區，一棟高樓大廈聳然佇立在山丘上，四周被兩層樓的獨棟建築和偌大的木屋圍繞著。我看著司機，他黑鬍濃密，穿著革命衛兵的綠色軍裝。哈瑪德坐在前方副駕駛座，他們兩人沉默地望向前方。停下來等紅燈時，原本在後方的白車開到我們旁邊停下來，一個約莫三、四歲的小女孩。從後座探出頭對我笑，一對男女坐在前座，正忙著交談。我不禁想到，不知爸媽此刻在做什麼，他們是否正努力要把我救出來？或者他們放棄了？我很清楚知道，他們根本無計可施。那麼安德烈呢？他會想念我嗎？

車子駛進市中心。車水馬龍，人行道和商店擠滿人潮。放眼所見，每道牆面都寫滿了伊斯蘭政府口號和何梅尼的名言。其中一段話攫住我的視線：「如果異教徒被允許繼續以世界腐化者的姿態存活著，他將遭受最悲慘的道德折磨。如果有人因此殺了異教徒，阻止他繼續散布不端罪行，那麼他的死對他自己來說，就是一種祝福。」是啊，在何梅尼的世界裡，謀殺可以是一種善行，一種「祝福」。所以哈瑪德可以隨意拿槍指著我的腦袋，扣下扳機，然後相信他幫了我一個大忙，自己還能因此在死後上天堂。

行人熙來攘往，穿越車陣、橫越馬路。車子被堵在十字路口時，有個年輕人往我們車裡看，他注意到車裡的革命衛兵，嚇得退後一步，盯著我上下打量。此時天空開始飄雪。

車子停住，我們來到蜜諾的家，她是我學校裡的朋友。另一輛黑色賓士車停在旁邊，兩個衛兵下車，走近蜜諾家，按了門鈴。她母親前來應門，接著衛兵進入房子。哈瑪德轉過身遞給我一張紙，我看了一眼，上面約有三十個名字，我全都認識，是學校裡的學生。我還認得紙張下方校長的簽名筆跡。我手中這張紙就是學校裡的通緝令。

「我們今天無法全數逮捕這些人，不過三、四天內一定抓得完。」哈瑪德露出得意的笑容對我說。

半小時後衛兵押著蜜諾走出房子。哈瑪德走下車，打開後車門，要蜜諾坐在我旁邊。我看見她母親哭著和一名衛兵交談。哈瑪德告訴蜜諾，我幾天前就被捕了，他還說，如果我不想看蜜諾受苦，就告訴她好好跟他們合作。

蜜諾注視著我，眼裡滿是驚恐。

「他們想知道什麼，就告訴他們吧，」我邊說邊指著自己被凌虐過的雙腿。「不然——」

「不然，他們就會下毒手。」哈瑪德插話道。

蜜諾看了我的雙腿一眼，雙手摀住臉，放聲哭泣。

「幹嘛哭？」哈瑪德問，她沒回答。

我們坐車繞了好幾個小時，從一家到另一家，那天晚上共逮捕了四個學生。我悄悄告訴蜜諾，被審問時就老實說出同學的名字，反正他們手上早就有名單了。但我不確定她是否明白我的意思。

一接近監獄大門，我們又被矇上雙眼。車子停住後，我這側的車門被打開，哈瑪德要我下車。我一跛一跛地跟著他進入一棟建築物，他要我坐在走道的地面上。我在那裡坐了很久，不斷聽到其他囚犯的哭泣和哀號。我的頭陣陣抽痛，反胃噁心感湧出。

「瑪莉娜，站起來！」我睡著了，被哈瑪德的聲音嚇了一大跳，驚醒過來。

我努力保持平衡，靠著牆壁尋找支撐點站起來。他要我拉住在我前面那個女孩的罩袍。我一拉上，她就開始往前走，我瘸跛著加緊跟上。

雙腿刺痛不堪，彷彿走在碎玻璃上。沒多久到了外頭，颼颼寒風無情吹打在我身上。前面的女孩開始咳嗽。地上積雪塞滿塑膠拖鞋，麻痺我的雙腳，減輕原有的灼痛感，然而，卻也使我感覺不到雙腿的存在，每個步伐的移動，都比前一步更艱辛。我絆到石頭，跌了一跤，整個人趴在冰冷地面，我伸出舌頭舔舔地上的雪，死命滋潤乾涸苦澀的嘴，我從未如此寒冷或口渴過。我的軀體不由自主地顫抖，耳邊隆隆的，全是自己牙齒的打顫聲。一雙粗壯大手把我架離地面，逼我站起來。

他們到底要帶我去哪裡？

「好好走，不然我直接在這裡斃了妳！」哈瑪德咆哮著。

我掙扎奮力往前走，終於聽到「停」的命令。有人拿掉我矇眼的布條，一陣強光朝臉上直射而來，眼前一片昏暗，腦袋也一陣劇痛。幾分鐘適應後，我環顧四周，強烈聚光燈在黑夜點綴出一條條波光粼粼的白色河流，四周是黑色山丘，鬼影幢幢迷亂交錯。我們似乎處在荒蕪之地，無建築、無人跡。夜空飄著幾許雲朵，雪花緩慢地懸浮空中，彷彿努力在墜地消融前，延長它的飛翔體驗。旁邊還有四個囚犯，兩男兩女。四個革命衛兵拿槍指著我們，嚴峻臉龐彷彿自沉黑石塊雕鑿而成，毫無色調與表情。「移動到柱子邊去！」哈瑪德吼叫著，厲聲迴盪在山谷間。二十呎外有一排木柱，約我身長之高。我們就要被處決了，胸腔內一股凜冽寒氣讓我全身僵硬麻痺。

這就是我的死亡時刻嗎？沒人應該這樣結束生命啊！

其中一名男囚開始以阿拉伯語背誦古蘭經文，祈求真主阿拉赦免，聲音低沉渾厚。另一個年輕人望著柱子發呆，一隻眼睛雖緊閉卻劇烈腫脹，白色襯衫上還沾有血跡。

「立刻站到柱子邊！」哈瑪德又咆哮了一次，大家沉默聽從。

胸口襲湧而上的悲傷，如黏濁的液體，快要將我窒息。

親愛的主耶穌，求祢幫助我。別讓我的靈魂迷失在黑暗中。我雖行過死蔭的幽谷，也不怕遭害，因為祢與我同在。

一名女囚脫逃，有人大叫，「站住！」她卻仍死命往前跑。槍響劃破夜空，她倒地不起。我想往前跨一步，雙腳卻使不出力。女孩側身爬行，痛苦地弓起身體，「求求你們，不要殺我。」她呻吟著。覆蓋在她黑罩袍上的雪花，在純淨潔白的光線照射下閃閃發亮。哈瑪德拿槍頂住她的腦袋，低頭俯看著她。她的雙手緊緊環抱住自己的頭顱。

她旁邊的女孩開始哭泣，撕心扯肺地狂叫著，然後後腿一軟，雙膝跪地。

「把其他人綁到柱子上！」哈瑪德怒吼。

一個衛兵將我架離地面，另一個把我綁在柱子上。繩子深深地掐進我的皮膚。

我好疲憊。

死亡的感覺，和受鞭刑一樣痛苦嗎？

哈瑪德仍然用槍指著那個受傷的女孩。

「衛兵！就位！」

死亡，只是我沒去過的地方吧。天使會幫我帶路的，一定會的。在恐懼的黑暗之外，會有亮光的，在星星之外，太陽正升起呢。

衛兵用槍瞄準我們，我閉上雙眼。

希望安德烈知道我愛他！萬福瑪利亞，您充滿聖寵，主與您同在……

突然一陣車輛疾駛而來的聲音，我趕緊睜開眼，以爲車子就要輾過我們。緊急煞車聲響徹夜空，一輛黑色賓士車開到衛兵面前，戛然停住。阿里下車，直接走向哈瑪德，遞給他一張紙。兩人交談了一會兒，哈瑪德點點頭，看著我。阿里走向我。我好想逃，眞希望哈瑪德乾脆一槍斃了我，結束我的生命。然而阿里解開我的繩子，我一被鬆綁，即刻癱軟在地，他抓住我，攙扶我走向車子。我可以感覺他心臟靠在我軀體上的跳動，我使力想掙開他的手臂，卻終究軟弱地屈服了。

「你要帶我去哪裡？」

「別擔心，我不會傷害妳的。」他輕聲說道。

我的視線與剛剛綁在我旁邊的女囚交會。

「天啊——」她放聲大叫，然後閉上雙眼。

阿里扶著我坐進車子前座，關上車門，自己坐上駕駛座。我好想打開車門，但它紋風不動。我使盡力氣朝他猛捶，他一揮手就把我整個人往後撥開。車子駛離，身後槍聲無情地響起。

我睜開雙眼，一盞慘白燈泡在頭頂發亮，映著灰白天花板。我想移動身體，卻感覺不到身體的存在。阿里坐在角落望著我。這是間小牢房，我正躺在地板上。

我閉上眼睛，希望他離開，但幾分鐘後睜開眼，他還坐在那裡。他搖搖頭，說一切都是因爲我太過固執，自找麻煩。他說，他爸爸和何梅尼是好朋友，他去找過何梅尼，替我求情，設法把我的死刑減爲終生監禁，就這樣，何梅尼免我一死。

我不想被何梅尼赦免，我不想求任何人救我，我情願死去，求仁得仁。

「我去找些吃的來，妳已經很久沒吃東西了。」他眼神始終盯著我，嘴裡這麼說，卻依然定坐原地，沒有離開的意思。

他的凝視重重地壓在我肌膚上，我緊抓身上被單，用力過度，甚至傷了手指。他終於站起來，我身上每吋肌肉僵硬緊繃。

「妳很怕我？」他問。

「沒有。」我壓抑恐懼。

「妳不用怕我。」

他眼中的渴望深切又清晰。我的胃一陣翻騰，差點放聲尖叫，就在此時，他卻轉身離開牢房。隨著淚水潸然滑落，我的身體開始顫抖。

我恨他！

阿里回到牢房，手中端著一碗湯，坐在我身邊。

「拜託，別哭了。」

我克制不住。

「妳是不是希望我離開？」

我點點頭。

「如果妳喝完這碗湯，我就離開，妳答應嗎？」

我再次點點頭。

他在牢房門口躊躇了一下，轉過身，以疲倦渾厚的聲音說：「我等一下再回來看妳。」

他爲什麼把我帶離刑場？我的命運會如何？

昏沉沉地睡著前，最後的思緒想到莎拉，我眞希望她安全無恙。現在，我唯一能做的，也只有禱告，祈求上帝讓我的摯友莎拉和吉塔，以及學校裡其他被逮捕的同學都能平安無事。

才不過多久前，我們還在學校裡，下課時盡情玩著抓鬼和捉迷藏，而現在，我們竟都成了政治犯。

第五章

我唸的小學有藤蔓攀爬，紅磚牆環繞，那還是國王統治伊朗的年代。學校離家步行只需十分鐘，所以我都自己上下學。這間老學校原本是棟兩層樓的大宅第，朋友告訴我，曾到國外留學的莫嘉維女士回伊朗後，就把它改建爲學校。每間教室都有高高的窗戶，但是校園裡的老楓樹枝葉太繁茂，所以教室還是陰陰暗暗的，非得開燈才看得到黑板。每天放學鐘聲一響，我和莎拉總會一起步出校門，穿過街道，然後她往左轉，我往右轉。右轉後我會沿著拉季街往南直走，經過梵蒂岡大使館的高聳磚牆，再經過總是飄出美味米香和烤牛肉香味的阿盧那餐館，最後，還會經過窗戶陳列著美麗蕾絲睡袍的小小內衣店。沒有媽媽在旁揪著我好好走路，我會想像自己是朵白雲，慢慢飄浮在藍色的高空，或者像芭蕾舞者在大批人潮面前，舞姿婆娑，要不就幻想自己成了神祕河流中悠悠載浮的一葉小舟。

抵家時間只要不太晚，就不需要緊張匆忙，不過還是得小心翼翼，別惹媽媽不高興。如果美容院裡有客人，我自然不得跨越雷池一步，不過即使沒客人，我也得安靜守規矩，因爲她老是喊頭痛。我是個笨手笨腳的小孩，得小心謹慎才不會打破東西，連自己做三明治也常弄得亂七八糟，更別提將冰茶或可樂潑到杯子外，這些都是家常便飯。母親脾氣暴躁，卻是個美女，有著褐色眼珠、完美巧鼻、豐滿嘴唇、修長雙腿，喜歡穿著開領洋裝，展示她光滑白皙的肌膚。一頭黑短髮，絡絡都乖順服貼。我如果惹她生氣，就會被她鎖在通往我房間的陽台上。陽台的小矮牆是由兩個水平鐵架和數個垂直鐵架搭起來的一大片竹簾所構成，從陽台上，我俯瞰下面街道的車輛行人熙來攘往，小販大聲叫賣，乞丐露臉乞討。這條平整的四線道，每到尖峰時段就車水馬龍、烏煙瘴氣。街道另一側，可以看到獨臂的哈山阿伯，春天賣綠色的酸梅子，夏天賣水蜜桃和杏桃，秋天煮甜菜根，冬天則賣各種小餅乾。我最喜歡甜菜根，阿伯會把甜菜根放進大淺鍋，用手提碳爐小火慢慢煨煮，濃稠的紅色汁液冒出小泡滾沸著，散發出一股香甜，瀰漫在空氣中。十字路口的另一個角落，有個衣著破爛骯髒的盲眼人，從早到晚都佇立街頭，伸出骨瘦如柴的雙手，向過路人乞討，「發發慈悲，賞我幾分錢吧。」我們公寓前面，有一棟十五層樓的辦公大樓，巨大玻璃帷幕在陽光下閃閃發亮，還映照出緩緩移動的雲朵。到了夜晚，店鋪的耀眼霓虹燈紛紛亮起，將黑夜綴飾得燦爛無比。

有一天，我突然覺得，任何懲罰都好過被關在陽台。我伸頭往下望，這麼高，不可能跳下去，想尖叫，又怕引起騷動，搞得鄰居都知道媽媽把我關在陽台。環顧四周，瞧見媽媽放衣夾的小塑膠盒，再伸出頭往下看看繁忙的街道。我自以爲聰明地盤算，如果朝著行人丟衣夾，應該不會傷到他們，但又能讓他們抬頭查看，這樣一來，我就能告訴他們，衣夾是我丟的，目的是希望他們按門鈴，幫我求母親讓我進屋裡。我知道這樣做肯定會惹毛母親，但我不管，我再也忍受不了這種被單獨囚禁的痛苦。那時是冬天，已經刮起冷風，沒多久連太陽都躲到雲層後，甚至還有雪花飄落在我的臉頰上。鼓起勇氣，抓起一個衣夾，倚著陽台的竹簾矮牆，對準人行道，深吸一口氣，把衣夾往下扔去。衣夾沒有擊中任何人，直直地落在人行道上。我又試了一次，這次成功了。一個褐色長髮的中年婦女停下腳步，摸摸頭，望望四周，然後彎腰撿起衣夾，左翻右轉看了看。終於，她抬起頭，剛好和我四眼交接。

「小女孩，妳在幹嘛？」她大聲問，臉色轉為深紅。

「對不起，我不是故意要丟妳。我被媽媽關在陽台，外面好冷，我想進屋裡去。妳可不可以按門鈴叫我媽媽讓我進去？」

「我不會幫妳的，妳媽媽要怎麼懲罰妳，又不關我的事。而且，搞不好妳就該被處罰。」她說完轉身離去。

但我不放棄。

接下來，衣夾打中黑袍老婦的頭，她立刻抬頭看。

「妳在做什麼？」她問。我告訴她事情經過。

她按了門鈴，沒多久，母親出現在離我幾呎遠的另一個陽台上，大聲問：「誰啊？」

婦人告訴母親我剛剛做的事，以及這樣做的理由。我看見母親臉色一沉，眼裡燃起一把火。

幾分鐘後，我陽台的門打開了。我反而猶豫了一下。

「給我進來！」母親從齒縫間狠狠擠出這句話。

我走進房裡。

「妳眞是個可怕的孩子！」她說。

我渾身顫抖著，以為她會甩我耳光，但沒有，她轉身要離去。

「我要走了！我受夠了，我痛恨這種生活。我再也不要看到你們！」

我的胃一陣糾結，媽媽不會離開我的，或者，她眞的會呢？她的語氣很認眞，但，沒有媽媽我要怎麼辦？我追上前抓著她的裙子。她仍執意離開。

「拜託，不要走，對不起！」我哭求著，「我會回去陽台乖乖待著，再也不會惹麻煩了，我答應您。」

母親完全不理我，逕自走進廚房，抓起錢包，步下樓梯。我驚慌失措，開始嚎啕大哭，她仍無動於衷。我抱著她一隻腿，她乾脆拖著我繼續走下樓梯。堅硬冰冷的階梯撞得我渾身好痛，我哭求媽媽留下來，終於，她在門口停下步伐。

「如果妳要我留下來，現在就回妳房間，待在那裡，不准出聲。」

我呆呆望著她。

「現在就去！」她怒吼一聲，我趕緊跑回房間。

自從這事過後，有陣子每次媽媽一出門買東西或辦事，我就會倚在窗邊，恐懼得全身顫抖，深怕她會拋下我，一去不回，若是如此，到時該怎麼辦？

我決定不給媽媽惹麻煩，離她遠一點，而最好的方法就是盡量關在自己的房間裡。每天一放學，我先躡手躡腳到廚房看媽媽在不在那兒，如果不在，我就放心給自己做個火腿三明治，如果她在，就迅速跟她打聲招呼，然後溜回房間，等她離開廚房。吃過晚餐，我也立刻回房間做功課，閱讀從學校圖書館借回來的書。這些書多半是外國童話的翻譯本：《小飛俠彼得潘》、《愛麗絲夢遊仙境》、《小美人魚》、《白雪公主》、《堅定的錫兵》、《灰姑娘》、《睡美人》、《奇幻森林歷險記》，和《長髮姑娘》。學校的圖書館很小，沒多久我就看完所有的書，而且還不只看一次，有些甚至看過三、四次。每天晚上，媽媽會打開我房門兩、三次，看看我在做什麼，一見我在看書，她就高興地對我笑一笑。可以這樣說吧，書本拯救了我們母女兩人。

有一天，我鼓起勇氣問媽媽是否可以買故事書給我，她說，好，但一個月只能買一本，因爲書太貴了，不能把所有的錢花在上面。一個月才一本書，怎麼夠呢？幾天過後，我和媽媽去外公家玩，走路回家途中，發現路邊有一家小書店，招牌寫著：二手書。我知道「二手」的東西都很便宜，不過我還是沒勇氣要媽媽帶我進去。

一週後，媽媽說該去看外公了，我騙媽媽我不舒服，她答應讓我自己待在家裡。爸爸正在上班。祖母死後沒多久，爸爸就把家裡的舞蹈教室收起來，在教育文化部的民族舞團謀得一職。他很喜歡這份新工作，有時候還能和年輕的男女團員一起到其他國家，代表伊朗參加國際文化活動。一等媽媽前腳跨出家門，我後腳立刻衝進父母臥房，從媽媽衣櫥的抽屜裡取出大門的備用鑰匙。我把每天買巧克力牛奶的錢偷偷存下來一個星期了，希望這些錢夠買一本書。

我衝到二手書店。路面的黑色柏油被春末陽光曬了一整天，地面冉冉升起一波波熱浪，襲捲向我，一到書店，額頭上斗大的汗珠滴落眼睛，又刺又痛，我抓起衣角擦擦汗，推開書店玻璃門，踏入店裡。等眼睛適應裡面的陰暗光線後，我簡直難以置信，成堆的書在書架上高高疊至天花板，僅留狹窄走道延伸到黑暗中。我被上千本書圍繞著！空氣瀰漫濃濃的書香味，各種故事和夢境也從書中緩緩流瀉而出。

「哈囉？有人在嗎？」我大叫。

沒人回答。

「哈囉？」我又叫了一次，比上次更大聲。

在書架之間的陰暗走道底部，冒出一個男人的聲音，「有什麼事嗎？」他帶著濃厚亞美尼亞口音。

我退後一步，問他：「你在哪裡啊？」

我眼前突然冒出一個灰色身影，嚇得我倒抽一口氣。

身影笑了笑。

「對不起啊，小女孩，我不是故意要嚇妳的。有事嗎？」

我驚魂甫定，得提醒自己記得呼吸。

「我……我想買書。」

「什麼書？」

我把口袋裡所有的銅板掏出來，遞給眼前這位消瘦的老先生。

「我有這些錢，我不在乎買哪一本，只要是好看的故事書都可以。」

他笑了出來，搔搔那一頭灰髮。

「妳爲什麼不把錢拿去隔壁麵包店，買幾個甜甜圈呢？」

「可是我比較想買書啊。這些錢夠嗎？」

「小妹妹，問題是這些書都是英文啊，妳看得懂英文嗎？」

「會啊，我的英文很好喔，在學校每天都會唸一個小時的英文，而且我已經三年級了。」

「好吧，我來找看看有什麼適合妳的書。」他拿我沒辦法地嘆了口氣，消失在書海裡。

我等著，很好奇在雜亂的書海中，他能翻出什麼書給我。沒多久，他神奇地冒出來，手中還真的拿著一本書。

「給妳。」他把書遞給我，「《獅子、女巫和魔衣櫥》（*The Lion, the Witch, and the Wardrobe*）①，這套故事書很棒，這是第一集。」

我仔細看看書，封面是灰藍色的，正中間有張獅子圖片，獅背上坐了個小男孩和小女孩，獅子正躍向天空。整本書看起來很老舊，但保存得還很好。

「這本多少錢。」

「五土曼②」

「但我只有四土曼！」我眼淚都快迸出來。

「沒關係，就四土曼。」

我向他道謝，欣喜若狂地奔回家。

三天後，我已經把《獅子、女巫和魔衣櫥》看過兩遍了，簡直愛不釋手。我好想看更多故事書，可是現在只存了兩土曼，不知道書店老闆還會不會那麼慷慨，但我又不敢開口跟媽媽要錢，

---

①「納尼亞傳奇」（The chroncles of Narnia）系列的第一集，曾改編爲電影。

② toman，伊朗幣單位。

最後決定把鉛筆盒賣給學校的好朋友莎拉。剛開學時，莎拉曾問我鉛筆盒是在哪裡買的，我說，是媽媽在沙街和巴勒維大道交叉口那家大百貨公司買的。莎拉的媽媽也去買，但那種款式已經賣完，莎拉爲此好失望。這個鉛筆盒是個藍色的塑膠盒子，關上盒蓋時，磁鐵的鎖會「喀」一聲卡住。隔天，我上學途中等到莎拉。她有雙深褐色水汪汪的大眼睛，一頭濃密的黑捲髮披在肩上，手上戴著一只很炫的手錶，錶面是王子正在替灰姑娘套上玻璃鞋。灰姑娘坐在小板凳上，一隻腿跨在另一隻腿上，秒鐘每走一格，她的腿就會前後擺動一次。這是他們全家去英格蘭度假時，她媽媽買給她的。我問她，想不想要我的鉛筆盒，她說想，我說，那我可以賣給她。她很疑惑，想知道爲什麼，我就把二手書店的事告訴她。她答應給我五土曼，不過除了鉛筆盒，還得把那個有香味的橡皮擦一起給她。我接受她開出的條件。

放學後不到五分鐘，我和莎拉已經衝回她家。她家位於狹窄的新月型住宅區，那兒所有的房子都有小庭院，四周還有高高的磚牆圍繞，以保護住戶的隱私。我很喜歡她家附近的街道，沒有車輛、商店、小販和乞丐，非常安靜。煎洋蔥和蒜頭的香味陣陣撲鼻而來，聞了都要流口水，應該是有戶人家正在煮晚餐吧。莎拉算是「鑰匙兒童」，因爲她父母都要上班，晚一點才會回家。她自己用鑰匙打開大門，我們走進庭院，左手邊有一整排花圃，紅色、綠色和紫色的天竺葵及紫羅蘭嫣然綻放。

我心裡很渴望自己也能住這樣的房子。莎拉的媽媽身材矮胖，留著一頭黑短髮，在銀行工作，總是穿著優雅套裝，蹬著閃亮的黑色高跟鞋。每次見到我去，就熱情地擁抱我，說我能去她家玩，實在太棒了。莎拉的爸爸很高大，是個工程師，經常說些令人捧腹的笑話，笑聲更是驚人，不過他也會朗誦優美的古波斯詩句。莎拉唯一的哥哥沙羅士十二歲，比我和莎拉大三歲，他很害羞，與其他家人截然不同。莎拉家總是充滿歡笑和吵鬧聲。

我和莎拉完成鉛筆盒的交易後，便打電話回家，告訴媽媽我在莎拉家教她功課，媽媽聽了沒什麼意見。我感激萬分地向莎拉致謝，便迫不及待衝去書店。如上次所見，它還是陰暗、塵埃、充滿神祕感，書店老人又從黑暗中突然冒出來。

「我來猜猜妳來的目的，嗯，一定是認不了幾個大字，想把錢拿回去，是吧？」老人瞇著眼說。

「才不是呢！那本書我已經看過兩次，愛死了！是有幾個字不懂，不過我會查爸爸的字典。我今天來是要買那套書的第二集，你有嗎？我把鉛筆盒和香水橡皮擦賣給朋友，所以這次的錢應該夠了。」

老人凝視著我，一動也不動。我心一沉，他可能沒有第二集吧。

「那，你有第二集嗎？」

「是啊，我有，不過……妳不用花錢買，我可以借給妳，只要妳保證會好好保管，看完也會還回來。對了，要看兩次喔。」

我想到了我的守護天使，他一定偽裝成這個老人了。我注視著老人，他那雙眼睛就像守護天使的眼睛，深邃、黑亮且慈祥。我看著書名：《賈思潘王子》（*Prince Caspian*）。

「妳叫什麼名字？」他問我。

「瑪莉娜。那您的名字呢？」

「亞伯特。」他回答。

喔，是個叫亞伯特的天使。

從那天起，我每週至少去找亞伯特一次，向他借書回家看。

十一歲時我上中學。那時候，伊朗政府資助所有的學校，包括大學在內。不過有些學校的表現就是比較好，例如「阿諾許亞溫·戴達格」（Anooshiravan-eh Dadgar），這是一間祆教徒所創立的女子中學。父母要我上這間中學，不是因爲它比較好，而是因爲離家比較近。祆教徒會遵從先知瑣羅亞斯德（Zarathustra）的教誨。瑣羅亞斯德出生於三千多年前的波斯，他要人們信仰唯一至高眞神——「阿胡拉·瑪茲達」（Ahura Mazda）。我在這所中學念書時，多數學生不是祆教徒就是穆斯林，不過也有巴哈伊大同教徒（Bahais）和猶太教徒。至於像我一樣的天主教徒，則只有三、四人。

屋齡已有四十年之久的學校主建築物，有高聳的天花板和眾多窗戶，看起來非常廣闊。長長走道似乎無盡頭，兩道寬廣的大樓梯連接一樓和二樓。大門兩側立著兩層樓高的巨柱，上頭大大寫著：善思、善言、善行，這是祆教徒的座右銘。學校裡有座體育館，裡面有籃球場和排球場。校園地面鋪設良好，四周還有高高的磚牆圍繞著。

中學那三年，去亞伯特的書店成了我生活的重心。亞伯特幾乎讀遍了他店內成千上百本書，知道每本書的精確位置，也喜歡談論這些書。他有老婆也有一個兒子，他告訴我，兩年前兒子帶著媳婦和兩個孫子移民去美國。我們認識後的第一個聖誕節，亞伯特給我一盒用紅色包裝紙包著的禮物。我打開盒子，竟然是整套「納尼亞傳奇」，以及漂亮的藍色鉛筆盒，裡面還裝了滿滿的彩色鉛筆，以及聞起來像泡泡糖的橡皮擦。

我最後一次見到亞伯特是在十二歲生日過後沒多久，那是風和日麗的春天，鳥兒歡唱，陽光和煦。我胸前抱著《小婦人》，心情愉悅、微笑地推開亞伯特書店的厚重玻璃門。

「嗨，亞伯——」

一道陽光灑落在亞麻油地氈上，光束中可見粒粒塵埃翻滾飛揚。但，書店竟被搬空了，一片荒蕪在我眼前無止盡延伸，我彷彿站在沙漠邊緣，還有陣陣刺骨強風朝我吹襲過來，我愕然屏息，努力吸氣讓自己回神。空蕩書店的正中央，亞伯特坐在一個大紙箱上，苦笑看著我。

「書呢？怎麼都不見了？」我焦急問他。

他說，他把所有書都賣給另一家書店，不過我最喜歡的書，他全都幫我留下來，就在他坐的大紙箱裡，晚點會送到我家。他原本想早點告訴我，不過說不出口。他和太太很快就會離開伊朗，去美國找兒子。亞伯特不想走，可是太太生病了，希望終老前能多點時間和兒孫相聚。他不忍拒絕，畢竟兩人結婚五十一年了，而且這是她人生最後的心願啊。

他從襯衫口袋掏出白手帕，擤擤鼻子。聽聞這晴天霹靂的消息，我雙手無力垂下，兩腿也虛弱癱軟。他站起來，走向我，雙手搭在我肩上。

「我看著妳長大的，妳帶給我太多歡笑和快樂，我會想念妳的，對我來說，妳就像我女兒。」

我雙手環抱他，緊緊擁住。雖然只是移居到美國，但對我倆來說，卻如生死永隔，命運硬生生拆散我們，徒留悲傷與遺憾。

第六章

睜眼醒來，嘴裡殘存著雞湯味道。我坐起身，感覺世界旋轉不停，四周盡是濃霧籠罩，沒有紮實的界限或形狀，只有模糊色調。有人正喚著我的名字，又是雞湯。我咳了一下。

「吞進去，這對妳有幫助。」

溫熱的湯汁流入我的喉嚨，嚐起來味道不錯，我乖乖吞入口。眼前出現一個光亮白熾的正方形，我瞇眼想看清楚，原來是面小鐵窗。此時我全身痠痛，還發著高燒。

「這樣好多了。」有個聲音從我身後傳來。

我想移動。

「別亂動，把湯吞下去。」

身子一動就會痛，我嚥下湯汁，有幾滴還沿著下巴滑落。

慢慢地，視線聚焦，眼前的牢房景像愈來愈清晰。

「我現在要扶妳躺下來。」是阿里的聲音。

他坐在離我兩、三呎遠的地面上，說他會送我去編號二四六女牢，在那裡我可以見到一些朋友，感覺可能會好一些。他認識二四六女牢一名叫作瑪燕姊妹的女衛兵，會請她好好照顧我。

「我先離開一會兒……」他說完，仍舊看著我身上，彷彿等待我說些什麼。

我對二四六女牢毫無所悉。他真的說過我已被改判終身監禁？或者是我剛剛作了夢？

「我真的被改判終生監禁嗎？」我要弄清楚。

他點點頭，臉上出現一抹悲傷的苦笑。

我努力不掉淚，但淚水止不住撲簌而下。我想問他，爲什麼要救我，不讓我被處死？我想告訴他，終身監禁比死亡更可怕。我想告訴他，他無權這麼做，然而，我什麼都說不出口。

他站起來說了一句「願真主保佑妳」，然後就離開了。

我又昏睡過去。

數小時後，他回來把我帶去一間小牢房，裡面約有二十個女孩排排睡在地板上。

「妳在這裡等他們帶妳去二四六。好好照顧自己，事情會有轉機的。坐下後自己把眼睛矇上。」

我瞄到遠處角落有個小空位。我頭昏腿疼，費了好大力氣才順利走到那空位，不致踩踏到其他女孩，不過事實上，也沒人理會我的到來。那一小隅角落僅容我蹲著，無法躺平，我只好屈膝頂著胸口，靠著牆，任淚水滑落。

一會兒，有個男人叫喚十個人的名字，我也在列。

「被我叫到名字的人，現在把眼罩拿開一點，看著路，在門口排成一排，待會兒要移動到別處去。每個人都抓著前面那個人的罩袍，跟著隊伍走。別忘了，眼罩只能拿開一點，如果被我看到誰四處亂瞄，妳們就等著瞧，找到自己的位置後，把眼睛牢牢矇緊。」

我抓住前方女孩的罩袍，後面的女孩則抓住我的披肩。走過兩、三個迴廊，我們來到戶外。天寒地凍的，我祈求能快點抵達要去的地方，我快撐不住了。我眼中只看到灰色路面、黑色罩袍和我前方那女孩的腳。她的腳沒有腫脹，腳上的橡膠拖鞋尺寸和我的相仿，卻至少是她腳的兩倍大。我突然想到，不知我那雙一進監獄就被脫掉的鞋子現在如何了。我們進入一棟建築物，穿過走廊，爬上兩、三道階梯，衛兵要我們停步。他喊了我的名字，要我出列。

「抓著這根繩子跟我走。」他命令我。

我抓著繩子，跟他穿過一道門。

「姊妹，『撒蘭姆歐雷扣姆』①，早安，給妳帶個新的來：瑪莉娜。文件在這裡。」

「早啊，弟兄，多謝啦。」一個女人回應他。

門輕輕關上，裡面瀰漫著茶剛煮好的香味，使我驚覺自己早已飢腸轆轆。

「瑪莉娜，把眼罩解開。」女人的聲音裡流露出威嚴。我乖乖順從。

她約二十五歲，比我高了二十多公分，有雙深色大眼睛、大鼻子、薄嘴唇，五官拼湊起來的模樣顯得相當嚴肅，她還穿著黑罩袍，我真懷疑她這輩子有沒有笑過。

我們所在房間有點像是辦公室之類的，長寬約十二呎和十四呎，擺了張桌子、四張鐵椅，另有一張簡樸鐵桌上堆滿文件。清晨柔黃的陽光迤邐入窗，灑落在地面上。

「瑪莉娜，我是瑪燕姊妹，」女人說，「阿里弟兄跟我提過妳。」接著她向我說明，我們所在的建築物稱爲二四六，有兩層樓，第一層樓有六個房間，第二層樓有七間。我會被關在二樓的七號房。然後她廣播叫了個人名，幾分鐘後，有個年紀與我相仿的女孩走進辦公室。瑪燕姊妹介紹她叫索薇拉，也是個囚犯，是七號房的班長。

索薇拉有一頭短褐髮，穿著藍毛衣和黑褲子，奇怪的是她沒有用頭巾包住頭髮，我猜想，可能因爲二四六是棟女子監獄，所以我們不需隨時遵守「黑傑布」②的規定吧。辦公室的門敞開，通往一間二十五呎長、九呎寬的空休息室，走過休息室時，我注意到有階梯通往下方的樓層。我跟在索薇拉後方跛行，落後一段路，她停下腳步，回過頭，注視我的雙腳。

「對不起，我沒注意到。來，把妳的手擱在我肩上，讓我扶著妳。」她體貼地說。

我們走近一扇鐵門，索薇拉推開門，跨進狹窄迴廊，好多女孩在那裡。我們過了三道門，沿著迴廊走到底，再拐個九十度的彎，又有三道門，走進最後那一道，就是七號房。我望望四周，房間長寬約十七呎和二十五呎，地面鋪著破舊的褐色地毯。在我視線水平略高處，有個鐵架子橫釘在牆上，鐵架上方擱著裝滿衣服的塑膠袋，下方則有鐵鉤吊著小袋子。整個牆面塗上卡其色，鐵門雖薄卻髒得噁心。在角落有張上下鋪，下鋪放著各種形狀和尺寸的瓶瓶罐罐，上鋪則堆著裝滿衣物的塑膠袋。在另一個靠近鐵窗處的角落，灰色的軍裝夾克疊到天花板高。出人意料，房間還算乾淨整齊。房裡約有五十名女孩，三、四人各自成群聊天。她們年齡與我相仿，一見我進房，不約而同轉身打量著我。我虛弱到再也撐不住，腿一軟，整個人癱倒在地。

「女孩們，整理個地方讓她躺下來休息吧。」索薇拉邊命令著，邊屈膝跪到我身旁安慰我，

---

① Salam aleikom，伊朗的招呼問候語。
② hejab，伊斯蘭教的著裝規定。

「我知道妳的腿一定很痛，慢慢會好起來的，不要擔心。」

我點點頭，熱淚盈眶。

「瑪莉娜！」有個熟悉聲音叫我。

我抬頭，半晌時間認不出低頭看我的女孩。

「莎拉！感謝上帝！我好擔心妳！」

莎拉變得好憔悴，原本光滑白皙的肌膚，現在卻黯淡無光，還有嚴重黑眼圈。我們擁抱良久，不忍放手。

「妳還好嗎？」莎拉看著我的腿問。

「還好，本來還可能更慘的。」

我把頭巾拿掉，用手梳梳已經打結的頭髮，我這輩子從沒這麼邋遢過。

「妳的額頭上爲什麼寫了妳的名字？」莎拉問我。

「妳說什麼？」

「妳的額頭上用黑色簽字筆寫著妳的名字。」

我摸摸前額，尋找鏡子，但莎拉說這裡沒有鏡子。而且從她進艾文監獄到現在，還沒看過有人的名字被寫在額頭上。但我根本不記得是什麼時候被寫上的。然後她又問我頭上的瘀青是怎麼一回事，我就把在浴室昏倒的情形說給她聽。

「瑪莉娜，我父母還好嗎？妳最後一次見到他們是什麼時候？」

莎拉的眼神熱切急迫，我沒見過她這樣，彷彿苦陷沙漠，無水撐了好幾天，乍見一座湧出的噴泉。

我告訴她，她父母很擔心她和沙羅士，費盡心思想見他們。我問她知不知道沙羅士的下落，還有他是否無恙，但她什麼都不知道。我問她有沒有被鞭打。

她說，他們被逮捕那晚，衛兵鞭打沙羅士時，要莎拉在一旁看著。他們逼沙羅士交出朋友的名字，卻遭他斷然拒絕。而莎拉閉上眼睛，不忍看哥哥被嚴刑拷打，但是那些衛兵對她拳打腳踢，逼她睜眼目睹一切。然後他們解開沙羅士，換把莎拉綁在刑床上。他們告訴沙羅士，如果他交出名單，他們就不會鞭打莎拉，可是他依舊半個字都不說，所以莎拉也受到凌遲。他們問她，認不認識哥哥的任何朋友，但她眞的一個也不認識。後來，他們又追問她朋友的名字。

「我把妳的名字給了他們，瑪莉娜……對不起……因爲我實在受不了了。」她愧疚地說。

我不怪她。當時如果哈瑪德再多鞭打我幾下，我也會把所有名單供出來。

我說出革命衛兵早握有名單的事實。莎拉聽了覺得難以相信，他們竟然爲了早已瞭若指掌的事情凌虐我們至此。她問我爲什麼沒有早點告訴她校長室名單的事，我說因爲我不知道名單上到底有誰，所以不想讓大家擔心害怕。

「妳有見到吉塔嗎？」我想起了吉塔。

「我被鞭刑前，哈瑪德說，是吉塔把我的名字和地址供出來的。我信以爲眞，所以很氣她，我以爲我會被抓，都是她的錯。等到哈瑪德對我用刑，我一氣之下，也把所有事情告訴他。我眞恨自己錯怪了吉塔。」

莎拉摀住嘴巴不想再說，然而我看得出她嘴角流露出的悔恨和痛苦。我伸出雙手環抱著她，讓她在我懷裡放聲大哭。

終於，她抬起頭，繼續說：「就在哈瑪德把我送到這裡之前，他告訴我，吉塔前一晚被處死了，他還說，如果沙羅士不好好合作，也會有同樣下場。這時我才知道，哈瑪德說謊，其實吉塔什麼都沒說，如果她眞的招出所有名單，那她就不會被處死，就是因為她沒說，所以才被槍決。根本不是她的錯。」

「吉塔死了？」

莎拉點點頭。

不可能！

腦海中出現一個聲音：而妳竟然苟活著，妳不配！

我清楚記得和吉塔成為朋友的那一天，是三年半前，一九七八年的夏天，我在父母小木屋的北邊認識了她；同一個夏天，我也遇見了阿瑞須。

第七章

我出生那年，父母在裏海旁的加基安小鎮（Ghazian）買了棟小木屋，加基安與大城巴達拉巴勒維（Bandar-eh Pahlav）僅有一橋之隔。小鎮步調緩慢，滿眼翠綠景致。在那時代，裏海邊的小木屋是有錢人象徵，但我父母並不富裕，純粹只因父親太喜歡伊朗北部的寧靜和美麗，所以決定不在首都德黑蘭置產，而把錢拿來買小木屋。不過，他自己的錢不足以支付屋款，所以和朋友巴泰夫合購。巴泰夫叔叔是個精力充沛、大嗓門的俄裔美國人，在德黑蘭有家不鏽鋼工廠，未婚，整天忙個不停，沒什麼時間度假，也因此那裡幾乎成了我們的專屬小木屋。

小木屋座落在碼頭後方綠樹成蔭的大片綠地正中間，所處的靜謐巷道還能通往海邊。前屋主是個俄國醫生，他是父母的摯友，自己動手以堅實的俄國木材打造了這間木屋，四房一廳一衛，還有個小廚房。外牆漆上淺綠色，門前有十二級石階鋪沿而下。

從德黑蘭到小木屋開車約五個小時。出了德黑蘭往西，道路平坦，一直到加基文市（Ghazvin），再轉向北走，便可前進阿爾波茲山脈（Alborz Mountains）。宏偉壯觀的阿爾波茲山將伊朗中部的沙漠地形與北部的裏海景致切隔開來。穿越隧道、上坡再險降，在山巒之間硬是鑿出這條起伏多彎的險路。崎嶇過後，終於來到白河（White River）山谷，滿山蓊鬱密林，微風飄散著稻田清香。

小木屋外圍用鏤空的鐵柵欄圍住，被漆上天空藍的柵欄，高度比哥哥的身長還高。抵達後父親會將我們那輛藍色的奧斯摩比（Oldsmobile）車停在柵門外，由我下車將柵門打開，好讓車子駛進院子內。長長的碎石車道一路延伸到木屋門口，消失在滿院的楓樹、松樹、白楊木和桑樹之間。我腳下的繽紛鵝卵石交錯突起於泥土中，從濃密葉隙間灑落的燦爛陽光，將鵝卵石照耀得晶瑩發亮，連車道盡頭的空地也閃爍耀眼，如幻似眞。沿著白色石階拾級而上，小木屋乍然矗立眼前。

我們不在的那幾個月，屋內空氣吸足了陳舊濕霉味，在我們推門的剎那撲鼻而來，以熟悉的氣味迎接我們。小屋裡鋪著深綠色地毯，進屋之前，母親總要我們脫掉鞋子，將腳底擦乾淨，以免將塵沙帶進屋裡。父親在二手市場買到一套鑄鐵的白色桌椅放在小客廳，玻璃桌面，椅子上還鋪了紫色的天鵝絨坐墊。臥房很簡潔，只有一張小床、老舊的木衣櫥，和鮮麗花朵圖案的布窗簾。晚上入睡前，我總會將房內的三扇窗戶打開，以迎接清晨的破曉雞啼。下雨時，鴨子在泥坑裡高興地呱呱玩耍，野地檸檬樹枝葉茂密，散發出陣陣檸檬清香。

每天早上我會唸誦祖母教我的〈天主經〉（Our Father）。小木屋附近有個很特別的地方，從遠處看，像是被苔蘚覆蓋的巨大岩石，不過一走近，就會發現那是由許多小石頭堆聚而成的，約四呎高、六呎寬，其中一個角落還突出一根生鏽的粗鐵棒。這巨大的「岩石」應該是億萬年前，多數陸地還淹沒在海底時的古老產物，而後被漁民拿來繫漁船，如今它卻矗立在這被遺忘的角落，眞是詭異又突兀的時空嬗遞啊。我喜歡站在這塊岩石上，張開雙臂迎接微風，閉上雙眼，想像海水包圍著我，粼粼海面起起伏伏，陽光化爲金色液體，流向沙灘，山丘成了地球熾熱表面下汨汨隆起的水泡。我把這神奇的巨石稱爲「祈禱之岩」。

我通常天一亮就起床到外面散步，此時樹林間飄流著一條霧河，緩緩籠罩綠地，淹沒我的足踝。走到「祈禱之岩」時，太陽已突破晨霧重圍，在大地灑下紅粉金光。岩石上層就像瀲灩海面上的一座小嶼，我躺在上面，任晨陽傾瀉在我肌膚上，全身輕飄飄的，彷彿要化成薄霧和微光。

每年夏天，母親和我會在小木屋住上兩個月，父親因爲要工作不能請假太久，待兩、三個星期就得回德黑蘭，等週末再過來與我們相聚。好些年來，我在小木屋騎單車、堆沙堡、游泳、追逐野鴨、和附近的孩童玩耍，整天盡情嬉戲，直到晚上才回家吃飯睡覺。隨著年紀漸長，在小木屋的夏日時光依舊，然而白天的探險領地也愈加擴張，離小木屋愈來愈遠。十二歲時，我會花半天時間，騎單車到小鎮閒晃，沿著白色小房子並列的狹窄老街，一路騎到市場去。從糕餅店買來的米餅、有胡桃的圓型甜餅乾，就夠我當午餐吃上好幾天。魚市場裡充斥著小販的叫賣聲，除了強烈的魚腥味之外，還有新鮮香草的芳香。

我最喜歡的地方是連接碼頭兩側的那座橋。站在橋上，望著船隻來來往往，藍色海水綿延天際，巨大船隻劃破海面，掀起朵朵白浪，一呼吸，胸腔裡滿是鹹海味。我特別鍾愛起霧的海港，有如在幻影中一般，雖然濃霧遮蔽了視線，但耳裡仍可聽見槳輪切過水面的聲音，倏地，船隻現身，彷彿從另一時空破霧而出。

大概在我十歲那年，母親的大姊潔妮雅在離加基安小鎮四哩的新市鎮買了度假別墅，那裡設備很完善，有網球場、籃球場、餐廳和游泳池；當然，房價也很貴，不過有綠草如茵的院子，還有剛剛粉刷完仍光亮如新的及腰鐵柵欄，而孩童也能在乾淨的街道騎車玩耍。

潔妮雅阿姨的長相和家族其他人不同，她有一頭金髮、湛藍雙眸。任何屬於她的東西都很大：德黑蘭的大房子、豪華大車，連私人司機都長得高頭大馬。祖母死後第二年，阿姨的丈夫在一場車禍中喪生。姨丈擁有一家肉品工廠，就在離我們小木屋二十二哩遠的拉什特市（Rasht）。姨丈死後，阿姨親自接管事業，做得有聲有色。她女兒也叫瑪莉娜，不過大家都叫她瑪莉，我母親非常疼愛這個大我二十歲、長得很漂亮的外甥女，不過只要有阿姨在旁邊，瑪莉整個人就會變得很緊繃。她們母女倆同樣固執，個性倔強，一點小事都可以吵翻天。

一九七八年夏天，我十三歲那年，瑪莉表姊和她丈夫在阿姨的別墅度假，媽媽和我幾乎每天都往他們那裡跑。潔妮雅阿姨很少待在別墅，她一整天多半都在肉品工廠裡，在廠區她有間自己的舒適小公寓，除此之外，她就是待在德黑蘭的家中。

我騎單車亂晃時，發現很多青少年聚集在一處籃球場。每天下午五點，他們就會準時出現，男孩打籃球，女孩坐在場邊聊天，也同時爲男孩打氣。有一天，我終於鼓起勇氣趨前。十五歲左右的女孩們三三兩兩坐在草地上，我把單車丟在樹下，走向她們，似乎沒人注意到我，最後，我走向獨自在野餐桌邊的女孩，坐在她身旁，她看著我，笑了一笑。女孩穿著白短褲和白T恤，淺褐色直長髮及腰。她看來很眼熟，但我就是記不得在哪兒見過她。我先介紹自己，她突然眼神一亮，我才發現我們兩人是同校同學，她比我高兩個年級，只是從未交談過。和我一樣，她阿姨也在附近買了度假別墅，她和家人來此度假。她就是吉塔。

籃球場裡有個男孩灌籃得分，女孩們紛紛鼓掌歡呼。那男孩轉身使喚坐在我們旁邊的女孩，

「娜達，去幫我買罐可樂，我快渴死了。」

男孩約一百七十公分高，有雙黑色大眼。每次跑跳，黑色直髮就飄呀飄。娜達不情願地從草地上站起來，拍落白短褲上的雜草，將及肩的褐髮塞在耳朵後側。

「誰要跟我去？」她問女孩們，有幾個起身跟著她。她們走向小街的另一頭，那兒有家叫「摩比狄克」的速食店。

吉塔附在我耳邊說悄悄話，要我注意球場另一側的那個男孩，他約一百八十五公分，九十公斤，看起來至少二十歲。站在他旁邊那個金髮美女甚至還不及他的肩。吉塔說他叫雷明，是她這輩子見過最帥的男生。

「總有一天我會把上他。」她告訴我。

和我要好的女孩們大多與我年紀相仿，我們和男孩子交往的經驗非常有限，我從不曾想到過要「把上」一個男孩。

「嗨，妳們好！」身後傳來招呼聲，「吉塔，這位新朋友是誰啊？」

說話的是娜達。吉塔介紹我們認識，一聊才發現，娜達有個堂兄和我同校，而且還跟我很熟呢。聊完後娜達邀請我隔天參加她的生日派對。

我正好有件合適的衣服可以穿去參加娜達的生日派對。幾個月前，母親從一本德國目錄上訂購衣服，也要我挑幾件，我挑上一件白色洋裝，價格適中又很漂亮，開領設計，蕾絲質料輕柔舒適。娜達的計畫是先帶大家去游泳，然後去她家吃晚餐，再開舞會。於是吉塔建議我先把泳衣穿在家居服裡，漂亮的洋裝則另外帶著。

派對那天早上，我起得比平常早，在臥房裡待了好個幾小時，泳衣一件件拿起來試，每穿一件就照照鏡子，總找得出令人沮喪的身材缺陷，要不是手臂太細，就是屁股太大、胸部太平。最後，我決定穿瑪莉表姊送我的白色比基尼。她前一陣子去歐洲，給自己買了新泳裝，就把舊的白色比基尼送給我。我將白色沙灘鞋裝進塑膠袋中，洋裝摺好，所有東西都放進帆布海灘袋裡。早上十點了，平常我們都會在十點半出發，前往瑪莉表姊家的別墅。父親不在度假木屋時，母親從不自己開車，而是以計程車為交通工具。我聽見母親在廚房窸窸窣窣忙著，眞奇怪，她從沒這時間在廚房過。

「媽，我準備好了。」我拎著海灘袋，站在廚房門口喚她。

廚房傳出魚的味道，她正在清洗大砧板，斜眼瞥向我。

「準備好什麼？今天哪裡也不去啊。」

廚房流理台被大大小小的鍋碗瓢盆給占滿。

「可是……」

「沒什麼好『可是』！今天伊斯梅爾舅舅和妳舅媽要從德黑蘭來這裡看瑪莉，妳潔妮雅阿姨也會來。大家今天都會過來這裡吃飯，然後一起打牌，他們或許還會留下來過夜。」

「可是今晚有人邀請我去參加生日派對！」

「那妳就不要去啊！」

「可是……」

母親轉身面對我，我感覺出一股怒火在廚房裡延燒。

「妳聽不懂『不要去』的意思嗎?」

我轉身跑回房間，撲倒在床上。我要自己搭計程車去，我有足夠的錢，可是這樣一來就得在天黑前回家，因爲這是家規，除非告訴母親我要去哪裡。我聽見車輛駛入院子，輪胎輾壓潮濕地面的摩擦聲。從窗戶望出去，潔妮雅阿姨的私人司機摩泰扎正打開全新雪佛蘭的後車門。他是個彬彬有禮的年輕人，將近三十歲。母親衝出門口，跳下石階，和阿姨互相擁抱。摩泰扎打開後車箱，拿出小行李，然後一行人進屋。我還倚靠在窗邊，失望得心都要碎了。

「蘿西，給我倒杯冰水!」潔妮雅阿姨以慣有的高亢聲調使喚媽媽。「瑪莉帶伊斯梅爾和卡密去鎮上買點東西，一會兒就到。瑪莉娜呢?我有東西要送她。」

「剛剛還在這裡啊，可能躲在房裡生悶氣吧。」

突然我臥房的門被用力推開。

「怎麼啦?瑪莉娜?見到阿姨連招呼都不打呀?」

我走向前擁抱她，親臉頰問候。雖然她肌膚上有汗濕，不過全身仍散發出香噴噴的「香奈兒五號」香水味。她緊緊抱住我，我被她的大胸脯給壓得快窒息了。終於她放開我，從皮包裡拿出一只精緻的手環，戴在我手腕上。好可愛啊。潔妮雅阿姨總會送我些漂亮的小東西，我用手背擦擦淚水。

「妳剛剛哭過?爲什麼?」

「有人邀請我今晚去參加生日派對，可是現在不能去了。」

她笑了出來，「爲什麼不能去?」

「嗯……」

「因爲我來這裡？」

「對。」我不好意思地低下頭。

「我現在可能老了，但我也曾年輕過啊，不管妳信不信，當時的我可是年輕又貌美呢，往日情景歷歷在目啊。」

我屏息聽下去。

「這樣吧，我讓摩泰扎載妳去，然後送妳回來。」

「眞的？」

「是的，灰姑娘，妳可以去，不過午夜十二點以前要記得回家喔。」

摩泰扎把我送到娜達家門口，我向他道謝，並答應午夜十二點一定會在這裡等他，然後揮手目送他離去。我循著草地上的灰色踏石，走入娜達家前院。她正站在圍繞這單層別墅的迴廊上，和兩個女孩聊天。別墅後方面向著海，在屋前甚至就可以聽見海浪拍打沙岸的浪潮聲。沒多久，所有人都到齊了，女孩們把袋子放在娜達房間，男孩的東西則放在她哥哥房裡，然後一群人衝到海邊。我們玩抓鬼遊戲，打水球，直到飢腸轆轆才進屋子。在娜達房間打開袋子時，我才驚覺自己竟忘了帶胸罩或內衣，只得把泳衣繼續穿在裡面，雖然還有點濕，不過無所謂，反正泳裝是白色的，不會透出來。

吃了一頓有冷盤、新鮮出爐的麵包、各種沙拉的豐盛晚餐後，大夥兒將客廳家具全推到一旁，比吉斯合唱團（Bee Gees）的音樂緩緩流瀉而出。和娜達相擁而舞的是阿瑞姆，就是那個要她幫忙買可樂的灌籃男孩。娜達的白色洋裝襯托出她婀娜多姿的曲線，我看見阿瑞姆在她耳邊說了些什麼，惹得她咯咯笑。大家很快就湊成對，只有我還孤獨站在角落喝著可樂。舞曲一結束，我作勢忙著打開另一瓶可樂，在盤子裡堆滿薯條。音樂一首首響起，薯條和可樂把我的胃折磨得發疼，依然沒人邀我共舞。吉塔和雷明正陶醉地舞著，雷明就是籃球場上那個大塊頭的帥哥。他雙手在吉塔背後上下摩娑，她羞紅了臉。我瞥一眼手錶，十點了，我已經當「壁花」一小時了，還沒有人過來對我說半個字。我覺得自己與周遭環境格格不入，困窘、尷尬、難過的情緒一擁而上，恨不得馬上逃離現場。

通往後院的門離我僅有一步之距，我推開門，回頭望客廳最後一眼，根本沒人注意到我。走出門外，半月正灑下銀色月光，映照海面，四周靜謐祥和。我得做些事，或許游個泳吧，游泳可以讓我的心情好一些，我以前也夜泳過好多次了。月光下，水天一色，交融成溫暖的銀色黑夜。我步下連接迴廊與後院的階梯，然後解開衣服，就在衣服快滑落地面之際，突如其來的聲音嚇了我一跳，「妳在幹嘛？」

後院躺椅旁站著個年輕人，他雙手摀住眼睛。

「你嚇到我了。」我回應他，怦怦跳的心臟好不容易回復正常。「你躲在那裡做什麼？」

「我才沒有躲！我一直在躺椅上呼吸新鮮空氣，是妳突然跑出來，沒穿衣服站在我面前！」他受到的驚嚇似乎遠甚於我，看著他恐慌的神色，我突然覺得好笑。他看起來還不到十六歲，雙手還緊緊地摀著雙眼。

「妳把衣服穿上沒？」

「你有毛病啊？我又沒全裸，裡面有泳衣啦，我正要去游泳呢。」

「妳瘋啦？」他終於把矇著眼的手放開。「三更半夜在黑漆漆的水裡游泳？」

「不會黑啊，月亮正高掛著呢。」

「不行，不行！妳會溺死的，我不能眼睜睜看妳找死，這樣我會良心不安的。」

「我不會溺死的。」

「我不能讓妳去。」

他向我走過來，站在離我只有兩呎遠的地方。

「好，好，我投降，我不去游。」我把洋裝穿回身上。

他略微突起的顴骨上方，一雙深黑大眼直盯著我瞧，一張小巧、微顯稚氣的嘴，和臉上其他深刻五官形成強烈對比。他大概比我高五公分，褐色頭髮被理成平頭。讓我驚訝的是，他看著我的眼神，讓我覺得自己很特別、很美麗。他的名字叫阿瑞須。

既然不能去游泳，只好將就點在戶外坐坐。我一屁股坐進舒服的躺椅，但心思卻一直留意著阿瑞須，我甚至聽得見他的呼吸聲。大約十分鐘後，他突然站起來，把我嚇一大跳。

「你很喜歡嚇人喔？」

「對不起，我不是故意的，我得走了。妳不能去游泳，知道嗎？」

「好好好。」

我看著他走進屋內。幾分鐘後，娜達出來叫我進屋去，她準備切生日蛋糕了。

派對過後沒幾天，我騎上單車，準備去海邊找吉塔，經過一處堆放著建築工地用砂石的路邊，因爲轉彎太快，不小心被砂石絆倒，單車摔滑出去，我也跌倒在地。我試著起身，但一側膝蓋和手肘流血又刺痛不堪。那時候大概是下午兩點，烈陽正炙，街上幾無人跡，至少沒人看見我跌跤。就在我努力把單車牽到路邊時，感覺有人站在我身後。一轉身，是阿瑞須，他見到我時，臉上的吃驚神情不遜於我。

「你就喜歡這樣沒頭沒腦地冒出來嗎？」

「那妳就這麼愛冒險嗎？」他調侃地笑我，也同時檢查我的傷勢。「得把傷口清乾淨，我姑媽的別墅就在那裡。」他指指街角的木屋。

他幫我牽著單車，我尾隨在後。我的傷口隱隱刺痛，淚水已經盈眶，但我深吸一口氣，不讓淚水滑落，也不開口喊痛。我才不要讓他以爲我是個軟弱的小女生呢。

「我剛好坐在迴廊，望著街道發呆，突然看見有人以時速百哩的高速衝過來，然後砰一聲！哈哈，妳眞好運，脖子竟然沒跌斷。」他揶揄我。

藍色繡球花和粉紅玫瑰嫣然綻放，甚至探出別墅的白色牆頭，一株巨大垂柳的銀綠枝椏拂觸著紅色屋頂。

阿瑞須推開門，讓我先進去。滿室瀰漫著剛烘培出爐的餅乾香味。

「奶奶，我帶客人來。」他叫喊著。

滿頭銀髮，面容卻仍秀美的老婦從廚房走出來，她穿著藍色洋裝，一雙濕手在白色圍裙上抹啊抹。她長得跟我奶奶好像。

「什麼事啊？」她以俄語詢問，邊看著我，發現我流血的傷口。

我眞不敢相信，她連說話的語氣都和奶奶好像。她抓住我的手臂，帶我進廚房，阿瑞須跟在旁邊，解釋我受傷的經過。她甚至也跟奶奶一樣急性子又緊張兮兮，我還沒來得及反應，她已經幫我清潔好傷口、消毒包紮完畢。沒多久，我前方的桌子還擺上了一杯茶和自製餅乾。

「別拘束，隨意啊。」她這次說波斯語，但仍帶著濃濃的俄國口音。

「謝謝您！」我用俄語回應。

她的眼睛亮了起來。「是個俄國女孩啊！」她燦爛地笑開，「眞好啊！你現在有女朋友了，而且還不是普通的女朋友，是個很棒的俄國女孩呀！」

阿瑞須的臉一陣羞紅。

「奶奶，夠了，她又不是我女朋友！」

我忍不住笑了出來。

「隨你怎麼說，反正交女朋友是好事啊，對你有好處的。我讓你們年輕人自己獨處吧。」奶奶說完走出廚房，還自言自語地嚷著「太棒了，太棒了」。

「眞不好意思，」阿瑞須努力打圓場，「我奶奶她很老了，有時難免搞不清楚狀況。」

「你有沒有給她看你的笛子？」奶奶從另一間房往我們這頭大喊。

阿瑞須的臉色又變了。

「什麼笛子？」我很好奇。

「不重要啦，我隨便吹著好玩的，沒什麼好看。」

「我沒見過會吹笛子的人呢，你吹給我聽好嗎？」

「好吧。」他勉爲其難地答應。

我們來到他房間，他從一個長型的黑色盒子裡拿出一把銀色長笛，阿瑞順的手指拂過光滑的笛身，一首悲傷樂曲旋即流瀉在房間內。我坐在他床上，背倚著牆。他坐在我前面，身體隨著音樂擺動，彷彿樂曲是他的一部分，彷彿是他讓音符化爲美妙樂音。他眼神夢幻地凝向遠方，宛如正看著他人未能見之物。白色窗簾在敞開的窗戶前飛舞，纏綿著光影翩翩迴旋。我從沒聆賞過如此優美的天籟。吹奏完畢，他的眼神搜尋著我的視線，想看我的反應，而我已陶醉得無法言語。我一問才知道這首曲子是他自己譜寫的，但他表現得很謙虛。他問我會不會任何樂器，我說我什麼都不會，然後他又問了我的年紀，我說十三，他嚇了一大跳，因爲他以爲我至少十六歲，而我也很驚訝地發現他已經十八歲了。

我很喜歡他和我交談時看著我的樣子。他輕鬆地靠著椅背，手肘放在扶手上，手掌托著下巴，微笑地注視著我。在回答我的問題前，他會停個幾秒，讓我覺得我的問題對他很重要。我問他，明天早上想不想一起散步，他說當然想。

隔天早上，他祖母站在迴廊對我們揮手打招呼。

「奶奶快把我搞瘋了，她一直說妳是我女朋友，還要妳今天中午到我家吃飯。」

「好啊，我很樂意，如果你不介意的話。」

阿瑞須看著我，眼神帶著疑問。

「我的意思是，如果只有你奶奶想邀請我吃午飯，而你不想的話，你可以直接告訴我。」

「我當然希望妳來吃飯。」

「那就好啊，我還想再聽你吹長笛呢。」

我們散步到沙灘上幽靜隱密的一隅，我看到遠方有人躺著日光浴，有人在游泳。泡沫白浪捲向沙灘，撞成細細碎浪。我將拖鞋踢掉，任海水在腳趾間滲進滲出，冰涼的海水一次次緩緩地襲來又退去。我要阿瑞須多說些他家裡的事，他說，他爸爸是個生意人，媽媽是家庭主婦。父母每年夏天去歐洲時，他就會和弟弟及祖母到這裡的別墅來陪姑媽。他弟弟小他兩歲，叫阿瑞姆。

「你在開玩笑吧！阿瑞姆是你弟弟？」我嚇一跳。

「是啊，妳認識他？」

「對啊，我見過他，他好像很外向，經常和其他年輕人混在一起。對了，在娜達的生日派對之前，我怎麼都沒見過你？你都躲在哪裡啊？」

他說，他不像弟弟那麼外向，他比較喜歡在家裡看書或吹笛子。他會去參加娜達的生日派對，只是因爲娜達是他德黑蘭家附近的鄰居，還有她是弟弟的女朋友。

阿瑞須高中時成績頂尖，現在剛要升上德黑蘭大學醫學系二年級。我告訴他，我的成績也很好，而且也想和他一樣讀醫學院。我邀他一起下水游泳，他說他比較想坐在沙灘上看書。

艾瑞娜奶奶剛剛煮了頓豐盛的午餐。那天風和日麗，所以她便將餐桌搬到後院柳樹下，在桌上鋪了熨燙過的白色桌巾。我看著她在我杯子裡倒進檸檬汁，海風一吹，她的銀色髮絲縷縷飛揚。她在我的餐盤上裝滿長穀米、烤魚和沙拉，不管我在一旁抗議會吃不下。

「妳應該多吃點，瑪莉娜，妳太瘦了，妳的媽媽都沒好好養妳吧。」

自從艾瑞娜奶奶知道我會說俄語，她就沒開口對我說過半句波斯語。就像我的奶奶，她是個很自傲的女人，雖然會說波斯話，卻拒絕用這種語言交談，除非逼不得已。我的俄語說得七零八落，雖然父母在家會說俄語，不過自從奶奶過世後，我就拒絕說俄語，因爲我總覺得說俄語是我和奶奶之間的特殊回憶，我不想和別人分享這種回憶。阿瑞須的語言天分沒我高，所以在他面前說俄語並不會讓我覺得害臊，而且我和艾瑞娜奶奶說俄語，反而能勾起我和奶奶相處的快樂童年時光。

午飯過後，艾瑞娜奶奶準備去午睡，我和阿瑞須進廚房清洗碗盤。我把髒碗盤放進水槽裡，阿瑞須則負責把沒吃完的飯菜用保鮮盒裝好，放入冰箱。他手裡拿著抹布站在我身旁，當我把第一個洗好的盤子遞給他時，無意間四目交接，我剎時湧起一股撫摸他臉頰的強烈欲望，但終究努力克制住。

「太陽下山前，我得禱告完畢。」傍晚，我和阿瑞須坐在他家後院時，他告訴我。

「我可以看著你禱告嗎？」

「妳腦袋裡老是有些怪主意。」雖然這麼說，他還是同意讓我在一旁觀看。我乖乖地看著，沒敢出半點聲驚擾他。

他面朝麥加方向，開始進行朝拜的每個儀式，閉上雙眼、以阿拉伯語唸誦祈禱辭、跪地、起立、用前額碰觸祈禱石。

「你爲什麼要當穆斯林？」他朝拜結束後，我問他。

「妳眞是我見過最奇怪的人。」他笑我竟然這樣問，不過還是跟我解釋，因爲他相信伊斯蘭教能拯救世界，所以決定當個穆斯林。

「那伊斯蘭教能拯救你的靈魂嗎？」我又問。

他被我的問題嚇了一跳。「我很確定它也能拯救我的靈魂。妳是天主教徒吧？」

「對。」

「爲什麼？因爲妳父母都是天主教徒的緣故嗎？」

我告訴他，其實我父母並不是虔誠的天主教徒。

「那麼，妳爲什麼信奉天主教？」他不死心地非得要弄清楚似的。

我知道自己並不完全清楚答案，我告訴他，只是我研究過伊斯蘭教後，覺得它不適合我，但也不知道爲何會有這種感覺。我對穆罕默德的了解或許比耶穌還多，我對《古蘭經》的熟悉程度遠甚於《聖經》，不過我就是覺得耶穌比較貼近心靈，祂讓我很自在。阿瑞須對我笑一笑。我猜想，他原本以爲我會丟個措詞強烈的論點給他，沒想到竟沒有。對我來說，宗教純粹是個人心靈事物。

我問他，他雙親是虔誠的教徒嗎？他說，他父親來自穆斯林家庭，相信有神，但不信穆罕默德、耶穌或其他先知。外婆艾瑞娜則來自天主教家庭，不過她根本不虔誠，而外公在很久前就過世了，他也不信有神。阿瑞須的母親是個天主教徒，雖然她沒踏進過教堂，但都會在家裡祈禱。

我很好奇他家人怎麼看待他如此虔誠信奉伊斯蘭教這件事，他說，十三歲之後，他就每天按時朝拜，沒錯過任何一次，然而，他家人認爲這只是過渡階段，他持續不了很久的。

隔天傍晚，我坐在小木屋門前的石階上看夕陽，遠方雲彩被夕陽餘暉染成一朵朵紅霞，隨著黑夜降臨，逐漸變幻成灰紫色。我心中一直思念著阿瑞須，有他在身旁，我就很快樂，那種感覺超越任何事物，是一種溫暖卻興奮的幸福感，有了這種幸福，世界變得微不足道。我閉上雙眼，聆聽夜的聲音，有蝙蝠振翅尋找晚餐的聲音，還有港口船隻的汽笛聲。我想起阿瑞須唸詩給我聽的情景，他低沉溫柔的聲音，讓波斯詩人哈菲茲（Hafez）、薩第（Sadi）及盧米（Rumi）的詩作，變得遠比我自己所閱讀到的更加神奇動人。他充滿自信地唸誦詩句，彷彿那是自己的作品，彷彿是他將一言一字鋪寫成優美的旋律。或許，這就是愛，或許，我愛上了他。

我想讓阿瑞須來看我的祈禱之岩，便邀請他早上過來。

「妳爲什麼稱它『祈禱之岩』？」我們從門口朝岩石走去時他好奇地問我。

「小時候我曾經在那裡禱告過一次，那時感覺很特別，之後就常去禱告，久而久之，那裡就成了我的祕密天地。」

抵達祈禱之岩了。我從不曾和其他人分享過這地方，有半晌我疑惑自己是否太小題大作，畢竟這只不過是一堆被苔蘚覆蓋的小岩石堆所聚成的怪東西。

「你覺得我很無聊吧？」我問他。

「才不會呢，我知道妳和我一樣，想要找到一個更親近神的地方。我找到的是長笛，而妳找到的，就是在這塊岩石上祈禱。」

「那我們一起禱告。」我提議，「或許你也會和我有一樣的感覺，就像找到並且打開了一扇通往天堂的窗戶。」

我倆爬上岩石，朝天空舉起雙手，我背誦《聖經》〈詩篇〉第二十三篇：「耶和華是我的牧者，我必不至缺乏。祂使我躺臥在青草地上，領我在可安歇水邊。祂使我靈魂甦醒，爲己名引我走義路，我雖行過死蔭幽谷，也必不怕遭害。因爲祢與我同在，祢杖祢竿都安慰我。」

「眞美！」我禱告完後他驚歎道，「那是什麼祈禱辭？」

我向他解釋，〈詩篇〉是《聖經》的其中一章，但他從沒聽過。我告訴他，祖母以前都會唸這個章節給我聽，這是我最喜歡的章節。

我們坐在岩石上，凝視遠方。

「妳有沒有想過，人死後的世界是什麼樣子？」他問我。

我曾想像過死亡的模樣。而對阿瑞須來說，死亡是個永遠難解之謎，人難免一死，但當我們抵達死亡的國度，就無法透過言語來述說它。

「我最痛恨自己愛的人死掉，那種傷痛一輩子都平復不了。」我說。

「我沒什麼失去家人的記憶，外公去世時，我還很小，什麼都不記得。」

「可是我還記得祖母去世的種種。」我滿懷悲傷。

他眼眶含著淚水，這次，我又燃起撫摸他臉龐的欲望，想用手指輕撫他臉上每個線條，甚至想親吻他。我激動到站了起來，他也突然起身，就在刹那間，他的唇貼上我的唇。我倆如被閃電擊中般，同時跳開來。

「對不起。」他說。

「為什麼要對不起？」

「根據阿拉律法，除非兩人結婚，否則不該有肌膚之親。」

「沒關係。」

「不，有關係，我希望妳知道，我很在乎妳，我要尊重妳。我不該這樣做，況且妳還那麼小，我們應該多等幾年。」

「你的意思是你愛我嗎？」

「是，我愛妳。」

我不太明白為何吻我會讓他感到愧疚，我只知道可能與他虔誠的宗教信仰有關。那個夏天，我經常看見男孩和女孩在無人角落接吻，當時很好奇那是什麼感覺，如果是我，我一定會多吻幾遍，但是遇到阿瑞須，我卻做不到，因為我不想做錯事讓他不舒服。他年紀比我大，懂得比我多，我應該信任他。

那天晚上，母親和我在潔妮雅阿姨家的別墅過夜。早上六點我就起床了，躡手躡腳走進廚房給自己煮了杯茶。端著茶走到客廳，很驚訝地發現阿姨正坐在餐桌旁，埋首於文件中。我走向她。她身上的粉紅色棉質蕾絲睡衣，應該比較適合年輕女孩，不太適合像她這種六十多歲的壯碩婦女。她正忙著在筆記型電腦前寫東西。我停頓了一下，猶豫該不該上前向她道早安，她似乎全神投入在手邊的工作中。

「妳怎麼這麼早起，瑪莉娜？是不是談戀愛了啊？」她突然揚聲冒出這句話，嚇得我差點把茶濺出來。

「早安，阿姨。」我向她問安。

「或許對妳來說，這是個美好的早晨喔。」

她邊和我說話，雙手仍沒停止打字。

「妳要出去嗎？」她問我。

「對。」

「去哪裡？」

媽媽很少問我要去哪裡。

「去附近晃一晃。」

「妳媽媽知道妳這麼早要出門嗎？」

「我不知道耶。」

她的灰藍眼眸注視著我。

「妳還眞是不簡單啊。」

她把我搞糊塗了。

「妳不笨，不用那樣無辜地看著我！妳知道我的意思，妳母親和我女兒同一天出生，那天上帝創造她們時，根本就不用心，但妳不一樣。去幫我倒杯茶。」

我遵命轉身走回廚房，然後雙手微顫著把薑茶放在她面前。

「坐下。」她命令我，從頭到尾把我打量一遍。

「妳幾歲了？」

「十三歲。」

「妳應該還是完璧之身吧？是不是？」

「什麼？」我小聲追問。

「那就好。」她滿意地笑一笑。

「我啊，可是比妳媽還了解妳，我看著妳，而且能眞正看進妳心裡，可是她啊，就是不懂妳在想什麼。這可是我第一次見到妳手中沒帶書，信不信，我能把它們都唸出來？」

「把什麼唸出來？」

「就是妳看過的書啊。」

我緊張得滿頭大汗。

「《哈姆雷特》、《羅密歐與茱麗葉》、《飄》、《小婦人》、《孤雛淚》、《齊瓦哥醫生》、《戰爭與和平》，還有其他很多書。好啦，告訴我妳從書中學到什麼？」

「學到很多東西。」

「但妳可別做蠢事喔，妳該不會捲入這場革命吧？」

「阿姨，妳在說什麼？什麼革命？」

「妳想騙我嗎？」

我搖搖頭，一頭霧水，眞的不知道阿姨在說什麼。

「我很高興妳有機會從我這裡聽到這些事，因爲我對革命瞭若指掌。現在仔細聽好，這個國家正發生可怕的事情，我可以感覺得到，甚至嗅得出血腥與災難。反抗國王的抗議和遊行不斷，有個教長①，我忘了叫什麼名字，他已經反對政府很多年了，我告訴妳，他可不是什麼好東西。就像俄國一樣，走了一個獨裁者，卻來了一個更惡劣的統治者，只是名字不同，骨子裡一樣獨裁，而且這次更可怕，因爲這次的革命是高舉著眞主聖名而進行。現在受過高等教育的人都追隨那個教長了，連妳瑪莉表姊和她丈夫也喜歡他，唉，他們可都是我的家人啊。這個教長現在還流亡海外，即使這樣也阻擋不了追隨者。妳一定要離那傢伙遠一點，他說國王太有錢了。但國王就是國王，他或許不完美，可是有誰是完美的呢？那個教長說伊朗有太多窮人，但世界到處都有窮人啊。別忘了俄國的慘痛經驗，他們殺了沙皇，可是妳覺得俄國現在的處境有比較好嗎？妳認爲現在俄國人民自由嗎？富有嗎？快樂嗎？共產主義不是社會問題的解答，宗教也不是。唉，我說這些，妳聽得懂嗎？」

我點點頭，但心裡仍充滿疑惑及驚恐，阿姨說完低頭繼續在電腦前打字。

那天早晨稍晚些，我和阿瑞須正要出門散步，他弟弟阿瑞姆從迴廊叫住我們，問我們要去哪裡。

「你幹嘛知道？」阿瑞須不想理他。

阿瑞姆說，他很無聊，想跟我們一起去走走。阿瑞須告訴他，無聊就回床上睡覺，不過阿瑞姆很堅持要跟，我們最後還是妥協了。一行三人走向沙灘，阿瑞姆問，我和阿瑞須每天從早到晚黏在一起都做些什麼。這個問題惹得阿瑞須很不爽，兩兄弟吵了起來，我卻覺得好笑。

到了沙灘，阿瑞姆和我一起下水游泳，不喜歡碰水的阿瑞須就在沙灘上看書。我從水裡看著岸上的他，察覺到他並沒有專心在看書，而是一直注意著我和阿瑞姆。

阿瑞須一整天都不太說話，那天傍晚我在他房間，聽他吹奏長笛。我閉上雙眼聆聽，但他突然在我最喜歡的片段停住，放下長笛，我張開眼睛看著他，一臉疑惑和驚訝。

「怎麼了？」我問他。

「沒什麼。」

他眼神低垂，避開我的視線。

「阿瑞須，告訴我，什麼事？」

他在我身旁坐下。「妳眞的愛我嗎？」

「我當然愛你啊！告訴我，怎麼了？」

「今天妳和我弟弟在一起時，看起來很快樂，我看著妳忘情戲水，我以為，或許……我不知道……」

「你以為我對他有好感？」

「有嗎？」

「到現在你還不懂我嗎？他很有趣，但不是我喜歡的類型。」

「什麼意思，妳喜歡的類型？」

①Ayatollah，深諳伊斯蘭教義的信徒。

「你就是我喜歡的類型，而他不是，就是這樣。我不愛你弟弟，我愛的是你。」

「對不起，我不知道自己怎麼了。阿瑞姆一向比我受歡迎，女孩子都喜歡他……我不想失去妳。」

「你不會失去我的。」

他看起來還是悶悶不樂。「你不相信我？」我問。

「我相信妳。」

他站起身走向窗戶。那天起了大風，捲起滾滾巨浪，洶湧波濤的聲音掩蓋了外面的一切。他突然說，他要告訴我一件重要的事。他說，有一股反對國王的浪潮正席捲伊朗，革命正在進行，有許多抗議活動，也有很多人被逮捕。我告訴他，就在今天早上，潔妮雅阿姨也跟我提到這些事。

我問他，爲什麼會有這場革命，他說，因爲國王和他的家族，以及整個政府已經腐敗到極點，他們愈來愈富有，而多數伊朗人民卻仍然得和貧窮搏鬥。我告訴他，潔妮雅阿姨堅信，發生在俄國的事情，也會在伊朗原劇上演。

「俄國革命沒有建立在正確的基礎上，他們的問題無法透過共產主義來解決。他們的領導人不相信眞主，所以奪權後也很快就腐化了。」阿瑞須如此回應。

「那你怎麼能確信取代國王的人，一定會比較好？」

他問我有沒有聽過何梅尼教長？

「阿姨說有個叫什麼的教長，不過她不記得名字。誰是何梅尼？」

他說，何梅尼是眞主阿拉之子，被國王流放到海外。何梅尼教長希望伊朗人民能根據伊斯蘭教義過生活，希望國家的財富能被社會大眾所共享，而不是集中在少數人身上。他領導運動，對抗國王已經很多年了。

我告訴阿瑞須，我對革命有不好的預感。就我所知，我家人和他家人應該不算富裕，我們的雙親也都沒有在政府單位擔任要職，日子卻能過得不錯，能免費接受高等教育，他甚至能上醫學院念書。既然如此，爲什麼還要革命？

「這不只是爲了我們自己，瑪莉娜，」他激動起來，「還爲那些貧窮可憐的同胞。政府賣石油賺進大筆的鈔票，那些石油應該屬於伊朗人民的，但錢最後卻都流進國王和政府官員的個人口袋。妳知道嗎？過去幾年來，批評國王和政府的人都被祕密警察抓進大牢凌虐，甚至被處死。」

「我不知道這些事。」

「但這就是事實。」

「你是怎麼知道這些事的？」

「我遇過一些政治犯，他們在牢裡經歷的可怕遭遇，光聽就讓人不寒而慄。」

「聽起來似乎眞的很可怕！我以前竟然都不知道。」

「那妳現在知道了。」

我很好奇他父母是否知道他支持革命。他說，他沒告訴他們，反正他們也不會懂。

「很多人死於革命。」我擔憂地說。

「我會沒事的，瑪莉娜，妳也要更勇敢。」

我很擔心，我不要他有任何不測。一股寒意瞬間湧上心頭，他緊握住我的手。

「瑪莉娜，別擔心，我會沒事的，我保證。」

我很想相信他，我也想勇敢，但，我才十三歲啊。

那之後一整個夏天，我和阿瑞須再也沒談過政治。我想忘掉革命，想著或許一切都會過去。阿瑞須每天爲我演奏長笛，我們散步，在海灘上騎單車，坐在他家後院鞦韆上唸詩。

阿瑞須比我早兩個星期回德黑蘭。母親和我通常會待到九月初才回去，即使這樣也來得及爲九月二十一日（也就是秋季第一天）的開學日做準備。我看著阿瑞須駕著他父親的白色帕坎車①離開他姑媽的別墅，前座是他奶奶，阿瑞姆則坐在後座。他們揮手向我道別，我也揮手直到他們消失在視線外。

九月七日星期二我回到德黑蘭，立刻就打電話給阿瑞須，約好兩天後早上十點在書店碰面。

那天天還沒亮我就醒來了，只覺得心情緊張忐忑，走到陽台，平常繁擾的街頭，在這天色幽微的清晨，卻空無人跡，只有微風將沾塵的楓樹葉吹得沙沙作響。我想打電話給阿瑞須，希望提早見到他，但這樣似乎太莽撞，我應該耐心等待。突然間一陣奇怪的嘶嘶聲響起，我望向漆黑的街道，街道一端好像有什麼東西在移動，我瞇眼想看得更仔細，一個黑色身影走在街燈下，拿著噴漆在店家牆上噴寫。有人大喊「站住」，我不知道聲音來自何處，只聽見它在建築物間迴響。黑色身影開始狂奔，我聽見巨大如雷的響聲。黑影消失在轉角處，兩個荷槍的軍人出現，我趕緊回到屋內。

太陽升起後我又回到陽台。街道另一邊的灰色磚牆上被寫了幾個紅色斗大的字：國王下台。

我比約定時間提早幾分鐘到書店，瀏覽架上的書。十點十五分，我看看四周，還沒見到阿瑞須，他從不遲到的。我不斷看著手錶，店門被推開一次，心中就燃起一次希望，但他終究沒出現。我等到十一點，不斷告訴自己，沒關係，他沒事的，應該只是陷在車陣中，或者車拋錨了。

我走路回家，直接拿起電話，打給阿瑞須。是阿瑞姆接的電話，從他「喂」的語氣，我知道事情不對勁。我告訴他，我和阿瑞須約在書店見面，但他一直沒出現。

「阿瑞姆，你知道他在哪裡嗎？」我盡量讓語氣平靜下來。

阿瑞姆說他不知道。他說阿瑞須昨天早晨出門前，還說會回來吃晚餐，但到現在一直沒回家。他父母打電話給所有認識他的人，卻沒人知道他的下落。那天葉拉赫廣場（Jaleh Square）有個何梅尼的支持者發起的反對國王的大規模抗議遊行。軍隊對群眾開槍，很多人受傷。阿瑞須的一個朋友告訴阿瑞姆，他和阿瑞須一起去了廣場，不過後來兩人走散了。阿瑞須的父母打電話到德黑蘭每家醫院，他父親甚至去了艾文監獄，卻依然沒有他的下落。

我遇過一些政治犯，他們在牢裡經歷的可怕遭遇，光聽就讓人不寒而慄。我搖搖頭將不祥的念頭甩開，叮嚀阿瑞姆一有他哥哥的消息就要立刻通知我。

我和周圍的時空愈來愈疏遠，空洞虛冷的孤寂占據四周，彷彿生命把我遠遠推開，連街道上

①Paykan，這是伊朗街頭最普遍的國產轎車。

隱約傳來汽車喇叭聲也變得詭異又陌生。我知道這種痛苦，這就是悲傷。

隔天早晨，我衝去阿瑞須家按門鈴，靜靜等著他家人來應門。阿瑞姆一開門，我們便相擁而泣，誰也不願意放開對方。我張開眼睛發現艾瑞娜奶奶看著我們。我必須堅強。放開阿瑞姆，我抱著艾瑞娜奶奶，然後攙扶著她走進客廳，坐在沙發上。阿瑞須的父親走過來，阿瑞姆介紹我們認識。阿瑞須長得跟他爸爸眞像。

「謝謝妳來關心，」阿瑞須的父親說，「阿瑞須跟我提起過妳，眞希望我們不是在這種場合見面。」

我坐在不停哭泣的艾瑞娜奶奶身邊，緊緊握著她的手。阿瑞須的母親進來，我起身親吻她雙頰。她的臉龐冰冷，雙眼哭得紅腫。屋內到處擺放了全家人的照片，而我卻連一張和阿瑞須的合照都沒有。

我要阿瑞姆帶我去看看他哥哥的房間。房裡陳列簡單，牆上沒有畫飾或照片，裝長笛的黑盒子就擺在書桌上，旁邊還有個小小的白色珠寶盒。阿瑞姆拿起珠寶盒遞給我。

「幾天前他買了這個，說要送妳。」他說。

我打開盒子，裡頭有條漂亮的項鍊。我闔上珠寶盒，把它放回書桌上。

「我在他書桌抽屜裡找到一封信，我不是故意要動他的私人物品，但我總得找找有什麼可以幫我們得知他下落的線索。」阿瑞姆把一張紙交給我。

我認得阿瑞須的筆跡。信函抬頭寫上他父母、外婆、弟弟和我的名字。他寫道，他必須站出來爲他堅信正確的事情發聲，他必須做點事來反抗這邪惡的政府。他說，他一直竭盡所能支持反國王的伊斯蘭革命，他很清楚知道自己已深陷險境。他說，他從未如此勇敢過，他已經將個人生死置之度外，隨時願意爲了信仰犧牲性命。信末他提到，如果我們正在看這封信，那表示他很可能死了，他請求我們原諒他，並爲造成我們的痛苦而道歉。

我看著阿瑞姆。

「我父母不知道他涉入這場愚蠢的革命有多深，但我知道。」他說，「我曾試圖阻止他，不過妳也了解他，他不會聽我的，他覺得我只是個涉世未深的小弟弟。」

我坐在阿瑞須的床邊，將信交還給阿瑞姆。阿瑞須枕頭上放了件藍色T恤。他很喜歡這件衣服，夏天時穿過很多次。我拿起衣服聞了聞，上頭還有他的味道。我好希望他現在走進房間，露出溫暖的笑容，用他溫柔磁性的嗓音叫喚我的名字啊。

我昨晚特地留意新聞，完全沒提到葉拉赫廣場的抗議活動。然而，所有電視台都被政府掌控，近期的抗議遊行和死傷人數根本不會被報導出來。我不了解爲什麼國王要下令軍隊射殺民眾，爲什麼不聽聽抗議者想要說什麼？爲什麼不跟他們談一談？

我走到窗邊，望向街頭，思忖阿瑞須站在這扇窗戶望著靜謐街道時，是否想著我。阿瑞姆站在我身旁，也凝視窗外。我爲他心痛，雖然他和哥哥的個性截然不同，但感情卻非常親密。

客廳裡一張兩兄弟的照片吸引我的視線，兩個小男孩，約莫七歲和九歲，環擁著彼此的脖子，開懷大笑著。

第八章

「今天剛好輪到我們這棟有溫水。」這是我在二四六女牢的第一晚。莎拉告訴我，每隔兩到三週才輪得到一次溫水，而且每次只出水兩、三個小時。我們這間牢房的沖澡時間排在凌晨兩點，「每個人只有十分鐘，我會叫醒妳的。」她好心地說。

該就寢了，牢房每晚十一點熄燈，不過走道的燈倒是全天候開著。莎拉介紹我和管「床」的女孩認識。每人會拿到三條毯子，大家躺在地上排排睡，有固定的「床位」，不過床位會定期輪替。被抓進來的女孩太多了，多到有人得睡在走道上。我的床位在牢房內，就在莎拉旁邊。我將一條毯子摺成三折當作床墊，一條拿來當作枕頭，一條當被子。大家躺平後，整間牢房已無空隙，半夜起來上廁所顯得困難重重，一路摸黑到廁所，絕對不可能沒踩到其他人。在國王的舊時代，二四六監牢上下樓層加起來，也不過關上五十多個囚犯，而到了何梅尼時代，這裡卻關了將近六百五十人。

莎拉守信地在兩點叫我。剛被喚醒時，我迷迷糊糊，不知身在何處。慢慢清醒後，才記起我不在自家的床舖上，而是在艾文監獄。淋浴間的水流聲混雜著女孩們的說話聲。莎拉幫助我站起來，我一跛一跛地走向浴室。淋浴間的牆壁和地面都塗上水泥，漆成深綠色，厚重的塑膠簾子隔成六個小隔間。兩個女孩共用一小隔間，限時十分鐘。浴室裡瀰漫著蒸氣和廉價肥皂味。我搓著肌膚，忍不住放聲大哭。

從我原本要被處決而後拿下眼罩的那夜起，我的命運便徹底改變了。那夜之前，我生命有過許多深刻體驗，我曾失去摯愛，也被逮捕、被凌虐，但是這些經驗讓我的生命更加完整，然而，那夜卻讓我離眞實世界愈來愈遠，雖然還活著，但屬於我的生命已經消失。生死之間或許有條線相隔，但我卻不屬於任何一邊。

沖完澡回到牢房躺下。床位狹小，如果我躺平肯定會打擾到隔壁獄友，只好側躺面向莎拉，盡量打直膝蓋。莎拉張開眼對我微笑。

「瑪莉娜，我沒有惡意，或許也不該說這種蠢話，但我眞的很高興有妳陪著我。妳來之前，我好孤單。」

「我也很高興我們現在都不孤單了。」

她閉上眼睛，我也闔上雙眼。我想告訴她處決那一晚發生的事情，卻說不出口，任何言語都難以述說那噩夜驚魂。況且我也不想告訴她我被判終生監禁，那只會讓她難過。他們眞的打算把我關在艾文監獄一輩子嗎？我眞的再也無法擁抱母親、見到安德烈，也不能上教堂，再也看不到裏海？不，他們只是故意嚇我，要讓我絕望。我應該更勤奮禱告，祈求上帝拯救我，不只我，也要救莎拉，讓我們很快就能平安返家。

好像才躺下沒幾分鐘，擴音器就傳出喚拜聲，在牢房內迴盪，「偉大眞主。偉大眞主……」這是早晨初次的朝拜（namza），須在破曉前完成。莎拉和多數女孩起床進入浴室進行「淨身」

（VOZOO）儀式，每次朝拜之前，都得先把手腳洗乾淨。她們起身後，我終於可以躺平了，有人碰碰我的肩，張眼一看，是「班長」索薇拉。

「妳怎麼沒起床準備朝拜？」她問我。

「因爲我是天主教徒。」我笑著回答她。

「妳是我在這裡遇到的第一個天主教徒！我們有……有過天主教的鄰居，就住在我家隔壁。他們姓喬拉林，我和他家女兒南西是好朋友。我曾受邀去他們家喝土耳其咖啡。妳知道喬拉林這家人嗎？」

我搖搖頭說不認識。

她很有禮貌地爲吵醒我而致歉，還問我天主教徒要禱告嗎？我向她解釋，我們也要禱告，但和穆斯林不一樣，不需要在特定的時間禱告。

我們必須在早上七點把床鋪整理好，我很驚訝大家的動作都如此迅速，才一眨眼，毯子都已經摺好並在角落堆放妥當。吃飯時間會有兩個人輪值，負責將一條約一呎長半呎寬的塑膠蓆子鋪在地上，再將鐵湯匙和塑膠杯盤分給每個人。在這裡禁止使用刀叉。然後輪值的兩個人會去茶水間，將裝滿茶水的圓筒狀大熱水瓶給提回來。熱水瓶很重，必須一人抬一邊的把手，走回牢房時兩人都喘吁吁。她們也會把要分配給大家的麵包和乳酪帶回來，大家排隊，領完固定分量的食物後，就圍著塑膠蓆子坐下來，開始用餐。我快餓死了，沒兩口就把食物給吃完。麵包很新鮮，據說監獄裡有自己烘培麵包的廚房。至於茶雖然是熱的，卻有一股怪味道，莎拉說這是因爲衛兵會把樟腦丟進茶裡面，她聽說，樟腦可以讓女囚不會有月經，很多在這裡的女孩根本不再有生理期。不過樟腦會有副作用，例如會讓身體水腫，也會讓人憂鬱。我問她，爲什麼衛兵不讓我們有月經，莎拉解釋說因爲衛生棉很貴。用完餐，負責洗碗的兩個女孩必須將髒碗盤收進塑膠桶，然後提到浴室，用回收的水來洗碗。

沒多久我就學會監獄那套規則。不准跨越走廊盡頭那道鐵門，除非獄卒姊妹廣播要我們過去；不過通常只有被叫去做進一步審問，或者有人探監時，才會有廣播。探監每個月一次，但還不曾有任何訪客來看過莎拉，她衷心希望獄方能允許她父母來探監。我也發現，只有家族親人才能來探監，並送衣物來給我們。每間牢房都有一台電視，不過千篇一律盡是宗教性節目。我們也有書可閱讀，但內容也盡是伊斯蘭教義。

午餐通常是一小碗米飯或湯，至於晚餐則是麵包和棗子。米飯或湯裡是有放雞肉，不過能在碗裡翻出小肉屑的人，就是那餐的幸運兒，足以到處炫耀了。牢房的班長，有時是囚犯自己選出來，有時則是獄方指定，班長要負責掌管食物的分配、清潔工作，遇到有人生病或其他問題時向長官報告。

大約我被捕後的第十天，我坐在牢房角落看著其他女孩朝拜，她們站成一排，面向麥加的方向。我第一次近距離觀看穆斯林禱告，是在阿瑞須姑媽的別墅看著阿瑞須朝拜。我喜歡看他彎腰、跪膝、低聲呢誦他堅信的禱詞。如果阿瑞須還在，他還會贊成這個新政府，支持它以眞主阿拉之名做出這些可怕的事嗎？不，阿瑞須是個仁慈善良的人，他一定不會接受如此不公不義的事。或許他會和我一起被關進艾文監獄吧。

我和一個獄友聊天後，著實被嚇到。她叫塔瑞娜，二十歲，弱不禁風模樣，有雙琥珀色大眼和一頭琥珀色短髮，總是坐在角落讀《古蘭經》。每次朝拜時，會用面紗掩住臉，朝拜完拿掉面紗後，她雙眼總是紅腫，卻故意強顏歡笑。

「妳看起來像尊呆立很久的雕像，連眼睛都不眨一下。」有天她突然對我說。

「我在想事情。」

「想什麼？」

「想一個死去的朋友。」

我反問她為什麼會被抓進來，她回答我：「說來話長。」

「沒關係，反正我們有的是時間慢慢說。」

「我沒有時間了。」她說。

恐懼頓時湧現心頭，莎拉說過，這牢房裡有兩個女孩將被處死，但塔瑞娜不在其中之列啊。

「不過莎拉告訴我，妳不——」

「還沒有人知道我要被處死的事。」她小聲地說。

「妳為什麼沒有告訴過其他人？」

「告訴她們，然後呢？讓大家替妳驚慌、擔憂嗎？我痛恨這樣，拜託，請別說出去。」

「那妳為什麼告訴我？」

「妳本來也應該被處死的，不是嗎？」

心一沉，我不該隱瞞她，於是鼓起勇氣把處決那晚的經過，和阿里在最後一刻把我帶走的事情，一五一十地說出來。她問，阿里爲何救我？我說，不知道。然後，她技巧性地追問下去。

「他有碰妳嗎？」

「沒有，妳這話什麼意思？」

「妳知道我的意思。男人不可以碰女人，除非兩人結婚。」

「沒有！他並沒有碰我！」

「這就奇怪了？」

「爲什麼奇怪？」

「我聽到一些事。」

「什麼事？」

「有兩個女孩告訴我，她們被強暴了，還被威脅如果把事情說出去，就會被處死。」

我不太懂強暴是什麼，我只知道是很可怕的事，是男人會對女人做的一種事，而且沒有人願意去談。雖然我很想多知道一些，但還是沒開口問。

「那妳被帶去刑場前呢？也沒有人碰妳嗎？」塔瑞娜繼續追問。

「沒有！」我斷然否認。

她爲惹惱我而道歉，我忍住差點奪眶的淚水對她說，眼見別人被處死，唯獨自己苟活那種痛苦眞的很難受。她安慰我，就算我沒被救，也改變不了那些獄友的命運啊。

「妳怎麼知道我原本要被處死的？」

「妳剛進牢房時，我就注意到妳額頭上被寫上了妳的名字。」

我依然一頭霧水。

「我被捕後，他們連續兩天鞭打我，我都不屈服。」她說，「然後有一晚，我的審問官把我拖到外頭，解開我矇眼的布條……到處都是屍體……一具疊著一具。這些都是被處死的人……有十個或十二個。我作嘔猛吐。他告訴我，如果我不老實說，下場就跟他們一樣。他用手電筒照著其中一具屍體的臉，那是個年輕人，他的名字就被寫在額頭上，叫梅藍．卡比瑞。」

雖然我知道，原本我要被處決那晚的所有事情的確發生過，但現在聽著塔瑞娜的話，回想起來，仍像一場不眞實的噩夢。我曾努力拋開它，現在它竟又回頭來找我，我的呼吸愈來愈沉重，我目睹過的那晚，即將發生在塔瑞娜身上，而我，只能眼睜睜看著它發生，無計可施。

塔瑞娜告訴我，她曾聽說，女孩被處死之前，會被衛兵強暴，因爲他們認爲，如果讓這些女孩死前保有處女之身，她們就會上天堂。他們可不要反革命分子上天堂。

「瑪莉娜，妳知道嗎，要殺要剮都可以，」她堅定地說，「但我就是不要被強暴。」

我們牢房裡有個孕婦，叫雪妲，約二十歲，本來也被判處死刑，不過處決日期被延後了，因爲伊斯蘭教義規定，不能處決懷孕或哺乳中的婦女。她有一頭淡褐色長髮和褐色眼眸。她的丈夫也在即將被處決的名單中。我們盡量陪著她，不讓她有機會胡思亂想。多數時候，至少會有兩個女孩跟她在一起。雖然她總是表現得很平靜，不過偶爾會看見她默默流淚。我可以想像她有多難挨，不只要擔心自己，還得擔心丈夫和未出世的孩子。

有天晚上，我們被震天槍響吵醒，所有女孩立刻坐起身，瞪著窗外。每顆子彈代表一條驟逝的生命，一句最後的呼吸、一個消失的摯愛，而此時家人卻正等待摯愛的歸來。他們會被埋在無身分標記的亂塚，沒有刻著名字的墓碑相伴。

「沙羅士……我的哥哥啊。」莎拉低喚著。

「沙羅士沒事的，我知道他很平安。」我撒了謊。

莎拉的黑色雙瞳，如黑夜中的海市蜃樓，虛幻迷惘。她開始啜泣，聲音愈來愈大，我雙手環抱著她，她將我推開，開始尖叫。

「噓……噓！深呼吸。」幾個女孩圍著她，要她平靜下來。

莎拉開始猛搥自己的頭，我想抓住她的手腕不讓她傷害自己，但她力量很大，我根本抓不住，得要四個女孩才壓得住她，而她還是繼續掙扎。燈光亮起，幾分鐘後瑪燕姊妹和另一名獄卒馬索梅進入牢房。

「搞什麼？」瑪燕姊妹問。

「是莎拉。」班長索薇拉說，「她又哭又叫，然後開始用力搥自己的頭。」

「去找護士。」瑪燕對馬索梅說，她聽令立即跑出牢房。

不到十分鐘護士來了，在莎拉手臂上打了一針。沒多久莎拉不再掙扎，昏睡過去。瑪燕姊妹說，必須把莎拉送到監獄醫院，以免她又自戕。於是兩個姊妹和護士將莎拉裹上毯子抬離牢房。莎拉的小手無力垂在毯子外緣，我祈求上帝千萬不要讓她死，她的家人正期待她回家，就像當初阿瑞須的家人熱切盼著他一樣。

第九章

我們仍癡癡等待阿瑞須歸來，雖然心裡明白可能再也見不到他。國王撤換了總理，試圖掌控國家大局，他發表演說，告訴人民，他已經聽到人民對正義的呼求，也準備進行改革。然而這一切都徒勞無功，每天有愈來愈多反對國王政權的集會和抗議。一九七八年至七九年間的學年度，學校裡瀰漫著一股未來茫然無從的憂慮氣氛。我成長的世界，以及我過去深信且遵從，如磐石般穩固的規範，一夕間全部崩解。我痛恨革命，它帶來暴力和流血。我知道，這還只是開始，果然沒多久，實施起軍隊掌控的宵禁，軍人和軍用卡車出現在街上的每個角落。原本熟悉的生活，全都變了樣，我竟成了陌生人，與原本的世界格格不入。

有天，整個屋子被巨大低沉的聲響震得搖晃起來，轟隆聲愈來愈驚人，直鑽進我的骨子裡。我趕緊望向窗外，是輛坦克車正橫掃街頭。我嚇呆了，從來不知道坦克車能如此震耳駭人。當坦克車遠離時，路面已被鐵輪烙下深深的痕跡。

過去數星期以來，恐懼的氣氛日益加劇。許多在政府或軍隊擔任要職的人紛紛離開伊朗，遠走他鄉。最後，連學校都在一九七八年秋末全面停課。那年冬天異常寒冷，而煉油廠的罷工，以及政經局勢的不穩定，更是讓一切雪上加霜。車輛和暖氣的燃料供給開始短缺，家裡只能有一個房間開暖氣取暖；加油站的排隊人潮綿延數哩，甚至得在車裡徹夜排隊，等候加油。沒有課可上，我整天待在家裡，無事可做，只能呆望著窗外，任憑恐懼襲來。前面這條國王大道，過去人車鼎沸，現在卻荒無人煙。以前人行道總是擠滿閒晃或逛街的人潮，與攤販的討價還價聲不絕於耳，如今卻空蕩死寂，連乞丐也不見蹤影。偶爾會有十幾或二十幾個人聚集在一起，在牆上噴寫著「國王去死，何梅尼萬歲」等字樣，還會焚燒輪胎，橡膠燃燒的濃煙和惡臭隨即瀰漫空中。好幾次街上擠滿憤怒的抗議群眾，由男人領軍，女人穿著黑袍跟隨在後。他們揚起拳頭，怒吼口號，反對國王政權和美國霸權，還有人拉著印有何梅尼相片的橫布條遊行。

我每週會去探訪阿瑞姆和他家人一次。走在街上，我小心緊貼著建築物以策安全，畢竟有很多人被流彈波及，或死或傷。我盡量沿著小街走，避開抗議群眾或軍隊。如果坐公車，也會挑個安全的角落坐下。阿瑞姆很少出門，他非常擔心我上街會有危險，經常懇求我待在家裡。我告訴他，我如果繼續悶在家裡，在還沒被流彈或軍隊殺死之前，或許已經被那種監禁困住的無力感給殺死了。他聽了只好轉而要求我在出門前，務必先撥個電話讓他知道。

「爲什麼我出門前要先撥電話給你，這有什麼意義？」我不懂。

「這樣如果妳該到我家時，卻還沒出現，我就可以想辦法。」他解釋道。

「想什麼辦法？」

他看著我，一臉困惑我怎麼會問這種問題。

「我會出門去找妳啊。」

「去哪裡找我？」

看見他眼裡的受傷神情，我才知道自己有多殘忍，他是眞的擔心我，眞的不想見到悲劇重演啊。

我緊握住他的手，「阿瑞姆，對不起！原諒我！我不知道自己怎麼了，竟如此愚蠢，我不知道我腦袋裡在想些什麼。我會打電話給你的，我保證。」

他笑了笑，但仍有一絲懷疑和不安。

爲了讓艾瑞娜奶奶忙碌到沒時間胡思亂想，我要求她教我打毛線。每次去看他們時，我們都會坐在客廳，喝著茶，聽著英國國家廣播電台的播報，以了解伊朗當前局勢。說來荒謬，由於伊朗的電視台和廣播都受到嚴格監控，我們想了解自己國家的政治狀況，竟得仰賴外國媒體。有時候會聽見遠處傳來槍響，震耳欲聾，讓我們只能放下手邊的事情，全身僵硬地聽完槍砲聲。艾瑞娜奶奶非常虛弱，連阿瑞姆的母親也日益消瘦。他四十六歲的父親，看起來更衰老，頭髮愈來愈斑白，皺紋也深深嵌在額頭上。

我和莎拉每天會通電話，有時候我去她家，有時候她來我家。她雙親和我父母不同，他們支持革命，甚至參加過幾次集會遊行，不過從沒帶莎拉和沙羅士前往。莎拉說，她媽媽去參加抗議遊行時會穿黑罩袍，我實在難以想像她媽媽穿黑罩袍的模樣，印象中的她總是精心打扮，她是我見過最會穿衣服的女人。莎拉告訴我，有一天哥哥沙羅士打算溜出門去參加集會，她央求哥哥帶她去，他拒絕了，說她還太小，去那裡太危險。我求莎拉千萬不要去，提醒她阿瑞須就是這樣失蹤的，然而她說，大家應該停止恐懼，挺身出來反抗國王，因爲這個政權太腐敗了，他把國家財富都放進自己在國外銀行開的戶頭，大興宮殿，濫開豪華派對，還把批評他的人全都抓進監獄凌虐。

「妳也應該挺身而出，」莎拉反過來勸我，「就當是爲了阿瑞須吧。這樣的統治者簡直就是盜賊、屠夫，我們應該把這種人趕下台。」

有一天，我家樓下的小餐館傳出震天價響的「國王下台」口號，群眾砸碎所有的窗戶玻璃，搜刮所有酒瓶，集中到十字路口，放火燃燒。啤酒瓶爆裂，震得家裡窗戶也隆隆響。小餐館老闆沒事，他們是美國人，我們當鄰居好多年了。不過人雖然平安無恙，卻也飽受一番驚嚇。

慢慢地，街道上出現軍隊的次數愈來愈少，大家傳言，這是因爲國王終於了解，強力鎭壓只會助長革命氣勢。民眾也相信，很多軍人開始抗命不願對示威者開槍。現在即使有軍用卡車駛過街道，卻再也沒見過車上軍人拿槍指著示威群眾的情況了。

我父母似乎不怎麼擔心國家目前的局勢，也不在意這場伊斯蘭革命，他們認爲這只是一段騷亂期，不是眞正的革命，因爲國王握有的政治大權，是不可能讓一群伊斯蘭的神學家或教士給推翻的。所以，雖然母親會叮囑我出門時千萬小心，但她也總說局勢很快就會撥雲見日。

國王在一九七九年一月十六日被流放海外，離開伊朗。政治犯全被釋放，街上一片歡慶氣氛。我從房間窗戶望著群眾跳舞歡呼，車子喇叭齊鳴同慶。沒多久，自我流放於土耳其、伊拉克和法國多年的何梅尼，終於在二月一日返回伊朗。飛機接近德黑蘭時，有名記者問他，對於這次返國有何感想？他竟說，沒什麼感想。他的回答讓我不敢置信。多少人拋頭顱、灑熱血，爲他的返國鋪路，寄望他的出現會讓國家眞正邁向康莊大道，對此，他居然沒什麼感想？他血液裡流的恐怕不是熱血，而是冷血吧。

何梅尼返國後沒多久，我聽說軍隊依然效忠國王，街頭還是出現了坦克和軍用卡車。整整一個月，國家前途仍渾沌不明，緊急軍事政府接管了多數城市，宵禁繼續實行。何梅尼要人民每天晚上九點到屋頂呼喊「偉大眞主」，且必須持續半小時，以示他們對革命的擁護。我們一家子從沒做過這種擁護行動，不過我知道許多人聽命行事，即使對革命不怎麼支持的民眾也乖乖配合。全國瀰漫著萬眾一心、團結一致的氛圍，大家熱切期盼光明未來和民主國家的來臨。

一九七九年二月十日，軍隊臣服於伊朗人民的意志之下；二月十一日，何梅尼宣布臨時政府成立，任命巴扎爾甘（Mehdi Bazargan）爲總理。

沒多久，到處可見武裝的革命衛兵和伊斯蘭委員會的委員，他們懷疑地打量著每個人，製造白色恐怖氣氛，且逮捕數百人，控告他們是前政權的情治單位薩瓦克祕密警察。這些人被監禁，財產被充公，有人甚至被處決。頭號遭槍決的都是那些在前政權任職高官且沒遠走他鄉的人。報紙媒體大剌剌地登出他們遭受過凌虐的血淋淋屍體。那段日子，每次走過報攤，我都會別過頭去，避開去看那些畫面。

革命之後沒多久，跳舞就被視爲邪惡的非法活動，所以父親在教育文化部的工作也跟著沒了。之後他在叔叔巴泰夫的不鏽鋼工廠擔任翻譯和文書工作。父親每天工作時間很長，回家時總是疲憊不堪，又非常不快樂。如同往常，我很少見到他，現在或許又更少了，每次他下班回家，嚴肅的臉上彷彿寫著「別來煩我」，然後便埋首於報紙和電視中，我們父女幾乎沒什麼交談。

學校重新開課，我們終於得以重返校園。以前的校長非常傑出，在國王那個時代，和教育部長關係良好，但她失蹤了，聽說是被處決了。她很用心治理學校，現在人不在了，我們每天都可以感覺到她消失造成的影響。有傳言說，多數老師很快就會被革命政府的支持者所取代，更糟糕的是，新來的校長，麥穆笛女士竟然是個十九歲的革命衛兵，徹底遵守伊斯蘭黑傑布的狂熱分子。當時雖然還沒有強制執行黑傑布的規定，不過看來也勢在必行了。黑傑布是阿拉伯語，意思是遮蓋住女性身體。黑傑布的形式多樣，其中一種就是罩袍（chador）。實施黑傑布後，在大城市，尤其德黑蘭，不愛穿罩袍的女性，要改穿一種寬鬆的長袍，稱爲「伊斯蘭斗篷」，頭髮則必須用大條絲巾蓋住，如果好好穿，這也算是可被接受的黑傑布。

革命之後數個月，還算有點言論自由，學校裡不同政治立場的團體可以自由發行報紙，連下課休息時間，操場上也隨處可聽到各種政治激辯聲。以前我從沒遇過馬克思信徒，現在到處可見。另外還有個墨加帝組織，這個名稱的意思是「爲人民而戰的眞神戰士」。在國王時代，這些組織雖然都是非法的，但已在地下活動多年。我對墨加帝毫無所悉，不過總覺得可以從他們那裡知道很多東西。我的一個馬克思信徒的朋友曾說，墨加帝是迷失的馬克思主義者，他們走偏了跑去信眞神和伊斯蘭教，他們這些穆斯林社會主義者相信，伊斯蘭教可以帶領伊朗邁向正義之路，並且將伊朗從西化中解放出來。這些人在六〇年代開始組成團體，擁有武器，致力於對抗國王政權。然而，雖然同樣反抗國王政權，他們卻不是何梅尼的追隨者，早在何梅尼冒出頭前，他們就已經領導過許多抗議行動。墨加帝的成員很多都是大學生，在反抗行動中也多半會被抓進艾文監獄受盡凌虐甚至被處決。不管怎樣，光是「伊斯蘭」組織這個立場，就與我的宗教信仰不同，我當然不可能加入他們。

阿瑞姆念的是阿爾波茲男子中學，就在我的學校旁邊。約在學校復課一週後，有天放學我正要回家，聽見他叫我，我心臟緊張得快要停了，以爲他有阿瑞須的消息，可是他說，他只是想看看我，陪我走回家。我鬆了一大口氣，雖然心裡明白阿瑞須應該死了，但還是很怕聽到有人證實這噩耗。

阿瑞姆問了我學校的事情，我告訴他，新校長是個革命衛兵，如果有人說她到學校時口袋放了一把槍，我也不會太驚訝。

「妳可不會涉入什麼政治活動吧？」他問。自從阿瑞須失蹤後，阿瑞姆就變得懷憂喪志。革命之前，他滿腦子只有籃球和派對，現在他整天憂心忡忡，不時提醒我這個、提醒那個。「我爸爸說現在很危險，」他告訴我，「他認爲這個新政府表面上讓各種政治組織暢所欲言，事實上是爲了區別出誰是敵人，誰對它友好。沒多久，它一定會逮捕那些反對者，這是遲早的事。」

幾天前潔妮雅阿姨打電話給我，也說了同樣的話。她提醒我千萬要謹言愼行，但我對各種不同的政治理念感到很好奇，每天下課休息時，都會參加隸屬於不同政治組織的十一年級①和十二年級學生所組成的讀書討論會。

撇開不相信上帝這一點，我倒覺得馬克思和列寧的意識形態很吸引人，他們追求正義，希望打造一個財富均等的社會，只是這套理念在眞實世界實行起來有問題。我非常清楚俄國和其他共產國家的狀況，它們已經證實共產主義行不通。不過另一方面，我也密切注意以伊斯蘭教爲主軸的社會將會變成什麼樣子，我認爲政教合一非常危險，批評伊斯蘭政府，就會被冠上批評伊斯蘭教、反對眞神的大罪名。然而，就我所了解的伊斯蘭教義，抱持這種偏激想法的人，根本不配當神的子民。

革命之前，至少在我有記憶的年代，人民的信仰或宗教根本不會造成問題。在我們這所女校，學生來自各種宗教背景，但學校不管個人信仰，只強調學生應該好好受教育，彬彬有禮，懂得尊重同學和老師，言行舉止像個大家閨秀。然而，現在整個世界似乎一分爲四：基本伊斯蘭教、共產主義、左派伊斯蘭教和君主政體。多數人都隸屬於某一派，而我卻哪派都無法相信，也因此倍感失落和孤寂。

吉塔十一年級了，她是共產黨員，隸屬於一個叫「法達因」（Fadayian-e Khalgh）的共產組織。莎拉的哥哥沙羅士則是墨加帝組織的成員，連莎拉也支持這個組織的觀點和理念。

一九七九年五月有天晚上，大約是伊斯蘭革命成功後三個月，我獨自留在家寫作業，父母去拜訪朋友。大約九點鐘，我打開電視。那時只有兩個頻道，正值革命期間，實在沒什麼好節目，但有個紀錄片吸引了我，那是關於去年九月八日在葉拉赫廣場反對國王政權的抗議活動。雖然我清楚知道，阿瑞須死了，但我還是不能接受那天就是他失蹤或去世的日子。我噙著淚，靠近電視螢幕，影片品質很差，拍攝的人一直跑來跑去，所以畫面搖晃得很厲害，影片中的人都難以看清

①約高中二年級。

楚。士兵拿槍指著民眾，然後開槍射擊，群眾四處狂奔，我看見有幾個人倒在地上，士兵將那些人抬上軍用卡車，就在那一瞬間，我看見他！其中一個人就是阿瑞須！我站起來，頭暈目眩、恐懼驚惶，說不出話，連淚也流不出來。我走回房間，坐在床沿，努力整理思緒，告訴自己，剛剛看錯了，那全是我自己想像出來的。到底該怎麼辦？不管怎樣，我應該弄清楚眞相。我拿起電話，打給阿瑞姆，我不知該如何開口，但他聽出我語氣裡的驚恐。

「瑪莉娜，怎麼了？」

一陣沉默。

「說話呀？還是我過去找妳？」

「不用了。」我終於開了口。

「拜託，告訴我，發生了什麼事？」

「電視播放九月八日的示威活動，我看見士兵將一些人抬上卡車，我覺得好像看見阿瑞須了。」我終於說出來了。

一陣凝重的沉默。

「妳確定嗎？」

「我不知道，我怎麼可能確定，不過是幾秒鐘的畫面。我就是想問你，我們該怎麼去求證？」阿瑞姆說，我們可以隔天放學後去電視台問看看。我很想一大早就去，但他說，如果翹課，父母會擔心並追究原因，在事情還沒證實前，他不想讓他父母知道。

隔天下課，我們搭公車去電視台，一路上兩人都沒說話。我們先到櫃台向那位中年的接待女士說明我們的來意。她很同情我們，說她也有表弟在九月八日的示威活動中失蹤。她打了幾通電話後，帶我們到一間小辦公室見一位留著鬍子的年輕人，他戴著厚重鏡片，我們說話時從不直視我們，不過卻一直點頭表示他在聆聽。隨後他帶我們來到一間放滿各種器材的大房間，我們將事情原委告訴裡面一位年近五十歲，叫雷查伊的人，他答應幫我們找出影帶。果然，他找到了。

阿瑞姆和我盯著螢幕，在那裡！我們請雷查伊先生將畫面停格，沒錯，就是阿瑞須，他的雙眼緊閉，嘴唇微張，白色T恤沾滿血漬。

彷彿被石塊擊中胸腔，我心痛又難以呼吸。在他孤單、害怕、面臨死亡的這一刻，我多麼希望自己就在他身邊啊。

我們的視線久久無法移開螢幕，終於，我抬起頭轉身看著阿瑞姆。像我一樣，他眼神空洞，似乎想理出頭緒，搞清楚死亡所遺留的寂寞悲劇，弄明白從已知跌入未知的可怕感覺，以及跌撞地面、裂成碎片前那幾秒的煎熬等待。我碰了碰他的手，他轉頭呆視著我，我擁抱他，在一旁的雷查伊先生也陪著我們流淚。

「我得打電話給爸媽，他們必須立刻知道這件事。」阿瑞姆開口說。

不到一小時，阿瑞姆的爸媽來到這裡，親眼見到那令人絕望崩潰的畫面。折磨等待了九個月後，我們終得面對他死亡的事實。他們很感謝我找到他，沒錯，感謝。但我腦袋一片空白，不知如何回應。他們想開車送我回家，我拒絕了，此刻我只想一個人獨處。

我搭上公車，找個安靜的角落坐下來祈禱。除了祈禱，還能做什麼呢？我不斷地唸誦著「萬福瑪利亞」，一遍又一遍，希望藉此彌補我沒能在他死亡那一刻陪伴他身旁的歉疚。然而，要唸幾遍才夠？占據我靈魂的悲傷，迅速擴張塡滿整個心胸，我再也感受不到寬恕和原諒。我無計可施，只能接受，任憑這悲傷膨脹、滿溢、漫流到它所欲之處，不這樣做，它一定會侵蝕我的靈魂，癱瘓我的靈魂。

我站在家門前，顫抖的手怎麼也無法將鑰匙插進門孔裡。我按了門鈴，沒人回應，街上濃濁悶熱的空氣和吵雜喧囂的聲音，沉沉地重壓住我。我深呼吸一口氣，再次嘗試開門。門開了。我進屋後關上門，背癱倚著門，望著黑暗、陰冷又寂靜的走道。我好疲憊，拖著沉重的步伐，奮力走上樓梯，爬了第一階就癱軟不起。肌膚撞擊石階的冰冷感受，是我唯一的知覺。不知過了多久，有人呼喚我的名字，有東西碰觸我的臉，我努力抬頭睜眼，媽媽正望著我，搖晃我的身體。

「瑪莉娜，起來！」

她抓著我的手臂，我努力站起來。她扶我走到房間，對我說了些什麼，但我一句都沒聽懂。她的話就像霧，又像煙，飄散消失在從窗戶透進我房間的陽光中。她扶我坐在床上。我得弄懂到底發生了什麼事，我得明白爲什麼阿瑞須會死。我望著窗外的晴朗藍天。

終於，我恢復意識，看見母親端來一盤我最愛的食物，米飯燉牛肉和芹菜，站在我面前。外面天色暗了，房裡的燈也亮了。我看看錶，九點多了。已經過了兩個小時，我還坐在床上。就在悲傷用它巨大的剪刀，如同裁紙般將我從眞實世界剪開來時，我渾然不覺時間已經流逝。

「他死了！」我大聲說出這句話，希望藉此讓自己接受這既定的事實。

母親坐在我床邊。

「阿瑞須死了。」

她別過頭不忍心看我。

「他在九月八日的示威活動中被槍殺了，他真的死了。」

「太可怕了，」母親嘆了口氣，搖搖頭，「我知道妳喜歡他，妳一定很難過，但妳得撐過去，明天就會好過一些。我去泡杯茶給妳。」

母親離開房間。之後她偶爾會進來給我些小小的溫暖和安慰，但這些親情關懷就像流星，轉眼便消失在黑暗中。

喝了杯甘菊茶後，我睡著了，但半夜被胸口的灼痛給驚醒。我夢見阿瑞須了。我跑到衣櫥，拿起那個瓷器天使，整個人縮進棉被裡。喉嚨迸出沉重哭泣聲，我愈克制不哭，就愈難壓抑傷痛。我用枕頭將頭蒙住，好希望有天使來告訴我人爲什麼會死，我需要有個天使來告訴我，爲什麼上帝要奪走我心愛的人。然而，不管我怎麼呼求，祂就是不來。

一九七九年九月六日，阿瑞須的奶奶因心臟病去世。她去世前我曾經歷過兩次摯愛死亡的傷痛，但沒眞正參加過葬禮。艾瑞娜奶奶的葬禮是第一次。九月九日那天，我穿上黑衣黑裙，注視著鏡中的自己。我討厭全身黑壓壓的自己，看起來如此消瘦、蒼白和憔悴。我試著挺直身子，決定脫下黑衣服，換上我最喜歡的褐色裙子和奶油色上衣，艾瑞娜奶奶應該比較喜歡我這樣的打扮。

我在往公車站牌途中的花店買了一束粉紅色玫瑰。上公車後找了個窗邊的位子坐下，望著街道。這城市原本的繽紛色彩和歡笑快樂都枯竭了，人們穿著深色衣服，走路時低著頭，似乎要盡量避開彼此，以及四周街景。每道牆幾乎都被噴上引發恨意的尖銳標語。

德黑蘭的俄國東正教堂已經沒有神父了，所以葬禮彌撒就在俄國墓園裡的希臘正教堂舉行。我很感激能去參加艾瑞娜奶奶的葬禮，有機會好好向她做最後的告別。

喪禮結束後，我要阿瑞姆幫我找找我祖母的墳墓。我不太清楚在哪裡，因爲父母沒讓我參加她的喪禮，也沒帶我來過她的墳墓。我想到祖母的墳前祈禱。墓園不太大，四周用土磚牆圍住，墳墓一個緊鄰著一個，雜草遍地叢生。墓碑很多，要找到祖母的名字並不容易，我們踮著腳尖在墓堆裡搜尋，幸運地，第五或第六個就看到她的名字，彷彿是她引領我們找到的。我留了一朵粉紅玫瑰要送給她。

我環顧四周，每個墓碑就像永遠封存的書本封面，我一一走近唸出墓碑上面的名字和生死日期。有些人壽終正寢，有些人則英年早逝。我很想認識他們，他們一定有很多故事可以分享。天使都認識這些人嗎？當他們面臨死亡的刹那，祂是否有幫助他們、傾聽他們的心聲？在他們靈魂離開軀體前，最後想的是什麼？臨終前最大的遺憾是什麼？死亡的那一刻，有可能毫無遺憾嗎？如果我現在死去，什麼事會讓我最感遺憾？

阿瑞姆的朋友和家人陸續離開墓園，我注意到他父母望向我們這一邊，我知道他們一定是想到了阿瑞須。他們有權知道他被葬在哪裡，而且他也應該被好好安葬的。我好希望能在安葬他軀體的一方泥土中，爲他栽植玫瑰花，五顏六色、繽紛豔麗的玫瑰花。而且，我絕不允許他的墓上有雜草蔓生。他去世一年了，四季的失落與悲傷已流轉過一輪。

一九七九年十一月一日，何梅尼要伊朗人民結集示威反美，也就是他口中的「大撒旦」。他說，美國要爲全世界的腐化負責，還說美國和以色列是伊斯蘭的大敵人。上千名群眾湧上街頭，包圍美國大使館。我看著電視新聞報導，納悶這些憤怒的群眾來自何處。我認識的人裡沒有半個人參加這場示威。人潮聚集在美國大使館的周邊道路，而大使館被磚牆重重護衛著。

一九七九年十一月四日，有群自稱是「追隨伊瑪目①陣營的穆斯林大學生」的群眾，占領了美國大使館主要辦公室，挾持了五十二名美國人質，要求美國政府將正在美國治療癌症的國王給遣送回伊朗，接受伊朗政府審判。我覺得這簡直不可思議，和我聊過的人也覺得他們瘋了。所有人都知道國王病得很重，他們沒道理爲此挾持人質，不過自從革命後，也沒什麼事情是有道理的了。

①imam，清眞寺中帶領大家祈禱做禮拜的人。

第十章

探監那天，大家雀躍不已，自從被捕入獄後，這是我第一次聽見女孩們高昂的歡笑聲。獄卒姊妹透過麥克風，按照姓氏字母順序叫名字，每一批大約十五個人。被叫到名字的人要披上罩袍到辦公室去。我和塔瑞娜都不知道這次我們的家人是否獲准來探監，只能不安地在走道來回踱步。塔瑞娜已經入獄兩個多月了，還沒有人來探望過她。她的姓氏第一個字母是B，所以應該會比我更早被點到名。

「……塔瑞娜．班查帝……」叫到她了。

我們兩人跳起來尖叫，她興奮到我得跑去幫她拿罩袍和矇眼布條。她消失在鐵門後面，我則繼續踱步等待。面會回來的女孩們幾乎個個紅著眼眶，但塔瑞娜半小時後回來，卻異常平靜鎮定。

「看見妳父母了嗎？」我急著問她結果。

「看見了。」

「他們還好嗎？」

「我想應該還好吧。面會室的厚重大玻璃隔著我們，又沒有電話，根本不能交談，只能靠肢體語言。」

終於輪到我了。在辦公室我被要求矇上眼睛，跟著隊伍下樓走到外面，進入面會室之前，有人要我們拿下矇眼布條。面會室內每個角落都有荷槍衛兵緊盯著，厚重玻璃將房間一隔爲二。玻璃另一側有男有女，有些人在哭泣，有人手緊貼著玻璃，搜尋房間另一側的每張臉孔，急著想找出自己摯愛的女兒。我很快就看見父母了。他們奔向我，開始哭泣。母親穿著垂到腳踝的黑色大斗篷，還用一條黑色大披肩蓋住她的頭髮和肩膀。她一定是爲了來探監特地買這套衣物。我被逮捕前，她的斗篷都很短，只到膝下一吋，而且也沒那麼大的披肩。

「妳還好嗎？」我努力讀著母親的唇。

我點點頭，忍住淚水。

她緊握雙手，彷彿祈禱般地說了些什麼。

「什麼？」我皺著眉，急著想讀出她的每句話。

「大家都在爲妳祈禱。」她放慢速度，用誇張的嘴型告訴我。

「謝謝你們。」我微微鞠躬道謝。

「他們什麼時候會放妳回家？」她的唇語這麼問，我假裝沒看懂。我不能告訴父母我被判了終生監禁，他們會傷心欲絕的。他們現在很驚恐、很擔憂，但至少還能懷抱著我會返家的希望。我不知道該跟他們說些什麼，只想緊緊擁抱母親，不讓她走。

「莎拉很好。」呆望著他們一分鐘後，我終於開口說了話。

「什麼？」

我用手指在厚重玻璃上寫了「莎拉」，母親隨後也用手指跟著我寫了一遍。

「莎拉？」她問我。

「對。」

「妳是說，她很好？」

「對。」

「時間到！」衛兵大喊。

「勇敢一點，瑪莉娜。」母親抓住最後一秒叮嚀我。

面會過後，牢房裡總是一片靜默。我們各自坐在寂寞的角落，努力不去回想進艾文監獄之前的日子。然而再多的努力也是枉然，那些回憶即使不去碰觸，也會自己湧現，畢竟，回憶是我們現在唯一能擁有的東西。我們想念家人，想念過去的日子，想念一點一滴的平凡生活。我們沒有未來，僅剩過去。

探監隔天，我們都收到家裡送來的小包衣物。我打開我的包裹，裡面有襯衫、褲子、全新內衣褲和一件毛衣。每件東西聞起來都有家的味道，都有一股希望的氣息。塔瑞娜用指尖輕撫著一件褪色的紅毛衣，她說那是她的幸運衣。「這件衣服會帶給我好運。」這是她母親好幾年前織的，那時她才剛學會織毛衣。塔瑞娜和姊姊都搶著要這件，但母親決定給塔瑞娜時，姊姊們都氣得要死，母親說，給最小的最公平，以後會再給三個姊姊們一人織件一模一樣的，不過最後母親食言了。塔瑞娜曾相信，穿著這件毛衣就會有好事發生，只是現在她很疑惑，這件毛衣是否還具有神奇的魔力？

「塔瑞娜，有一天我們一定會回家的。」我給她打氣。

「我知道。」

「到時候我們就可以做任何喜歡的事。」

「我們可以好好地散個步，是吧？」

「是啊，還能去我家的度假小木屋。」

「我們可以去逛街。」

「我們還能煮東西、烤餅乾，大快朵頤！」

我們陶醉在想像中，開懷地笑著。

當晚，我卻失眠了。我想到阿里可以讓我免於一死，或許他也可以幫塔瑞娜，還有莎拉。但是他說過，他得離開一陣子，不過，我實在不想再見到他，他讓我很害怕。在某些方面，跟哈瑪德打交道似乎比和他相處容易些，因爲我能預期哈瑪德的反應，而阿里卻不一樣，他從不曾傷害我，但是只要他一靠近我，我心裡就會湧起一股原始深沉的恐懼。我又想到了處決那晚。我曾努力不去碰觸那晚的記憶，腦袋拒絕回想那可怕的經歷，但是我知道它就在那裡，原封不動，歷歷在目。我清晰記得阿里把我帶進小牢房時，他雙眼的神情，那是一種灼熱的渴望，但卻讓我覺得自己彷彿被困在冰凍的深海底。然而，現在爲了塔瑞娜，我必須見他。

隔天早上我走到辦公室，敲敲門。瑪燕姊妹坐在桌子後面，低頭閱讀。她疑惑地抬頭望著我。

「我可以見阿里弟兄嗎？」我問。

她的眼神彷彿要刺穿我的雙眼。「爲什麼要見他？」

我解釋說，因爲阿里救過我的命，現在我希望他也能救我朋友的命。

「誰的命？」瑪燕姊妹追問。

我猶豫，不知道該不該說。

「塔瑞娜嗎？」

「對。」

「阿里弟兄不在這裡，他在前線，正和伊拉克人打仗呢。」從一九八〇年九月後，伊朗就一直和伊拉克作戰。

「他什麼時候會回來？」

「只有眞神才知道吧。就算他在這裡，他也無能爲力的，當時是妳太好運。一般來說，如果伊斯蘭法庭宣判某人死刑，只有『伊瑪目』赦免，才能救得了那個人。不過伊瑪目通常不會干涉這些事情，他信任法庭和判決。現在唯一能救塔瑞瑪的，只有她自己的供詞。」

「那有什麼是我們能幫她的呢？」

「禱告。」

我努力不去回憶幸福時光，就是革命之前、恐怖事件發生之前，那段凡事理所當然的平凡日子。我害怕一旦太常去回憶，那種幸福快樂就會像過於頻繁撫觸的老相片一樣黯然失色。然而，有時夜深人靜，我彷彿會聞到野檸檬樹的芬芳，聽見濃密枝葉被乾淨的鹹海風吹拂過的沙沙聲，似乎可以重溫裏海的溫暖浪潮一波波拍打我的足踝，以及濕黏海沙埋沒腳趾的感覺。在夢中，我躺在小木屋的床上，凝望著高升的滿月。我踏著的地板，不會咯吱響，我四處走動，也不會踩到躺著的人。然後，我想像自己打電話給阿瑞須，但喉嚨卻發不出半點聲音。

我還經常想到安德烈，就是教堂那個風琴手。我被逮捕之前，對他的愛意青澀又脆弱，我不敢投入感情，因爲怕失去，而且我也不想背叛阿瑞須。現在，眞心面對自己的情感，我知道我的確愛著安德烈。世上沒有比和他在一起更讓我渴望的事。可是他愛我嗎？是的，我相信他也愛我。他是我的希望，我必須爲他活下去，他是我平安返家的原動力。

三月中有天晚上，雪妲開始陣痛，被送到監獄醫院。隔天，她返回牢房時帶著一個健康漂亮的小男嬰。她將他取名爲凱維，這是她丈夫的名字。我們圍著小寶寶，很驕傲牢房裡有個堅強的媽媽，也從此稱雪妲爲雪妲媽媽。小寶寶受到大家的寵愛，好多阿姨搶著要照顧他，雖然雪妲臉上的擔憂神情未曾消失，但似乎平緩了些，寶寶不只帶給媽媽希望，也讓周遭的阿姨們燃起生命力。

小凱維兩、三個星期大時，二四六女牢有七十個囚犯被移監到「蓋佐海薩」（Ghezel Hessar）監獄，這監獄位於喀拉集市（Karaj），離德黑蘭約十五哩。很多人說蓋佐海薩的環境比艾文監獄好一些，所以在那裡服刑應該會快樂一點；雖然如此，我還是很高興和我要好的獄友都不在離開名單中。移監之後，牢房裡沒那麼擁擠了，不過好日子沒過幾天，很快的，每天都有新女囚報到，稍微寬敞點的「床鋪」反而變得更擁擠了。

每週一次，擴音器會傳來軍樂聲，並廣播宣布伊朗軍隊大獲全勝，即將打敗伊拉克，凱旋返鄉。但是我們沒人在乎戰爭，除了因爲這場戰事沒有直接波及德黑蘭，更因爲艾文監獄本身就是一個比戰爭更殘酷的異次元世界，各種難以理解的規則，足以使我們毫無理由地被凌虐或處死。

有天晚上，正當我們吃著晚餐的麵包和棗子時，莎拉走進來，逕自走到角落坐下，沒有脫下罩袍，也沒說半個字。我很驚訝她的舉止，便走過去將手搭在她肩上。

「莎拉？」

她還是低著頭。

「莎拉，妳剛剛去哪裡了？我們都很擔心。」

「沙羅士死了。」她語氣平靜。

我思索著該說些什麼，卻苦尋不出適當的字句。

「我有兩枝筆。」她小聲地說。

「什麼？」

「我偷了兩枝筆，他們沒發現。」

她從口袋掏出一枝黑筆，拉開左手的袖子，在手腕上寫起字來：「沙羅士死了。有個夏天我們一起去裏海，在沙灘玩海灘球，有好多顏色，好多顏色，海浪撲打上岸……」我注意到她手臂上已經寫了很多字，雖然字跡很小卻不難辨認，全都是關於沙羅士、家人和她既往生活的回憶。

「妳有紙張什麼的嗎？」她問我。

「好，我會去找些紙給妳。不過先告訴我，妳剛剛去哪裡了？」

「我跑出牢房。拜託，幫我找些紙。」

我找了張紙給她，但不夠她用。她開始寫在牆上，關於小學和中學的事情，以及玩過的遊戲、讀過的書、最喜歡的老師、跨年慶祝活動、暑假、她的家、鄰居、父母、所有沙羅士喜歡的事情，一件一件反反覆覆一直寫。

有天晚上，終於輪到我們有溫水，莎拉卻拒絕洗澡。

「莎拉，妳得沖個澡，即使妳不去洗，這些字跡也可能會褪色，等妳洗完澡，妳還可以繼續寫。如果不洗，妳身上會有臭味的。」

「我的筆沒水了。」

「如果妳去洗澡，我就幫妳找枝新筆。」

「妳保證？」她不相信我。

我不想對她食言，所以先去辦公室向瑪燕姊妹報告狀況。我說明，莎拉沒有寫任何與政治有關的文字，她只是想寫關於她家人的回憶。

意外地，瑪燕姊妹給了我兩枝筆，我欣喜若狂奔回牢房找莎拉，興奮得彷彿找到全世界最大的寶藏。

莎拉在淋浴間脫掉衣服時，我簡直不敢相信眼前所見的：她的雙腿、手臂、肚子上全都寫滿小小的字。

「我搆不到自己的背部，如果妳答應幫我寫在背上，我就洗澡。」

「好，我答應妳。」

她沖澡，洗掉身上的字。一本活生生的「莎拉之書」，呼吸、感覺、傷痛、回憶之書。

我到二四六女牢三個月後，有天擴音器裡傳來我的名字，獄友們焦慮地望著我，我顫抖著雙手將圍巾披在頭上。

「我相信一定是好事。」塔瑞娜眼神充滿希望地說。

我深呼吸，打開通往前廳的門，瑪燕姊妹已經在辦公室等著我，我可以感覺到她也很緊張。

「我要去哪裡？」

「哈瑪德派人來找妳。」

「妳知道是什麼事嗎？」

「不知道，不過別擔心，我想他只是要確定妳好不好。」

眼睛矇上布條，我跟著另一個姊妹來到一棟建築物。我在外頭走廊等著，直到哈瑪德叫喚我，我跟著他進入房間，他關上門，要我把矇眼布條拿開。他沒什麼變，雙眼依舊冰冷深邃。角落有張刑床，還擺了張桌子、兩張椅子。黑纜繩做成的鞭子垂掛在床頭，見到這些，我的呼吸開始急促起來。

「瑪莉娜，很高興見到妳。」他笑著說，「坐下來，告訴我妳的日子過得如何呀？」

他的一言一句就像蜂針般刺痛著我。

「還可以。」我鎮定地微笑以對。

「那天，妳把我晾在一邊，自己匆忙逃跑，還記得嗎？想不想知道其他人後來怎麼樣呀？」

我的心怦怦跳，腦袋也似乎要爆開。「我沒有逃跑，是阿里把我帶走的。至於其他人的下場，你不用說我也知道，一定全被你殺了。」

我的視線一直移不開刑床上那斑斑血痕。

「我告訴妳，雖然我不喜歡妳，不過我的確覺得妳很有趣。妳是不是也曾希望那一晚妳乾脆像他們一樣，直接被槍決？」

「沒錯，我是這麼希望過。」

他繼續笑著。

「妳知道自己被判終生監禁吧？」

「知道。」

如果他要鞭打我，他會凌虐到我死爲止。

「很難捱吧？我是說，過去幾個月妳應該過得不太好吧？想到往後一輩子都得這樣過，應該更痛苦，是吧？」

「上帝會幫我度過的。」我說。

他站起來，在房裡繞走了一會兒，突然憤怒地用手背甩了我右臉一耳光，力道重得我頸部快要斷裂，右耳轟隆作響。

「沒有阿里在這裡護著妳了！」他狂吼著。

我雙手摀住臉。

「不准再說『上帝』！妳這不潔的東西，根本不配稱呼祂的名。連我碰了妳都想去把手洗乾淨。我現在開始相信，讓妳待在牢裡受折磨是對的，妳就在那裡絕望地過一輩子吧。」

敲門聲響起。哈瑪德走去應門。我思緒混亂，不懂他到底要做什麼？

一個陌生的男人走進來。

「嗨，瑪莉娜，我叫穆罕默德，我來帶妳回二四六女牢。」

我狐疑地看著他，不敢相信哈瑪德會這麼輕易就放過我。

「妳還好吧？」穆罕默德問我。

「還好。」

「把眼睛矇上，我們走吧。」

他帶我回二四六辦公室，把我交給瑪燕姊妹，她要我拿下矇眼布條。瑪索梅姊妹坐在桌子後面，正讀著什麼文件。

「妳的臉怎麼這麼紅？」瑪燕姊妹問我。

瑪索梅姊妹聽到抬起頭來。

我把剛剛的情況告訴她。

「感謝眞神，還好我剛剛找到了穆罕默德弟兄！他和阿里弟兄是莫逆之交，以前在同一個地方工作。我剛剛打電話告訴他，妳被哈瑪德帶走了，他答應會找到妳，把妳帶回來。」瑪燕姊妹說。

「妳很幸運啊，瑪莉娜，哈瑪德想凌虐人是不需要理由的，他經常這樣爲所欲爲。」瑪索梅姊妹壓低聲音告訴我。

「妳看看，」瑪燕姊妹對我說，「即使瑪索梅姊妹與哈瑪德處得並不好，不過她也懂得克制嘴巴，不隨便批評他。雖然她是伊瑪目陣線穆斯林學生的一分子，就是那個去美國大使館挾持人質的團體，而且她本身也認識伊瑪目，但連她都不敢和哈瑪德正面作對。在這裡唯一敢直接對哈瑪德大聲說話的，只有阿里和穆罕默德弟兄。」

「別擔心，瑪莉娜，現在哈瑪德知道穆罕默德弟兄在背後撐著妳，應該不會再來找妳麻煩了。」瑪索梅姊妹安慰我。

七號牢房的獄友們非常高興見到我平安歸來，也很好奇我被帶去哪裡。不過她們一看見我臉頰上的紅腫瘀青，就知道沒發生什麼好事。我知道自己沒有獲釋的希望，但我不會放棄。哈瑪德就是要我死心，他要摧毀我的意志，而且差點成功了，就差那麼一點。

我想到瑪燕姊妹說的關於瑪索梅姊妹的事，很難相信她曾參與德黑蘭美國使館挾持人質一事。我還記得那時看電視新聞時，還替那些人質擔心，心想他們的家鄉有摯愛家人需要他們，等著他們回家。他們被挾持了四百四十四天，直到一九八一年一月二十日才被釋放。但現在，我們的處境比他們悲慘多了，他們是美國公民，會受到注目，至少美國政府會努力營救他們，況且全世界也都知道他們遭遇可怕經歷。然而，這世界知道我們嗎？有人會來營救我們嗎？我內心深處知道，沒有人會知道我們，更沒有人會來救我們。

我經常想到教堂。彷彿可以聞到聖母畫像前燃燒香燭的氣味，點點燭火在信眾渴望聖母垂聽的呼求聲中隱隱搖曳著。聖母遺忘了我嗎？我記得耶穌說過，「你們若有信心，就是對這座山說：你挪開此地，投在海裡，也必成就。」（〈馬太福音〉二十一章二十節）我不想挪動山這麼龐大的東西，我只有小小的心願，就是回家。

生日那天，我起得很早，連清晨第一次「納麻思」①的時間都還未到。我記得小時候，大約十或十一歲，曾幻想過這個年紀的樣子，那時我以為到了十七歲就什麼都能做。然而，我現在十七歲，卻成了被判終生監禁的政治犯。睡在我旁邊的塔瑞娜碰碰我的肩，我轉身面向她。

「生日快樂。」她壓低聲音說。

「謝謝，妳怎麼知道我醒了？」

「從妳的呼吸感覺出來的。兩人相鄰而睡這麼久，自然可以感覺出來對方是睡是醒啊。」

她問我，家裡有過生日的習慣嗎？我說，父母通常會幫我買個蛋糕和小禮物。她說，在她家過生日是大事，他們會舉辦盛大的生日派對，並幫壽星準備很多生日禮物，她和姊姊們會比賽縫衣服，縫製的衣服一年比一年花俏。

「瑪莉娜，我好想她們。」她難過起來。

我抱著她，「妳會回家的，一切都會像以前一樣好的。」

午餐後，塔瑞娜、莎拉和幾個獄友圍著我，莎拉遞給我一塊摺疊起來的布，我打開一看，是個拼布做成的枕頭套。我驚嘆不已，眞是太漂亮了。這是每個獄友貢獻一小片衣服或圍巾縫製而成的，一個個小方格片片分明。這是監獄的慣例，用拼布縫製成小袋子，吊在棚架下方的鉤子上，用來裝個人的小物品。而我，是第一個收到拼布枕頭套的人。

晚餐過後，我們端出用晚餐的麵包和棗子做成的獄式生日蛋糕，我吹熄想像中的蠟燭。

「啊，妳忘記許願了！」塔瑞娜驚呼。

「好，我現在許，我希望在場所有人明年都能在家過生日。」

大家鼓掌歡呼。

兩、三天後，擴音器廣播要所有二樓的囚犯穿上黑傑布到院子集合。雖然在特定時間我們可以到外頭走動，但不曾被硬性規定這麼做，所以這個命令讓大家忐忑不安。一到院子，我們發現院子中央被畫上線，衛兵命令我們站在記號線的區域外。四個衛兵押著兩名女孩走出建築物，其中一名是和我同牢房的十九歲女孩，另一個則是五號牢房的女囚。她們穿著黑罩袍，被命令躺在院子中間，畫上記號的區域內的地上，一名衛兵用繩子將她們的手腳綁起來。獄方宣布，這兩女孩有同性戀情，根據伊斯蘭律法，必須加以嚴懲。光是想到衛兵無情鞭打女孩的那一幕，大家就嚇死了。許多人不敢看，用手矇著眼，嘴裡唸唸有詞地禱告。而我沒閉眼，眼睜睜地看著鞭子高高揚起、瞬間落下的朦朧鞭形，在空中劃過，發出咻咻的尖銳撕裂音。然後，四周一陣靜默，彷彿連心臟都不再跳動，肺腑也拒絕呼吸。兩個女孩連一聲哀號都沒有，但我卻希望她們狠狠叫出聲來。每落下一鞭，她們嬌小的身軀就抽動一下。我清晰記得自己之前受鞭刑時那種痛徹心扉的感覺。三十鞭後，她們被鬆綁，勉強起身後旋即被帶走，徒留我們愣在原地，擔憂她們是否無恙。受苦使人強壯，但終得先付出代價。

有一天，輪到我幫雪妲媽媽洗衣服，老實說，雙手泡在冰冷的水裡洗尿布實在不好受。我們

①Namaz，面向麥加的朝拜。

早上洗好尿布，通常晾在院子。獄方規定隔天才能把衣服收進來，不過雪妲有「特權」，可以在當天收衣服。那天傍晚，她走在我前面幾步，時值春天，遠處倦鳥啁啾不停，太陽才剛落下，天際仍餘暉燦紅。五條晾滿衣服的曬衣繩，遠遠掛在院子的另一側，綁在一樓鐵窗上，從院子這頭橫越到另一頭。雪妲快我幾步，消失在衣海外，我用手撥開衣服、褲子、裙子、上衣和黑罩袍，想跟上她的腳步。突然聽到她驚聲尖叫。

「瑪莉娜，快，去找剪刀，快！」她大叫。

我瞥見雪妲正抱著一個人，那人頸子掛在綁於鐵窗的布條上。我衝向辦公室，死命敲門，瑪燕姊妹應門。

「剪刀！快！在院子！」我上氣不接下氣。

她立刻從抽屜抓出一把剪刀，跟著我飛奔到院子。雪妲還抱著那個人，我仔細一看，是莎拉！她用圍巾打成繩索，掛在一樓鐵窗最上面的橫杆，上吊自殺。莎拉個子嬌小，如果她高一點，這鐵窗高度就讓她自殺不了。她身體在抽搐，瑪燕姊妹趕緊剪開繩索，莎拉雖然還有呼吸，但臉色已經轉青。瑪燕姊妹去找護士，我和雪妲留下來看著她，莎拉失去意識了，我們不斷呼叫她，拍打她臉頰，但她毫無反應。

莎拉又被帶走了。

隨著時間流逝，我懷抱的希望也愈來愈微渺。時值春季，空氣清新，微風飄送著花朵芬芳。艾文監獄圍牆外的日子一如往昔，我是否成了安德烈腦海裡的遙遠回憶？或者，他根本忘了我？

面會室已裝上電話，父母來探望時，我曾提起安德烈，母親說，他經常去探視他們，也總是問起我的情況。誰知道呢，或許母親只是想安慰我而這麼說吧。

日復一日，一成不變的作息，更加深孤寂和絕望感，讓人難以承受。破曉前的晨拜揭開一天的序幕，然後是八點左右的早餐，再來是電視宗教節目。我們可以看書，但觸手可及盡是伊斯蘭教義的刊物。或者，也能在狹窄的走道來回走動。我們幾乎不談政治，也不提及入獄前參與過的政治活動。我們知道有些女囚會去打小報告，雖然人數不多，每間牢房頂多一、兩個，但是沒有人想冒再被抓去審問的風險。

我們每天有一小時的「放風」時間，可以在小天井活動，但得遵守黑傑布規定，因爲屋頂隨時有男衛兵巡邏監看我們。不過如果在院子，就沒有硬性規定要穿罩袍，我們可以穿著斗篷或只披上頭巾。到外頭放風時，我們也只能繞圈走動，或者坐在牆邊凝望著頭頂一小片天空。那方寸藍天是我們唯一能見到的外頭世界，看著它，我們想起過去生活所在，我們魂縈夢繫的家。我通常會和塔瑞娜坐在牆邊，背倚著粗糙的牆面，凝視著雲朵飄過，消失在視線外。我們兩個會想像自己乘著雲朵，駕馭自如，彼此訴說自己端坐雲梢所眺望到的熟悉景致，鄰里巷道、學校、自己的家，還有媽媽正探出窗外，思念著被帶走的女兒。

「妳是怎麼惹上麻煩被抓進來的？」有天，我們正沐浴著溫煦春陽，白日夢迴故鄉家園時，塔瑞娜問我。我們從沒聊過自己身陷囹圄的原委。院子滿是女囚，多數人步伐堅定地快速移動，彷彿朝著某個目標毅然前進。黑色、藍色、褐色和灰色的斗篷側身交錯，塑膠拖鞋敏捷地蹭滑過粗糙的水泥地面。靈光一閃，我突然驚覺自己坐在牆邊，視線收納到的景象，就像乞丐坐在繁忙街道放眼所及一樣，只是我的視野遠比乞丐所見的侷限無趣得多。我的世界，只是一棟沒有屋頂的四方建物，兩層樓房的鐵窗探入陰暗的房間，只有女孩不斷繞圈走動，宛如詭異的科幻情節，像是「女囚的星球」吧，我嘲諷大笑。

「怎麼了？」塔瑞娜一頭霧水。

「我們就像活在另一星球中，坐在街邊的乞丐。」

塔瑞娜噗哧笑了出來。

「和我們相比，外頭的乞丐反倒像國王呢。」她幽默地說。

「回到正題吧，我的麻煩就從我走出微積分課堂開始……」我開始回憶。

第十一章

一九八〇年初，巴尼薩德爾（Abolhassan Banisadr）當選伊朗首任民選總統。伊斯蘭革命成功之前，巴尼薩德爾已經參與反對國王的運動多年，還為此入獄兩次，後來逃到法國，加入何梅尼陣營。舉國上下期盼這民選總統會帶領伊朗走上民主道路，只是隨著一九七九和一九八〇之間的學年度展開，我竟覺得自己逐步陷入黑暗。所有事情愈來愈糟糕，不可思議地一件接一件發生。首先，冒出許多無教學經驗的偏激瘋狂女孩，取代多數教師，還有，政府嚴格實施起「黑傑布」，所有女性都得穿上深色長袍，頭髮得用大圍巾覆蓋，要不就得穿著全身式的大罩袍。任何政治組織，只要與伊斯蘭政府作對或者只是言詞批評，都會被視為非法活動。領帶、古龍水、香水、化妝，甚至連塗個指甲油，都會被貼上「邪惡」標籤，遭受嚴厲懲罰。每天進教室前，學生得先排排站，高呼「美國去死，以色列去死」這一類的仇視口號後，才得以上課。

每天早上麥穆笛校長和柯愛哈副校長會提一桶水站在校門口，逐一檢查進校學生的穿著，見到學生化妝，她們會沾水用力抹去學生的妝，直到連皮膚都快被搓破才罷休。有天早上，麥穆笛校長將我的好友娜欣從隊伍中拉出來，說她的眉形過於完美，肯定動手修過。娜欣哭著說，她根本沒動過眉毛，校長卻直喊她蕩婦。娜欣天生就是個美人胚子，大家為她求情，還作證發誓她的眉形本來就長那樣。後來校長雖然放過她，卻從沒道歉過。

一天天過去，我內心的憤怒和挫折日益加深。幾乎每堂課都像在受罪，尤其是微積分課。新的微積分老師是個年紀輕輕的革命衛兵，她根本沒有相關的知識和資格來授課，整堂課只會宣揚伊斯蘭教條思想，大聲疾呼要打造一個抗拒西化和道德腐敗的伊斯蘭完美社會。有一天，她又在高談闊論何梅尼對伊朗的偉大貢獻時，我忍不住舉手。

「什麼事？」她問我。

「老師，我不是故意無禮，不過我們是不是可以回到正規的課程上？」

她很驚訝我敢這樣說，語帶挑釁地回應我：「如果妳不喜歡我的教學方式，妳可以離開。」所有學生望著我。我收拾起書包，直接離開教室。在走廊上，我聽見身後傳來許多腳步聲，一轉頭，幾乎全班都跟著我走出教室。我們一行三十幾個人就這樣站在走廊上。

還沒到午休，學校就陷入混亂，大家傳言我發動罷課，於是下午多數課程都被迫取消，因爲百分之九十的學生都聚集到操場上，拒絕回教室。麥穆笛校長拿著擴音器到操場，命令大家回去上課，但沒人理她，她又說要打電話給家長，但也沒人因此屈服移動步伐。然後她威脅要開除我們，大家竟同聲說最好現在就開除。最後，學生們指派我和另兩名學生當代表和校長談判。我們告訴校長，只要老師承諾會好好上課，不談政治，我們就會立刻回教室。

那天我一踏進家門，母親叫住我。很不尋常，她很少在吃晚飯前和我說話。她正在廚房切芹菜。

我站在廚房門口，「什麼事？」

「你們校長打電話來。」她連看都沒看我，視線繼續留在砧板上。刀法精準又平順，碎細的芹菜沾滿她雙手，遠遠看只見綠手一雙。

「妳以爲自己在幹嘛？」她迅速投給我一個眼光，眼神如她手上那把刀一般銳利。

我把事情經過告訴她。

「妳最好自己把事情搞定，」她微慍地說，「我不想再接到妳校長的電話。跟學校老師好好相處，妳放心，這個政府撐不了多久的。好了，現在去做功課。」

我回房間關上門，很訝異媽媽竟如此輕易放過我，或許她和我一樣，也不喜歡這個新政府，所以才沒如我預期般暴跳如雷。

罷課活動持續兩天，我們依舊到校，但是不進教室上課。我們在操場走動，或者各自圍聚聊天，話題多半是近幾個月目睹的一切，彼此訴說自己對生活起了劇烈變化是如何難以置信。一年前，我們根本無法想像光是衣著就會置自己於險境，或者我們會罷課抗議，竟然只爲了想好好學微積分。罷課第三天，麥穆笛校長要學生代表到她辦公室。

她氣得滿臉漲紅，直說這是最後一次機會，如果我們再不進教室上課，她就只能請革命衛兵進駐學校，由他們來處理。她提醒我們，應該知道革命衛兵可沒那麼有耐心，若走到那地步，就事態嚴重了，到時候可能會有人受到傷害。她警告我們，罷課之舉已經違反伊斯蘭政府的法律，很有可能會被處死刑。我們有一小時時間可以考慮，決定要怎麼做。

她說到重點了，革命衛兵惡名昭彰，過去幾個月他們已經逮捕了數百人，許多人因此失蹤，下落不明，而罪名竟是：反革命、反伊斯蘭、反何梅尼。

就這樣，罷課結束了。

大家擔憂的，不只有革命衛兵，還有會攜槍帶械的狂熱民兵組成的「眞主黨」（Hezbollah），他們會攻擊任何的公開抗議活動，並且無所不在，幾分鐘內就能迅速集結。他們尤其仇視沒有遵守黑傑布衣著規定的女性，許多女孩只是因爲塗口紅，或頭巾下露出幾根髮絲而慘遭攻擊或毒打。

罷課事件後一、兩個月，有天我的化學老師芭媚女士要我課後留下來，她告訴我，她瞄到麥穆笛校長桌上有份名單。芭媚女士是少數革命後還能繼續任教的老師之一，她很了解我。她說話時，眼睛還謹愼地盯著門，深怕有人闖進來。她聲音壓得很低，我必須湊到她嘴邊才聽得清楚她說的話。

不知爲什麼，我早就預料到這事早晚會發生。罷課事件後，我知道一定會有麻煩。我不喜歡伊斯蘭政府早就不是祕密，況且，此時公開表達異議立場的人，無一不惹禍上身。理智上我明白後果，但對於眞正會降臨的危險，卻感覺模糊遙遠，不關己事。人就是這樣，總以爲厄運只會降臨在他人身上。

我很感謝芭媚老師把名單一事告訴我，她說我必須盡快離開伊朗。她問我是否有親戚在國外，我告訴她，因爲家裡不富有，不可能有錢把我送到國外。她沒等我說完，瞬間提高音量打岔：「瑪莉娜，我想妳沒聽懂我的話，這是攸關生死的大事，如果我是妳母親，即使窮到餓死，也要想辦法把妳送出國。」她眼裡噙著淚水。

我喜歡她，不想讓她難過，答應她我會把事情的嚴重性告訴父母，不過事實上，我並不打算這麼做。我要告訴家人什麼呢？說我很快會被抓進大牢嗎？

哥哥和嫂嫂在革命後沒多久，就舉家遷移到加拿大。他們了解繼續待在這裡是不會有未來的。他們離開沒多久，伊朗政府就不准伊朗人民移居到他國。我眞喜歡「加拿大」這個國名，聽起來就覺得是個遙遠寒冷，卻充滿和平的國度。哥哥和嫂嫂很幸運能搬到那裡，他們可以過正常的生活，只要擔憂平凡事物。父母曾想過把我送去和兄嫂在一起，但事情很難安排。反正最終我還是只能冒險留在伊朗。

那天下午，我從房間陽台望著下方街道，一片淒涼和荒蕪。新政權什麼都沒建設，只帶來破壞和暴力。曾是我生活最美好的重心，學校，現在卻成了地獄，我甚至聽說政府打算關閉所有大學，重新改造，還稱此爲伊斯蘭文化大革命。還有，阿瑞須也死了，什麼都沒了。

一九八〇年夏天放暑假，終於可以不用上學，生活得以平靜一陣子，我們決定到裏海邊的小木屋度假。七月時，阿瑞姆和他父母將到他姑媽的別墅兩週。他們來之前，我自己待在小木屋好無聊，眞盼望他們早點到。眞的見到他們後，才發現自己好思念阿瑞須，根本放不下他。阿瑞姆和我大多待在屋裡玩牌，或者下棋，這是他最喜歡的遊戲。偶爾我們會外出到海邊散步，但再也不能像以前一樣，一起下水游泳，因爲現在女性不得在公眾場合穿泳裝。我很多朋友，例如娜達，他們家以前在裏海邊擁有小木屋或別墅，但現在都已經離開伊朗，遷居到國外。偶爾會遇見去年在一起玩的朋友，但誰也不敢像以前一樣，廝混在一塊兒，因爲現在到處都有革命衛兵或伊斯蘭革命委員會的眼線，他們不容許男孩和女孩玩在一起，根據政府新律法，這是不道德的舉止。

兩伊戰爭始於一九八〇年九月，那時我已經從裏海邊的度假小屋回首都德黑蘭了。有天我去朋友家，坐在廚房和她喝茶吃米餅，她給我看她新買的Puma慢跑鞋，白色鞋面兩側綴有紅條紋。突然兩次巨大轟隆聲中斷我們的閒聊，聽起來像炸彈爆炸。那時只有我們兩個在家。

更多轟隆聲比起彼落。

我們急忙從窗戶向外望，但什麼也沒看見。朋友家在五樓公寓的頂樓，位於葉拉赫廣場旁。我們決定衝到屋頂看個清楚，在樓梯間遇見幾位也要上屋頂一探究竟的鄰居。站上屋頂，可以瞭望整個城市，那天本是萬里晴空，但眼前的德黑蘭卻籠罩在一片薄霧中。我們還聽到了飛機聲。

「在那裡！」有人喊著。

往南數哩遠，有兩架戰鬥機正逐漸朝東逼近。西方地平線上，已燃起烽煙，陣陣煙霧直衝上天。有個鄰居隨身帶了收音機上來，沒多久大家聽到播報員激動地說，伊拉克的MIG機型戰鬥機已經炸毀德黑蘭機場，伊拉克軍隊甚至兵分多路，跨越兩伊邊界，入侵伊朗國土。戰爭眞的爆發了。

我在書上讀過第一次和第二次世界大戰的事，也看過美國內戰的故事，我知道炸彈會摧毀城市，留下滿目瘡痍、殘瓦破礫，造成死傷無數，但這些都是書本裡的事，與我所處的現實無關；即便書裡所載句句爲實，它們也都是早年歷史，距今遙遠模糊。世界已經大不同了，應該沒有人可以摧毀城市，屠殺千百萬人的。

「我們要讓他們好看！」收音機裡播報員憤怒高舉拳頭的畫面，似乎就在我們眼前浮現，「我們一定會直搗巴格達（伊拉克首都），拿石頭丟死海珊（伊拉克領袖）。」大家義憤塡膺地點頭附和。

回到家，我看見母親正拿膠帶在窗戶貼上大大的X字，以免玻璃被炸彈轟隆聲給震碎。她說，收音機正呼籲民眾要做好萬全準備，不過也同時安撫人心地保證，這場戰事頂多持續幾天或數週，英勇的國軍很快就會擊退敵軍。母親也買了幾片黑板來遮擋窗戶，以免伊拉克轟炸機夜間看見窗戶透射的燈光而鎖定目標掃射。我不怎麼害怕，反正最糟也不過如此。

一天天過去，每天會響起數次空襲警報，但很少聽見眞正的炸彈爆炸聲。收音機和電視整天播放激勵人心的進行曲，還宣布空軍健兒已經成功襲擊巴格達和伊拉克其他重要大城，敵軍正被我軍節節逼退。所有男人，不管老少，連青少年都被鼓勵入伍從軍，爲國壯烈犧牲。伊朗政府說，成爲烈士，是最快速穩當的上天堂之道，尤其爲這樣一場正義對抗邪惡之戰捐軀。緊鄰伊拉克的邊境城市霍拉姆沙赫爾（Khorramshahr）最爲慘烈，城市被摧毀殆盡，甚至慘遭敵軍壓境。

所有邊境旋即關閉，除非拿到特許令，任何人不得離境。然而，每天還是有很多人捧著大把鈔票給人蛇走私集團，處心積慮想離開伊朗，以躲開徵召從軍之義務，或者避免被革命衛兵逮捕。他們冒著生命危險，要偷渡到巴基斯坦或土耳其。

秋末時，我聽見幾位學校的朋友說，有人將舉辦抗議遊行，而且他們打算參加。雖然我知道很危險，但這似乎是我們該做的事。遊行將在下午四點鐘從離校十分鐘路程的費多西廣場（Ferdosi Square）出發。

遊行那天放學鐘一響，吉塔、莎拉和我一起步出校園，看見已有上百人集結在街道上，且多半是年輕男女。我們加入人群，步向費多西廣場，街道成了一條沸騰喘息的河流。大家提高警覺，環顧四周，我們知道革命衛兵或眞主黨遲早會來抓我們，我的心臟緊張得怦怦跳。我注意到店家正拉下鐵門，店老闆大概打算盡早走爲上策吧。來到費多西廣場，一個年輕女性將擴音器拿在嘴前，她告訴群眾，眞主黨是如何殘酷地迫害婦女：「我們還要忍受多久啊？他們那些歹徒和謀殺犯，以眞主之民茶毒我們的母親、姊妹和朋友，卻能逍遙法外？」她大聲問著群眾。我旁邊有個老婦人，她脫下白罩袍掛在手腕上，頭上露出的稀疏銀髮在餘暉下發亮。她將一張白紙板放在胸前，紙板中間是個露出燦爛笑容的年輕女孩照片，底下卻有一行字「她在艾文監獄被處決」。

突然，巨大如雷的低隆聲貫穿整條街道，群眾開始潰散。

「小心屋頂！」有人大喊。

我抬頭看見屋頂滿布著革命衛兵，旁邊有個年輕人突然倒地呻吟，他手壓著肚子，指間滲出一道鮮血，沿著手掌滴落在人行道上。我驚嚇地呆望著他，舉步維艱。群眾尖叫，四處奔逃，空氣煙霧瀰漫，我雙眼灼痛，四周張望，見不到同伴，我們走散了，但我不能拋下這受傷的年輕人。我跪在他身邊，注視著他的雙眸，看見一種死亡的寂靜。阿瑞須就像他一樣地死去吧？陌生人啊，在某處有某人愛著你，期盼你的歸來啊。

「瑪莉娜！」熟悉的聲音叫喚著我。

是吉塔，她抓緊我的手，把我拖走。空氣瀰漫著催淚瓦斯的氣味，穿著民兵軍裝的大鬍子男人，手中揮舞著棍棒，見人就打，尖叫哀號聲四起。我們奔出瘋狂混亂的街道，朝家裡的方向逃。

一回到家我立刻把自己鎖在浴室裡。我眞希望當時被一槍斃命，我不想這樣活著，活著受這些苦有什麼意義？我去父母房間打開放藥的抽屜，裡面瓶瓶罐罐，有各種大小形狀的藥：感冒糖漿、制酸劑、阿斯匹靈、還有多種止痛劑。我東翻西找，找到滿滿一罐安眠藥，抓了藥就跑回浴室。瓶子裡的死神啊，我只要打開瓶蓋，呑下這些小藥丸，死神就會被我放出來。天使應該會來找我吧，我會告訴天使，我尋死是因爲我受夠了，我目睹太多人死亡，我不想再承受這一切。我裝了一杯水，打開藥罐。我內心深處明白，呑下這些藥是不對的行爲，我想了想，如果每個人都和我一樣，雖然相信正義和良善，但只是因爲世上太多苦難而絕望地呑藥自殺的話，那世界會變成什麼樣子？我闔上雙眼，看到天使的眼眸。我希望祖母、阿瑞須和艾瑞娜奶奶都能以我爲榮，我想做些有意義的事。我剛剛目睹一個年輕的生命倒在血泊中，我不能逃避，死亡絕不是解決的好辦法。我決定蓋上瓶蓋，將安眠藥放回去，或許我能做些其他事。我衝到商店，買了白紙板，把革命衛兵攻擊和平遊行群眾的經過寫上去。

隔天，我比平常更早到學校，走廊還空蕩一片。我將白紙板貼在走廊的一面牆上，退後幾步站在白紙板面前，假裝正在讀上面的文字。半小時後，學生陸續抵達，沒多久，白紙板前聚集了大批學生，爭相閱讀。麥穆笛校長聞訊旋即趕至，她氣沖沖地快步在走廊上踩行，臉色因盛怒而漲紅。

「滾開！」她咆哮著。

大家往兩邊散開，讓出一條路，她讀著紙板上的文字，質問是誰寫的。沒有人回答，她直接把紙板撕下，大喊著：「一派胡言！」

「不是，不是胡言！」我忍不住挺身抗議，「當時我就在現場親眼目睹了這一切！」

「所以，就是妳寫的。」

我告訴她，革命衛兵的確對無辜民眾開槍。

「什麼無辜的民眾？只有反革命者，以及與眞主和伊斯蘭爲敵者，才會參加那樣的遊行。而妳竟然跑去參加，妳完蛋了！」她狠狠地指著我，然後轉身跺步離開。

我氣炸了，她怎麼可以說我是騙子，那都是我親眼目睹的！

幾天後，我和朋友開始發行一份小小的校園刊物，每個星期我們會寫些日常生活中對我們造成影響的政治事件，用手一張張寫，在校園內流傳。

政府已經關閉數家獨立性報社，指控他們與伊斯蘭革命爲敵。我感覺這國家似乎正逐漸往下沉淪，連簡單的呼吸都變得日益艱難。但我們保持樂觀，懷抱希望，相信不至於所有人都會被溺斃。

自從兩伊戰爭爆發後，這個伊斯蘭政權把所有的問題都歸咎於戰爭，物價飆漲、肉品、乳製品、嬰兒奶粉，連沙拉油都得限額配給。母親清晨五點就到店家排隊，等著領取配給的食糧，直到中午才能回到家。地下黑市還是買得到任何物資，只是數量很少，而且價錢貴得離譜，中低收入戶絕對負擔不起。

感覺上德黑蘭離戰火很遠，現在連空襲警報都很少聽到，即使有，也只聞警報響，不見眞正的炸彈落下。然而，兩伊邊境的城鄉可就沒這麼幸運了，他們飽受戰火摧殘，死傷人數持續攀高，每天報上都會刊登十多張戰死沙場的年輕人照片。政府趁機利用人民激昂的情緒，煽動人心誓死復仇。清眞寺的麥克風傳來「毛拉」①高昂訓誡的聲音，要民眾了解這場戰爭不只是爲了保護伊朗，更是爲了捍衛伊斯蘭教，海珊不是眞正的穆斯林，他是魔鬼的追隨者。

慢慢地，我所熱愛的事物都變成非法的，連以往尋求逃避和慰藉的西方小說，被貼上「邪惡」的標籤後，也很難覓得。一九八一年初春，麥穆笛校長說我必須取得「宗教分數」。以前在這所以伊斯蘭或祆教爲主的學校裡，信仰其他宗教的少數學生，是不必參加伊斯蘭或祆教的宗教課程；而現在，校長要求我必須參加伊斯蘭宗教課程，或者拿到我所信仰的天主教教堂爲我打的宗教分數，並將分數呈給校方。雖然以前曾自願參加過學校的伊斯蘭課程，但我現在已經受夠太多伊斯蘭教義，根本不願再上任何伊斯蘭課；況且，從天主教堂取得宗教分數，似乎是個不錯的主意。雖然這麼想，但這好主意可能不適用在我身上，因爲德黑蘭的俄國東正教堂已經很久沒有神父了，要找個人幫我打分數實在很難。最後，母親打電話給一位固定上教堂做禮拜的朋友，她介紹我去找羅馬天主教堂。這所教堂離家只有幾條街，不過我從沒注意過它的存在，因爲它既沒有面街的彩繪玻璃，且整棟教堂看起來灰暗單調，就像四周林立的政府機關和外國使館一樣無趣。羅馬天主堂的神父答應讓我在此上宗教課，並幫我打分數，以顯示我的宗教用心程度。

我得每週一次上教堂參加宗教問答課程。教堂大鐵門將外頭俗世的街道與教堂的清幽後院區

①mullah，伊斯蘭的神學家。

隔開來，我按了門鈴，對講機傳來一聲「嗶」，鐵門自動開啓。我關上鐵門，沿著禮拜堂與院子磚牆間的狹窄柏油走道進入，教堂辦公室和神父住處就在禮拜堂隔壁的另一棟建築內。每次我來這裡，神父都會熱情招呼我，我們會一起讀《聖經》並討論。課程結束後，我會打開連接院子與禮拜堂的那扇沉重木門，一拉開，它就嘎吱響，聲音從深邃的寂靜中，迴盪在蜿蜒高聳的圍牆間。我喜歡進禮拜堂，坐在長椅上，凝視著聖母瑪利亞的肖像，專注看著聖母身上的粉紅色長袍、遮住頭髮的藍色斗篷，還有臉上那平和慈祥的微笑。肖像前燭火搖曳，我知道，聖母經歷過那種苦痛，會懂失去的感覺。在這裡，我的心就自在了。

第十二章

一九八二年五月一日午後，擴音器廣播要塔瑞娜和其他牢房的五名女囚到辦公室。整座監獄陷入沉默，大家都知道，這五名女囚將被處死，而我，是唯一知道塔瑞娜也在處決名單上的人。如同往常，這天她一人坐在角落讀《古蘭經》。我們牢房裡只有她被點到名，所有人都愣住了，望著她。她站起來，姿態彷彿只是要伸伸腿，散散步。我走向她，她看著我，搖搖頭，然後抓起吊在棚架下方鉤子的小包包，再拿起擱在棚架上方的大包包走向我，一股腦兒把東西全塞進我懷裡。

「妳知道我沒什麼東西，就這些，請妳想辦法交給我父母。」

我點點頭。她穿上罩袍，走出牢房門，我知道她正走向死亡，但就算我嘶喊到喉嚨破掉、撞牆到頭破血流，也無法挽救她的性命。手裡抱著塔瑞娜的東西，我呆立在牢房中央許久，直到雙腿酸軟無力。那整天，沒人開口說話，大家沉默不語，彷彿這樣就能施展魔力，保住她的性命。我們等待、祈禱、啜泣、無聲地唸唸有詞。白晝靜默地走到盡頭，地平線燃起火紅的餘暉，夜色正逐漸逼近。我們聽到槍聲，來得如此迅速，彷彿一朵玻璃雲朵從空中突然墜落，砰的一聲，徹底粉碎。

第十三章

我被捕後四個半月，有天擴音器裡傳出我的名字。

「瑪莉娜．莫拉帝——巴克特，穿上黑傑布到辦公室。」

我不知道爲何會被點名，或許哈瑪德又開始「思念」我了。我用圍巾蓋住頭髮，走到辦公室。

瑪莉娜燕姊妹笑臉迎來，「阿里弟兄回來了，」她笑著說，「他說要見妳呢。」

我矇住眼，跟著她到另一棟建築物，在走廊上等候，呼吸沉重得如石塊般哽在喉嚨。

「瑪莉娜，跟著我。」是阿里的聲音，我跟著他往前走。他關上我們身後的門，要我坐下，並解開矇眼布條。他似乎變高了，或許是因爲瘦了，所以看起來更修長吧。

我環顧四周，房間沒有窗戶，也沒有刑床。一片牆上掛著何梅尼的照片，根據阿里之前所言，就是這個人下令免我一死的。何梅尼的兩道濃眉顰蹙在額頭上，雙眼怒火似地瞪視著我，看起來眞像個嚴厲的老人。何梅尼照片旁，則是現任總統哈米尼（Ayatollah Khamenei）的照片，和旁邊那位伊斯蘭大教長相比，他的面容和藹多了。

阿里微跛地從鐵桌後面拉出一張椅子，雙眼不斷打量我。幾個月不見，我差點忘記他的長相。我注意到他右臉頰有個新傷疤。

「妳看起來比我上次見到妳好很多。」他微笑問我，「最近好嗎？」

「還可以，你呢？」

「妳只是客套地隨口問問，還是眞的關心我？」

「我是眞的想知道你過得如何。」我口是心非，一心一意想打發他，好盡快離開這房間。我現在渴望回到二四六女牢。

他告訴我，他在前線和伊拉克打了四個月的仗，卻因腳受槍傷終須返回大後方。我說，很遺憾聽見他受傷，這句話是肺腑之言。我從不希望聽到任何人受傷。

他認眞地盯著我瞧，原本的笑容一變，滿臉嚴肅地說，「瑪莉娜，我必須和妳討論一件很重要的事，我希望妳好好聽我把話說完，不要打岔。」

我點點頭，滿腹狐疑。他說他之所以申請調離艾文監獄是爲了遠離我，他以爲沒見到我就可以讓他不再有那種感覺，但事實卻不然。他說，自從我們第一次見面，他就對我動了心，他想逃避，但那感覺卻愈來愈強烈。他扶我走到浴室那晚，他覺得自己竟然願意付出任何代價來拯救我，這種感覺讓他很害怕。他發現我在浴室很久沒出來，在外頭叫喚我也沒回應，衝進浴室發現我昏倒在地，那一刻，他以爲我死了，不過摸摸脈搏後很高興我還活著。他知道我的名字就在處決名單上，而且哈瑪德很不喜歡我。他曾試圖說服哈瑪德放我一馬，但哈瑪德根本不理。他說，當下唯一能救我的方式，就是直接去找何梅尼。阿里的父親和何梅尼是多年密友，所以阿里去找了何梅尼大教長，求他放過我，說我還很年輕，應該被給予機會「改邪歸正」。何梅尼告訴他，我觸犯的罪名足以判處死刑，不過阿里繼續懇求他。最後，大教長終於同意把死刑改爲無期徒刑，於是阿里十萬火急地返回艾文監獄，詢問衛兵我的下落，他們告訴他，哈瑪德已經把我帶往刑場，於是他快馬加鞭地趕往刑場，途中還不斷禱告。

我感覺內心一陣刺痛。

他說，和何梅尼大教長談過後，他決定把我送到二四六女牢，然後遠赴戰場離開我。既然有了大教長的「背書」，哈瑪德自然不敢隨便傷害我。阿里說他很努力想忘了我，卻發現自己愈陷愈深，無時無刻不思念著我。這時他受了槍傷，他說，很高興自己中槍，這樣就有理由回來找我。還說，他父親經常告誡他，面對人生大事要左思右想，謹愼考慮。他想和我結婚，過去四個多月他爲此事反覆思量，深思熟慮後，終於下定決心。

「我要妳嫁給我，瑪莉娜，我承諾一定會當個好丈夫，好好照顧妳。妳不用現在回答我，我希望妳也好好想一想。」他認眞地說。

我試著理清剛剛聽到的一切，但是腦袋仍一團混亂。沒道理呀，他怎麼可能會想娶我呢？況且我也不想嫁他啊，光是和他同處一室就讓我渾身不自在。

「阿里，你要明白，我不能嫁給你。」我顫抖著聲音拒絕。

「爲什麼不行？」

「有很多原因！」

「我已經準備好聽妳的理由，妳直說吧。別忘了，這件事我可是仔細思量了好幾個月，而妳都還沒清楚想過呢。不過或許有些事我沒考慮到，妳就直接告訴我吧。」

「重點是我並不愛你，我不會是你的眞命天女。」

「我不奢望妳現在就愛我，只要妳願意給我機會，我就能讓妳愛上我。至於妳說妳不是我的眞命天女，那誰又是妳的眞命天子呢？是安德烈嗎？」

我大吃一驚，他怎麼會知道安德烈？

他說，有一次我睡著了，他在旁邊陪著我，聽到我喊著安德烈的名字。他說，他已經把安德烈的底細摸得一清二楚，連他住在哪裡都知道。阿里說，雖然安德烈沒有政治前科，不過如果他硬要栽個罪名給他，也易如反掌。

即使我知道自己偶爾會說夢話，但仍難以相信阿里所言。或許逮捕我之前他們就已經監視我很久，所以當然會知道安德烈。我竟然把安德烈拖下水了，我該怎麼辦？

「難道妳想在這裡見到他？」阿里語帶威脅，「搞不好會看到他被綁在刑床上。讓他好好過日子吧。妳要認命，從妳被抓進大牢那一刻起，妳的生命就徹底改觀了。還有，別忘了妳還有父母，我相信妳不會置他們於險境吧？我保證一定讓妳幸福，到時候妳一定會愛上我的。」

我告訴他，他無權這麼做，他斬釘截鐵地回答，他就是有權這麼做。他說，或許我已經忘了，當初把我這條命從刑場上救回來的人，就是他。被冠上伊斯蘭敵人的大罪名，我根本毫無基本自主權利，他相信他是爲我好，是幫我大忙，因爲我不知道什麼對自己最好。

我絕望地思索著各種逃避的方法，或許，一死就能解決所有問題。

「我太了解妳，」他突然出聲，把我喚回現實。「我知道妳現在想做什麼，妳想自殺，從妳的眼神我就知道。但我也知道，妳不會尋死的，因爲妳不是那種會輕易放棄的女孩，那違反妳的天性。妳是個戰士，就像我一樣。把過去拋開吧，我們可以幸福快樂的。我聲明在先，如果妳傷害自己，我一定會把安德烈送上處決台，他會爲妳付出代價。」

跟這種人在一起，我怎麼可能有「幸福快樂」的生活？他竟然威脅要處死安德烈，還有逮捕我父母。

「我給妳三天時間考慮，記得別做蠢事。我說出口的話一定做得到。」

我竟然把安德烈和父母給拖下水，置他們於險境了。我必須竭盡所能保護他們，我得記住，自己現在是個被判終生監禁的囚犯，無所遁逃了。多麼希望我從沒遇見安德烈啊。

第十四章

我第一次遇見安德烈，是去新教堂參加週日彌撒時。那天，彌撒結束後，我到小辦公室和神父聊天，那時在教堂擔任風琴手的安德烈剛好走進來。剛剛望彌撒時，我雖然坐在後面，但還是注意到前面彈風琴那個長得好看的文靜男孩。現在兩人近距離接觸，我才驚覺他儼然就是米開朗基羅那尊大衛雕像，差別只在於他穿著衣服。鵝卵形的臉龐架著貴族般的高挺鼻子，一片寬額被金色捲髮覆蓋著，雙眸彷彿風平浪靜的裏海顏色，他長得實在太好看了。羞靨泛起，我低下頭，希望自己內心的悸動沒被看穿。

該教堂管轄的區域很小，難得加入的新人自然引起大家的注意和好奇。他問我是不是大學生，我告訴他，我才十幾歲，他尷尬地羞紅了臉。我聊起自己俄國出身的背景，他告訴我，他是德黑蘭大學電機系的學生，不過自從伊斯蘭文化革命將所有大學關閉後，他就在一所亞美尼亞人的學校裡教英文、物理和數學。

交談過程中，我感覺自己內心有股電波竄流全身，但他卻泰然自若，輕聲細語。我告訴他，我很喜歡他彈奏的風琴音樂，他表示自己還只是個新手。革命之後，政府接收了教會的男子學校，許多掌管學校的神職人員被驅逐出境，罪名是有從事間諜活動的嫌疑。安德烈曾在其中一所教會男校唸了十二年書，裡面有個擔任教會風琴手很多年、即將被驅逐出境的神職人員，在離開伊朗前，他特地找來安德烈，幫從未彈奏過任何樂器的他上幾堂音樂課，希望他離開後，安德烈能接下這份工作。

「妳應該加入我們的合唱團。」安德烈對我說，「我們正在找新團員呢。」

我說自己不會唱歌。

「試試看嘛，很好玩的，下次練習時間是週三晚上六點鐘，那天晚上妳應該沒事吧？」

「沒事。」

「好，那我們就週三晚上見。」

他起身和我握手。

等他轉身離開，我終於能恢復正常的呼吸。

阿瑞姆還是每週一次陪我回家，他已經十二年級，是高中生涯的最後一年。

「我們打算幾個月後離開伊朗，希望能順利移居到美國。」一個陽光灑落的溫煦午後，他陪我回家時這麼說著。我知道這天終究會到來，我們已經成爲好友兩年多了，我不想失去他，但我知道爲了他好，他應該遠離這塊土地，將我們共有的悲傷回憶徹底拋開。

我告訴他，我很替他高興能有機會離開。他停下腳步，凝視著我，淚水在眼眶打轉。他希望我能和他一起走，他很擔憂我的安全，他學校好多學生已經被抓進艾文監獄，而且聽說沒人活著走出來。我告訴他，是他過度擔心，但他強調這都是事實，不是杞人憂天。

「阿瑞姆，不需要擔心。」我堅持自己不會有事。

「阿瑞須也這麼說過……喂，等一下，我剛剛想到一件事，不過……不會吧，不可能……可是……」

他佇立在賣生鮮蔬果的小店前方，狹窄人行道中間，裝滿水果和蔬菜的箱子籃子堆滿人行道。

「妳該不會想自殺吧？」他突然聲音哽咽著問。

我告訴他，我根本沒想過要自殺。

一個胖女人從我們身邊擠過，想進店裡買東西，她沒耐心等我們談完話，就直接打岔「借過」，差點將我們推倒在裝滿洋蔥的大箱子裡。重新站穩後，阿瑞姆注視著我，我步下人行道，站在馬路邊，再次向他保證，我不會有事。我們往前走時，我去握他的手，卻被他甩開。

「妳在幹嘛？我們會被抓的！」他慌張地環顧四周，漲紅了臉。

「對……對不起！我眞是白痴，沒想到這一點。」我吞下淚水。

「對不起，瑪莉娜，我不是故意要凶妳，不過如果妳因爲牽我的手而被鞭刑，那叫我情何以堪啊？」

「對不起。」

「妳看，這就是妳該和我離開伊朗的另一個理由，在這個國家，連牽手都違法，妳把這種事告訴其他正常國家的人，他們一定會以爲妳在開玩笑。」

幾分鐘後，我問他，認不認識有人能把俄文翻譯成波斯文。我說，祖母曾把她一生的故事寫下來，臨終之前交給我，我需要找個人幫我翻譯成波斯文。他問我，爲什麼不找父母幫忙，我告訴他，祖母之所以將她的故事交付給我，或許就是不希望我父母看到。我希望找個不認識的人來幫我翻譯。他告訴我，他奶奶有個奇怪的朋友，會說多種語言，尤其波斯語和俄語都很流利，他答應幫我打電話問她。

再一半路程就到家時，卻突然烏雲密布，暴風雨逼近。眞是詭異，原本陽光普照的晴朗天氣，才幾分鐘就風雲變色。先是幾聲巨大雷鳴，接著落下斗大雨珠。離家還有大半路程，附近又沒地方躲雨。一開始雨珠緩慢落下，我甚至還能看見雨水滴落的樣子，或許暴風雨來襲前，我們趕得到家吧。不，來不及了，雷聲轟鳴，雨水交錯奔騰而下，一陣強風折彎了路樹，還將雨水吹聚成一陣強烈雨浪，我們不得不停下腳步，熟悉的街道逐漸矇朧模糊，溫暖色彩開始褪去。我們不知該怎麼辦地佇立街頭，只知道自己必須挺過這場暴風雨。我們闔上雙眼，相信一切都會過去。

隔天，阿瑞姆打電話給我，說他已經和奶奶的朋友，安娜，談過了，安娜答應和我碰面。幾天後，阿瑞姆陪我去安娜家，她家位於塔克塔福大道旁的靜謐巷子裡。我們按了門鈴，一隻狗在大門後的院子狂吠。「誰呀？」操著波斯語的女人問。我們應聲後，安娜就來開門。她七十多歲，身材高瘦，有著灰色明亮大眼，還有一頭披灑肩頭的漂亮濃密黑髮。她穿著白色絲質上衣，搭著藍色牛仔褲，用俄語歡迎我們。一隻德國牧羊犬緊跟在她身後。這棟兩層樓小房子的庭院種滿了熱帶植物，我們得撥開濃密的樹葉，才能跟著她進到客廳。客廳裡有隻色彩繽紛的鸚鵡棲踞高處，兩隻金絲雀在鳥籠裡啼唱，還有一隻黑色貓咪在我腳邊磨蹭。空氣充滿濕泥味，屋裡的每道牆都林立著書架，一本本書籍陳列其上。

「文章在哪裡？」我們坐下後她問我。我將祖母的故事交給她，她快速瀏覽過。

「得幾個小時才翻譯得完。」

她起身送我們到門口，「艾瑞娜提起過妳，瑪莉娜，她很以妳為榮。明天下午四點半過來拿吧。」

隔天，我們一按安娜家的門鈴，她立刻應門，將祖母的手稿和譯文交給我。

「親愛的，妳祖母是個很可憐但很堅強的女人。」她告訴我，然後在我們面前將門砰的一聲關上。

「我告訴過妳，她有點奇怪吧。」阿瑞姆說完，放聲大笑。

我一到家，迫不及待拿起譯稿，大約有四十頁，字跡娟秀，文法完美。如果不是早知道譯者安娜的背景，我一定會以為她的母語就是波斯文。

祖母全名叫季娜．莫拉托夫，在十八歲時愛上了一位二十三歲的英俊青年，叫安德瑞伊，他有一頭金色捲髮，湛藍大眼，是個共產黨員。季娜曾央求他別去參加反對沙皇的示威遊行，但他不聽，他希望俄國成為更強大的國家，希望貧窮徹底消失。季娜說他理想崇高卻不切實際，想法太天眞。但最後，她卻跟著他一起去示威抗議，目的是為了確保他會平安無恙。在一次示威遊行中，軍人要群眾離開，但沒人聽從，最後軍隊開槍。

「群眾四散奔逃，」季娜寫道，「我轉身，看見他躺在地上，正流著血。我將他抱在懷裡，直到他斷了氣。有個軍人同情我，允許我把他帶回家給他母親。我拖著他的軀體，走過莫斯科街道。幾個年輕人來幫我，他們替我扛著他，我跟在後面，看著他的血滴落地面。那天過後，我從來沒有好好安穩睡著過。午夜夢迴驚醒，就會在我的床鋪上看見他的血。」

幾個月後，季娜遇見後來的丈夫，也就是我的祖父伊沙。他是個善良的伊朗年輕人，從事珠寶生意。祖母不知道自己何時愛上他的，沒多久，他就開口向她求婚，她答應了。婚後生下女兒塔瑪拉，不久之後，被迫離開俄國，來到伊朗。這段旅程對祖母季娜來說很辛苦，因為她當時正懷著第二個孩子，也就是我父親。一到伊朗，他們先落腳在馬什哈德（Mashad），父親就在那裡出生，然後搬到拉什特市，祖父伊沙有些親戚住在那裡。在拉什特市住沒多久，就搬到德黑蘭。德黑蘭的生活與莫斯科截然不同，祖母很不習慣，患了思鄉病，萬分思念家鄉莫斯科的朋友和家人，但不管怎樣，只要能和祖父廝守在一起，她也覺得滿足，只是這份幸福沒能維持多久，有天早上祖父出門，就再也沒有回來過。盜匪殺了他，搶了他打算賣掉來買房子的珠寶。

此後，祖母的日子艱辛漫長，她很想回俄國，但是俄國血腥的革命已經奪走她舊有的一切，老家和過去的生活全被摧殘殆盡。她無家可歸，知道自己將永遠成為異鄉人。

她開了一家給外地人投宿、包吃住的食宿中心，辛勤打拚。歲月流逝，兒女終於長大，女兒塔瑪拉嫁給了俄國人，隨丈夫回到俄國定居。之後祖母遇見一位投宿在她食宿中心的匈牙利人，兩人相互扶持，他幫祖母經營管理，也陪她作伴。第二次世界大戰爆發之初，他向祖母求婚，她答應了，只是他們的婚禮再也沒機會舉行。因為戰爭的緣故，各國分屬不同陣營，匈牙利與德國希特勒同陣營，也因此與伊朗成為敵對國，所以在伊朗的所有匈牙利人成為戰俘，被送往印度的戰俘營。祖母心儀的匈牙利人彼得就在印度染疾而死。

讀著這份譯搞，我淚流滿面。我可以想像祖母那種辛酸、無助孤寂的感覺。革命毀了我們祖孫倆的命運。共產黨革命和伊斯蘭革命都扶植出一個可怕的獨裁政權，我的生命儼然就是祖母多舛人生的另一個版本，我現在只能祈求未來命運待我好一些，我得牢記，祖母堅強地活了下來，我也要像她一樣，不輕易向命運低頭。

隔週三我依約去教會合唱團練唱，我旁邊的婦女嗓音宛如天籟。練習完後，安德烈來找我。那天我隨便穿了件藍色牛仔褲，套了件寒酸的T恤，看見安德烈時，眞希望自己有像樣一點的衣服可穿。雖然當時已經嚴格實施黑傑布的衣著規定，違反者可能慘遭鞭刑或入獄，不過黑傑布裡面要怎麼穿，可就沒人管得著。我去教堂或者去拜訪親友時，通常一到就會把黑傑布脫掉。

「妳歌喉很棒喔。」安德烈稱讚我。

「才沒有呢。我剛剛站在瑪蘇蒂太太旁邊，她的歌聲才棒呢。」我笑著說。

我們閒聊，我問起他是哪裡人，他說他父母來自匈牙利，不過他和妹妹卻是在德黑蘭出生。他妹妹二十一歲，最近去匈牙利的布達佩斯念大學。而他，則已經二十二歲。

眞巧，他也是匈牙利人，不過仔細想一下就知道這並不奇怪，因爲伊朗的天主教徒本來就是少數族群，多多少少彼此都有些關聯。

「妳想學風琴嗎？」安德烈問我。

「會很難嗎？」

「一點都不會，我來教妳。」

「好，什麼時候開始學？」

「就現在吧？」

雖然歷經過費多西廣場示威的驚險事件，我依然繼續參加各種政治組織所舉辦的抗議遊行，從共產黨到墨加帝組織。這是我唯一能用來表達對這個政權和政策不滿的方式。我沒把這些事告訴父母、阿瑞姆，甚至安德烈。每次的遊行抗議過程都差不多：年輕人聚集在主要大街上，高舉海報，譴責政府，群眾開始遊行移動，大家呼口號，然後空氣開始瀰漫著催淚瓦斯的味道，群眾被嗆得淚水直流，喉嚨灼痛。然後開始傳來槍聲，革命衛兵來到，群眾開始狂奔，並壓低頭顱，以免被槍彈掃到。此時周遭的一切變得清晰明確，顏色成了尖銳鮮明的象徵：見到軍綠色就躲，看到蓄鬍男人就逃。躲進窄巷絕對失策，容易被「甕中捉鱉」，被逮捕或鞭打的機會遠高於大街；街道愈寬廣，存活的機會愈大。好幾次，我甚至得躲在臭氣沖天的垃圾箱中，或者腐爛蔬果堆後面，以躲開衛兵的追捕。除了在費多西廣場那次之外，我沒親眼見過有人中槍，不過總是有人告訴我，他們見到有人中槍倒臥血泊中。每次遊行過後，平安回到家，情緒總是激動亢奮，慶幸自己又逃過一劫。或許我對咻咻的子彈，或揮舞的棒棍有免疫力呢。

暑假來臨前兩週，有天晚上吉塔來找我。她一年前就畢業了，正等著革命後大學能重新開放。她告訴我，她有個叫夏拉澤的朋友想見我。夏拉澤是個大學生，在國王時代，曾是政治犯，被關了三年。夏拉澤聽說過我在學校引起的罷課事件，也知道我讀過一些她所屬組織出版的刊物，甚至還看過我發表在校刊上的文章。我問吉塔為什麼她要見我，她說夏拉澤想說服我加入她所屬的法達因共產組織。我告訴吉塔，自己沒興趣加入，我信仰的是上帝，也虔誠地去上教堂，和他們組織的理念沒什麼共同處。

「所以妳支持這個伊斯蘭政權囉？」吉塔問我。

「不，當然不支持。」

「既然不支持，那就一定是反對，所以應該要加入反政府的法達因啊。」

「即使我反對這個政權，也不表示我會成為共產黨員。我尊重妳和妳的信仰，但我真的不想涉入政治。」

「我想妳已經涉入了，即使妳以為自己還置身事外。給夏拉澤一個機會吧，她只是想跟妳談個幾分鐘。明天妳放學時，我們會去接妳回家。」

隔天，我一步出校園，夏拉澤和吉塔就我往身邊靠過來。吉塔介紹我們認識後，就說另有要事，便離開了。夏拉澤和我認識的其他女孩很不一樣，她有一雙悲傷的眼眸，隨時緊張地四處張望。

「我聽說，妳是個天生的領導人，」她陪我走回家，邊和我談話，「不是很多人有這種能力，妳有辦法讓大家聽妳的話。我讀過妳發表在校刊上的文章，寫得很棒，妳可以創造歷史的，這個伊斯蘭政權快要把國家搞垮了，妳可以扭轉局勢。」

「夏拉澤，我尊重妳的信仰，但我們真的沒什麼共同點。」

「我認為有，我們有共同的敵人，所以我們就是戰友。」

我告訴她，自己並不這麼想，我只是有「不平則鳴」的習慣，如果今天換了共產政權當家，或許我也一樣會出聲反對它。

她問我，想不想創造歷史，我告訴她，我想創造的歷史和她想的不一樣。突然，她停下腳步，望著從我們身旁快步走過的一個年輕人，然後迅速向我道別，消失在轉角。此後，我再也沒見過她。

我想要新衣服，不想再穿褪色的牛仔褲、寒酸的毛衣和破爛鞋子。但事與願違，革命後通貨膨脹非常嚴重，我知道父母沒有餘錢。當時年輕女孩打工是很不尋常的事，所以我得自己發揮創意，想辦法賺零用錢，畢竟好看的鞋子貴得嚇人。

我父母、潔妮雅阿姨、伊斯梅爾舅舅和舅媽，每隔兩個禮拜就會聚在一起打打牌，他們會以眞錢當賭注，所以玩得很認眞。我在旁觀看很多次，已經學會怎麼打。有一晚，舅媽說她生病了，不能和大家牌聚，我自告奮勇代替她。潔妮雅阿姨覺得這是個好主意，要大家給我一點錢當賭本，就這樣我加入戰局。當晚結束時，原本的賭本一百土曼已經翻成兩千土曼。隔天，我就去大肆採購，給自己買了三件淑女型的長褲、三雙高跟鞋。隔天去教堂時，我穿著打牌贏錢買的衣服：黑色淑女褲、白色絲質上衣和黑色的尖頭高跟鞋。

以前奶奶在世時，每次父母邀請朋友到家裡打牌，她總會搖搖頭說賭博是不好的行爲、會毀掉家庭和友誼、上帝不喜歡人賭博、這是一種罪之類的。我知道這些，也有罪惡感，但我相信天主能了解我的處境。不過爲了保險起見，我還是決定要爲賭博一事好好告解，祈求天主赦免。

在教堂裡，我步下走道，走到前方唱詩班座位坐下時，這雙嶄新時髦高跟鞋蹬在地上發出的聲音，聽起來眞是悅耳極了；還有，眾人讚嘆的竊竊私語也讓我暗自得意，連唱詩班團員也都稱讚我非常漂亮。安德烈一見到我，眼神在我身上流連停駐許久，彌撒時我還注意到他眼角不斷瞄向我。

安德烈很認眞地教我彈風琴，但看著他愈教愈累，我就愈清楚自己實在沒什麼音樂天分。他一有空就泡在教堂，修理東修理西，從管風琴、電器，甚至連家具也修理，他總要我陪他作伴。我喜歡和他在一起，他會問我的生活、家庭、朋友種種事。他父親密哈雷是個木匠，第二次世界大戰前到伊朗幫國王蓋宮殿，那時他還是個年輕小伙子。當時密哈雷將未婚妻裘莉安娜留在布達佩斯，以爲工作完後就能返回家鄉迎娶她，沒想到戰爭爆發，被迫繼續留在伊朗。歐洲戰火肆虐，匈牙利與德國站在同一陣線，也就是「軸心國」，敵對的「同盟國」則進駐伊朗，以便從南方提供補給品給蘇聯。就像我祖母的未婚夫彼得一樣，密哈雷也因軸心國公民的身分，被送到印度的戰俘營。不過密哈雷幸運活了下來，戰爭結束後，他沒回祖國匈牙利，反而選擇來到伊朗，因爲匈牙利已經成爲共產國家。當時匈牙利人民不准出國，所以他的未婚妻裘莉安娜無法與密哈雷相聚。直到一九五六年匈牙利發生反共產革命，開放國門，裘莉安娜才得以難民身分逃到澳洲。稍後輾轉來到伊朗和離別十八年的摯愛相見，兩人立刻結婚，並育有兩子：安德烈，以及小他十五個月的妹妹。安德烈四歲時，母親就去世了，當時妹妹才兩歲半。媽媽死後，密哈雷有個年約六十歲終生未婚的姊姊，來到伊朗幫忙照顧小孩。她是個非常好的幫手，成功扮演起母親的角色。

有一天，我和安德烈在空蕩的教堂裡獨處，我們坐在管風琴前的長椅上，我決定告訴安德烈我在學校的麻煩處境：罷課、芭媚老師看見校長室名單、校刊文章，還有，校長很討厭我。我的話把他嚇得一雙湛藍大眼圓睜。

「妳眞的做了那些事？」他搖頭不敢置信。

「對啊，我最大的問題就在於無法閉嘴不說。」

「我很驚訝妳到現在還沒被抓。」

「我知道，連我自己也很驚訝。」

他抓住我的手，我一顆心如小鹿亂撞怦怦跳著。他雙手好冰冷。

「妳得離開伊朗。」他愼重地說。

「安德烈，實際一點，我惹出這些麻煩，他們怎麼可能發護照給我。至於偷渡不僅危險，還得花大把鈔票，我父母不可能負擔得起。」

「妳父母知道這些事嗎？」

「只知道部分，不是所有事情都知道。」

「所以，妳是要告訴我，妳就等著被抓？」

「還有其他選擇嗎？」

「躲起來呀。」

「會被找到的。況且，要躲去哪裡？我能把其他人拖下水嗎？」

天花板反射回來的聲響，讓我知道自己不自主地提高了音量。我話說完後，兩人沉默以對，突然他雙手環抱著我的肩。我倚靠他，感受他軀體的溫暖。和他在一起時，我有一種強烈的歸屬感，一種家的感覺，彷彿歷經艱辛旅程後終於返家的幸福感。我又墜入愛河了，爲此我愧疚不已。我不想背叛阿瑞須，但，愛情就是自己悄悄地來到，就像冬天走到盡頭時，春天就無聲無息地在大地蠢動。每天隨著溫度漸升，枝頭新芽纍纍，太陽高掛的時間一天長過一天，在你驚覺之前，世界已經充滿溫暖和色彩。

一九八一年六月末，我和媽媽剛抵達裏海邊的小木屋度假兩、三天，便接到阿瑞姆打來的電話，他問我，知不知道在何梅尼主導之下，國會已經罷免總統巴尼薩德爾，因爲他反對將政治犯處以死刑，還寫信警告何梅尼，阻止他過於獨裁。這些我都不知道。小木屋的收音機不太靈光，聽不到英國國家廣播電台的新聞，至於伊朗國內的新聞節目，我們根本就懶得看。幾天後，阿瑞姆告訴我，總統巴尼薩德爾已經逃到法國，但許多與他友好的人士都遭到逮捕並處死。

六月二十八日，我們正準備吃晚餐前，媽媽不經意打開電視，我們才知道當天稍早前，伊斯蘭共和黨的總部有顆炸彈爆炸了，當時黨員正在開會。這次爆炸炸死了七十多人，其中許多還是政府高官，包括司法系統的首長巴赫斯提（Ayatollah Mohammad-eh Beheshti），也是該黨的祕書長。政府說，炸彈是墨加帝組織放的。

八月初，新總統穆罕默德・阿里・拉賈伊（Mohammad Ali Rajai）就任，他是著名的伊斯蘭文化革命領導人之一。不過他的總統任期很短，只有兩個禮拜。八月三十日，一顆炸彈在行政院長辦公室爆炸，炸死了總統拉賈伊、行政院長和德黑蘭警政局局長。政府也把這次爆炸算到墨加帝頭上，但我聽到謠言，有人說其實這兩次爆炸都是政府兩派人士鬥爭惡搞出來的。

因爲爆炸，全國陷入如喪考妣的長期哀痛：每處街角都有擴音器傳出宗教吟誦和音樂，好幾群人走在街道上，用鐵鍊打前胸搥後背，後頭跟著婦女，哀號哭喊，以什葉派傳統儀式來表示哀痛。我被最近幾次事件嚇到了，整個人往書堆裡愈陷愈深，因爲只有在書本裡，我才看得見一個比較有理性、慈悲，而且可預期的世界。

那年暑假結束前，我決定不回學校上課。回去有什麼意義？我根本無法適應那些新規定，回去只會和麥穆笛校長及老師起更多衝突。

一回到德黑蘭，我察言觀色，挑個母親心情好的時候告訴她我的決定，我知道她不會輕易答應的。她很以哥哥爲榮，因爲他是大學畢業生，而且她還經常對受過高等教育的人讚譽有加。但不管怎樣，她無法改變我的心意，我知道如果繼續上學，我只會愈來愈痛苦。

我們買了幾件家具，放在以前做爲爸爸舞蹈教室的房間，這些家具包括四張繃著橄欖綠光滑布面的大椅子、兩張黑色咖啡桌、配有八張餐椅的餐桌，以及一組餐櫃。以前當等候區的地方則維持原樣，一張圓桌擺在中央，四張黑色皮椅繞桌擺放。兩張椅子中間還有個煤氣暖爐，冬天時可以溫熱房間。母親本來就喜歡編織，革命過後，她更是經常坐在暖爐左邊的椅子上幫我們織毛衣，一坐就是大半天。除了毛衣，她也織桌巾和被單。那天我走出臥房，她正坐在她最愛的椅子上，鼻梁架著眼鏡，專心低頭編織。我在她對面的椅子坐下，沉默了幾分鐘，思索該怎麼開口。

「媽媽？」

「什麼事？」

她沒抬頭看我。

「我不想去學校了，至少今年不要。」

她把織到一半的毛衣擱在腿上，目光穿過眼鏡上緣朝我望過來。母親雖然五十六歲了，額頭已冒出幾條皺紋，眼角也有魚尾紋，但還是個美人胚子。

「妳說什麼？」

「我不要去學校。」

「妳瘋了啊？」

我告訴她，在學校裡根本沒學到什麼有用的事情，如果待在家裡，我就不必和那些革命衛兵出身的老師相處。我答應媽媽，我會在家自己讀完十一年級該讀的所有書，也會參加考試。

「妳知道我有能力自學的。」我信心滿滿地告訴她，「搞不好我懂的還比那些新老師更多。」

她嘆了口氣，低下頭。

「媽，求妳別逼我回學校。」見媽媽的神情，我忍不住開始啜泣。

「我再想想看。」她說。

我跑回房間。

隔天，母親進到我房間，我張著昨晚哭過的紅腫雙眼看著她。昨晚，彷彿所有積累的悲傷和挫折一股腦兒傾瀉而出，我哭得不能自已。母親站在陽台落地窗邊，凝視著街道。

「妳可以待在家裡，」她說，「但只能待一年。」這應該是她和父親商量的結果。

哭。

九月初有天晚上，阿瑞姆打電話向我道別，他隔天就要離開伊朗了。我感覺得出來他正在

「我會想念你的，好好保重。」我克制住自己的情緒，保持平穩語氣。我從沒告訴過他安德烈的事，但現在該讓他知道。我告訴他，我在教堂認識一個人，我很喜歡他。

他很驚訝，問我這是多久的事了。我回答是今年春天認識的。

「妳怎麼不早點告訴我？我以為我們無話不談的。」他有點沮喪。

「我自己也不確定，因為我本來不想再和任何人發展感情的。」

他了解了。

在伊朗，所有男性高中畢業後都得入伍服役，除非考上大學，或者因為身體健康等其他因為，才得由官方認定得以免役。阿瑞姆的爸爸之所以免役，是因為他哥哥是為國犧牲的烈士，他成了父母僅存的兒子，所以不用上戰場，畢竟家裡已經奉獻出一個兒子了。阿瑞姆的爸爸覺得很諷刺，他的命竟然是戰死的哥哥所救的。而阿瑞姆也因為有個為國犧牲的伯父，所以可以拿到護照，合法離開這個國家。

一九八一年十一月，有天莎拉打電話給我，告訴我她必須立刻和我見面。她的聲音顫抖，但不願在電話裡多談。我飛奔到她家，她已經在門口等著我。她父母和哥哥不在家，我們進去她房間，她立刻倒在床上，哭紅了雙眼。

她說，兩天前，革命衛兵到吉塔家逮捕她，當時她不在，他們轉而抓走了她媽媽和兩個姊

姊，還告訴她父親，如果吉塔一週內沒有出面，其中一個姊姊就會被處死。吉塔知道後，到艾文監獄「自首」，他們這才放了她母親和姊姊。「瑪莉娜……妳知道吉塔很固執的，他們一定會殺了她。而且她不懂得控制自己的嘴巴，絕對會供出我們的，我想，我們就是下一個被抓的人。而我哥哥沙羅士肯定跑不掉的，還有，哥哥說過，任何公開說過政府壞話的人都會有可能被捕。」

沙羅士說得沒錯，我知道遲早會輪到我們的。他們知道可以去找誰，也知道我們住的地方。我從沒告訴其他人校長名單那件事，因為我不確定誰的名字在名單上，不想隨口一說驚嚇別人，況且我也不想把芭媚老師給拖下水。

「沒錯，我們可能就是下一個，早晚而已。而且我們無能為力，只能束手就擒，我們不能逃，一逃就會害了父母。」我告訴莎拉。

「我們總不能坐在這裡等著被抓吧。」

「妳想怎麼做？」

「至少得告訴父母吧。」莎拉說。

「他們會驚慌的。沒有人幫得上忙，除非全家人一起消失。如果我告訴父母，他們也不會當真的。不用擔心太多，應該不會到那種地步的，或許是大家傳來傳去，把事情說誇張了，事實上我們什麼都沒做，不是嗎？吉塔是因為的確有加入組織，但我們什麼都沒做，他們幹嘛來找我們這種人麻煩？」

「我想，妳說得對，我們不應該驚慌，我們什麼都沒做。」

第十五章

向我求完婚，阿里陪我走回二四六女牢。一進牢房，獄友們迫不及待圍著我，想弄清楚發生了什麼事。我只告訴她們阿里回來了，想看看我好不好而已。從她們神情中看得出來她們不信，她們很擔心我，但沒人幫得了我。

我不想讓獄友知道阿里向我求婚這件事，我覺得愧疚又丟臉。我已置安德烈和父母於險境，我明白阿里是眞的在威脅我，不是開玩笑的。我別無選擇，只能任他擺布。

我還記得阿瑞須和我的初吻，那是全世界最美好的感覺，因爲我愛他。而阿里，他是否會吻我？想到這裡我不由自主用衣袖猛抹嘴巴，全身冷汗直冒。

他們可以吻我，但如果要強暴我，我絕對抵死不從。我想起已被處死的塔瑞娜這麼說過。

雖然我不怎麼知道什麼叫強暴，但我依然告訴自己阿里應該不是要強暴我，他開口求我嫁給他，這應該還好……不，這也不對……

事到如今，我想這些幹嘛？但我知道自己非想清楚不可。

婚姻是一輩子的事，我有辦法和阿里生活一輩子嗎？或許阿里心裡只想來一段露水姻緣。我聽說伊斯蘭教義裡，有種叫作「臨時婚姻」①的關係，這種婚姻可以從數分鐘到數十年之久。我也知道在這種臨時婚姻中，女性什麼權利都沒有，不過對我來說也沒差，反正我本來就是個什麼都沒有的女囚。或許他只是要我當他一陣子老婆，然後就會放我走。若眞如此，就不需要讓其他人知道這件事，我得盡可能將這樁婚姻保密。

時間分分秒秒過去，我無法吃、無法思、無法談，甚至無法哭。所能做的，就是白天在走道上無止盡地來回踱步，以求晚上疲累得可以昏睡過去。

終於，到了第三天，我決定去找瑪燕姊妹。她早就知道阿里向我求婚的事，所以我無須擔心洩密。我告訴她我眞的不想嫁給阿里，她說，她家族每個女性的婚姻都受人擺布，雖然她們不想嫁給父母挑選的丈夫，但最後終得聽命行事。她媽媽一開始也非常憎恨她被迫結婚的對象，但最後兩人還是過得很幸福快樂。我說，我無法理解，這種狀況下的婚姻怎麼可能幸福快樂。我告訴她，在我家族中，女人可以自己挑選結婚的對象。她告訴我，我不可能再和家人一起生活了，而且我必須記住一點，阿里給了我新生的機會。在她看來，我顯然過於難搞，而且，還人在福中不知福。

回覆的期限到了，第四天一早，擴音器廣播我的名字。阿里正在辦公室等著我。

---

①根據什葉派伊斯蘭的教義，男女之間可以有「臨時婚姻」（sigheh）的關係，而這種關係可以從幾分鐘到數十年之久。長久以來，「臨時婚姻」是一種爲伊斯蘭傳統和伊朗政府所認可的婚姻有效契約，也讓伊朗人在傳統婚姻之外的性關係提供了一種合法形式。

「妳不用矇眼，」阿里告訴我，「到我車裡談吧。」

我們離開辦公室，走入一處滿是日光燈的無窗走道。此刻之前，除了二四六女牢和訊問室，我還沒見過艾文監獄其他內部的景象。這座監獄宛如黑色夢魘：憤怒咆哮、鞭打凌遲、哀號呻吟、開槍處決，還有橡膠拖鞋趿過亞麻油地氈和石地板的聲音。然而，眼前這走道卻與一般政府機構或學校無異。我跟著阿里步下樓梯，連這座樓梯也與常見樓梯沒兩樣。兩個革命衛兵正要上樓，和我們交錯時對阿里微俯鞠躬問候，完全無視於我的存在。阿里也點頭回禮。走到樓梯底層，阿里打開一道灰色鐵門，我們從這道門步出戶外，所見景象眞讓我詫異不已，眼前的艾文監獄，根本就讓我想起位於恩格赫勒大街（Enghelab Avenue）①的「德黑蘭大學」的校園。兩者最大的差異，在於艾文監獄的開放空間反而更大；另一個差異是德黑蘭大學校園四周圍繞的是鏤空的鐵絲網，而艾文監獄則被高聳磚牆重重圍住，牆上還有瞭望台和荷槍的衛兵看守。監獄四周種植了高聳的老楓樹，北邊則有阿爾波茲山脈巍峨地俯視我們。

阿里帶我走過一條狹窄的水泥小徑，在一棟灰色建築物的轉角處，有輛黑色賓士車停在樹蔭下。他打開前方副駕駛座，讓我坐進去，車裡瀰漫著新車的味道。汗水從我前額滑落。他坐到駕駛座，雙手握著方向盤。他的手指眞修長，指甲也修剪得很乾淨，眞是一雙鋼琴家的手，雖然眞實的他是個監獄訊問官。

「妳決定好了嗎？」他問我，雙眼凝視著後照鏡上吊著的那串琥珀色念珠。

一隻麻雀從樹梢飛起，消失在萬里無雲的開闊藍天下。

「在你心中，你把這當成一段『臨時婚姻』嗎？」我直接問他。

他驚訝地望著我。

「這不是一時的肉體吸引，我是眞的想和妳廝守一輩子。」

「阿里，拜託……」

「到底妳的答案是什麼，『好』或『不好』？我先提醒妳，別忘了可能的後果，我說過的話絕對當眞。」

「……我，我答應嫁給你。」我終於說出口，卻覺得自己快被活埋窒息了。

他露出微笑，「妳是個明事理的女孩，做出了正確的決定。我答應妳，絕不會讓妳後悔，我一定會好好照顧妳。我得安排一下，向我父母稟報此事，這會花點時間。」

我很好奇他父母會怎麼想，兒子竟然要娶一個天主教女囚。那我的家人又會怎麼想？他們會有什麼反應？

「阿里，我還不想讓我家人知道這件事，」我說，「我和家人不親，我知道他們不會理解我的處境，一旦讓他們知道，事情會變得很複雜。」

說到這裡，我再也忍不住，淚水奪眶而出。

「瑪莉娜，求妳別哭。妳不必告訴任何人，除非妳自己準備好，多久都沒關係，我了解這事對妳來說很不容易，我會竭盡所能讓事情更順利。」

只要家人和朋友不知道這樁婚姻，那麼他們所認識的、入獄前的那個瑪莉娜就還有機會活下

①Enghelab，波斯文是革命的意思。

去，繼續存在著、作著夢、抱持希望、勇敢去追求眞愛，雖然那個女孩現在必須隱藏在新的我裡面。因爲新的我，將成爲監獄訊問官的妻子。我不知道她有辦法這樣活多久，但是我一定會好好保護她。她是眞實的我，那個被父母和安德烈疼愛，一心等待歸期的女孩。

阿里送我回二四六女牢，我問瑪燕姊妹，是否能把我送到樓下其他的牢房，因爲我實在不想對獄友們解釋這一切。樓上和樓下牢房完全隔離，彼此沒有機會互動接觸。我想到一個沒有人認識我的地方好好獨處。她答應我，廣播呼叫七號牢房的班長把我的衣物帶來辦公室。我將移到一樓的六號房，這間牢房和我原本二樓的七號房一樣，關了五十個女囚。

沒多久，我的健康逐漸惡化，每吃必吐，劇烈偏頭痛到幾乎讓我不醒人事。多數時間我抓了條毯子蓋住頭臉，躺在角落，卻無法入眠。我的思緒混亂，老是想到塔瑞娜。我好想她，自從她被抓走處死後，我一直克制自己不要想她，我不願去想像她生命最後那幾小時的種種細節。當現實痛苦到難以負荷時，爲何我們要轉身背對？我們應該勇敢面對的。當時我眞該告訴瑪燕姊妹，我想和塔瑞娜一起死，我該試著阻止她被處死，即使沒成功，至少努力過。雖然注定會失敗，但一條純眞無辜的生命，不是值得爲其奮戰到底嗎？我該爲她的死負責，因爲我竟相信她命該如此。當時我爲何保持沉默？因爲我貪生怕死嗎？我不相信自己是這種人，或許我只是覺得自己還有希望，有天終能平安返家。

父母和安德烈都在等我，我怎麼可以在沒被點名之前，就自己跳出來找死？是非對錯糾結混亂，我搞不清楚自己該往何處去。

我站在黑暗之中，寬闊野地四周圍繞著黑色山丘。塔瑞娜站在我身旁，穿著她的幸運毛衣，兩眼凝視著遠方。我碰碰她的手，她用琥珀色雙眸望著我，阿里從黑夜出現，走向我們，拿槍指著我的頭，我動都動不了。塔瑞娜那雙小手，死命抓住阿里的手腕，「不！」她狂喊，阿里反將槍指著她的腦袋，然後扣下扳機，塔瑞娜的血噴濺到我皮膚上，我放聲尖叫。

我被噩夢驚醒，尖叫聲卡在喉嚨，幾乎無法呼吸。一張臉俯視著我，輪廓模糊朦朧。難以辯明的巨大聲音迴盪在房內，但眼前連空氣都吸不到了，還管那是什麼聲音。我試著伸出手，想抓住任何可以讓我不再窒息的東西，我努力告訴別人，我不能呼吸。那張臉……是瑪燕姊妹，她好像在說什麼，但字句愈飄愈遠，房間景象也逐漸黯淡，彷彿有人將燈光調暗，最後完全熄滅。

我張開眼，看見阿里正和穿著卡其軍裝的謝克醫生談話。現在我終於可以呼吸了。白色簾子圍住我們，我躺在乾淨舒服的床上，有條白色圍巾包住我的頭髮，還有條白色厚被單蓋住我的身體。鐵架上掛了一個塑膠袋，裡面裝著的液體從我手上的透明管子流進我身體裡。謝克醫生發現我醒了。

「嗨，瑪莉娜，現在覺得如何？」醫生問。

我記不清發生了什麼事，也不知自己身在何處。醫生告訴我，我嚴重脫水，被送到監獄醫院。說完後他就從簾子的小縫隙離開。我看著阿里，他微笑以對。

「我先回家帶我母親煮的東西給妳吃，她的食物可是能治百病喔。妳現在休息一下，我回來時會叫醒妳。還需要什麼其他的嗎？我可以幫妳從外面帶一些東西進來。」

「不用了。」

「妳怎麼不告訴其他人，妳生病了？」

「我自己都不知道發生了什麼事。」

「妳的室友告訴瑪燕姊妹，妳已經吐了好幾天。」

說到病痛，我眼淚奪眶而出，「我的胃一直有問題，是老毛病了，只是這次比以前更嚴重，我沒太在意，以爲過幾天就會好。我一直作噩夢，頭痛得不得了，我努力……」我的胸口又開始糾緊。

阿里傾身靠向我，手掌撐著床緣。

「別擔心，沒事，妳只是生病了。好好休息，很快就會康復，深呼吸，深深吸口氣吧。」

我聽話照做。

「醫生會給妳一些藥，讓妳好睡一點，妳最需要的就是休息，這樣就不會頭痛，也不會作噩夢了，好不好？」

阿里的聲音喚醒我。他叫著我的名字，手裡捧著一碗他母親煮的雞湯麵，聞起來有檸檬味。我以前在家煮東西時，也會在雞湯裡放檸檬片。他說，醫生認爲新鮮空氣和景致變化對我應該有幫助，所以他打算帶我出去走一走。我問他，是指去艾文監獄外頭嗎，他點點頭說，只要我喝完湯，我們就馬上出去。

喝完湯，他扶我坐上輪椅，將病床周圍的白布簾拉開，這才發現這病房眞大，一張張病床被白布簾一一隔開。另外還有兩張白布簾也被拉開來，露出兩張病床，其中一張是空的，另一張床上有個與我年齡相仿的女孩正在睡覺。她裹著海軍藍的頭巾，身體蓋了條白色厚被單。病房沒有窗戶。阿里推著我走出病房，我們經過狹窄走道，這次，他也沒矇上我的眼睛。他打開醫院大門，外頭世界的光線強烈到我忍不住瞇起眼。他推著我走下滑坡。

天空宛如上下顛倒的海洋，蓬鬆的雲浪朵朵飄浮在天際，我們從一群矇著眼、穿著深藍罩袍的女性身邊經過，她們排成一隊，跟在一名男衛兵後面。每個女孩手抓著前方女孩的罩袍，依序前進，革命衛兵手中拿了條長繩子，繩子另一頭綁在隊伍前頭女孩的手拷上，他拉著第一個女孩前進，其他人在後跟上。幾天前，我就像她們一樣。現在，我卻有了阿里的保護，一切都變了。我覺得很羞愧，我背叛她們，我背叛了每個人。

在我們的右手邊，幾株高聳楓樹擋住視線，左手邊則有棟兩層樓的磚塊建築，阿里的賓士車就停在它後面。一走到車子旁，我立刻清楚知道，自己眞的不想和他獨處。一股恐懼感瞬間在肌膚底層流竄。

「來，我來幫妳。」他扶起我的左手，試著將我拉起來。我揮開他的手。

「瑪莉娜，拜託，妳不要那麼怕我，我不會傷害妳的，一輩子都不會。」

他說得對，他眞的從來不曾傷害我。

「相信我，即使結婚後，我也會一樣溫柔體貼，我不是怪獸。」

我毫無選擇，只能信任他。我全身酸痛又虛弱，一站起來就頭暈目眩，不過我還是努力維持平衡鑽進車裡。到了監獄大門口，阿里向警衛揮揮手，大門打開，我們就這樣駛出艾文監獄。我萬分訝異，原來阿里可以如此輕而易舉地把我帶出艾文監獄，或許他遠比我想像得更有權力。

街道空蕩、死氣沉沉，但逐漸駛離艾文監獄後，一切似乎恢復生氣，也重新見到人群、房屋和店家。一處空地上，有群男孩追著塑膠球跑，臉上沾了一層如麵粉般的灰沙。婦女提著雜貨走回家，男人站在街頭巷尾談天。平凡百姓這些日常俗事，現在對我來說，卻彷彿奇蹟般珍貴。

「妳很安靜喔，在想些什麼？」上車半小時後，阿里開口問我。

「在想外頭世界的正常生活。」

「我答應妳，再過一段時間，我們也能擁有這樣的正常生活。我會去工作賺錢來養妳，而妳在家打理家務，出門逛街、拜訪朋友或妳家人。妳會幸福快樂的。」

他怎能如此輕鬆隨意地談著他的工作？他做的可不是老師、醫生或技師的工作啊。

「我朋友要不是死了就是被關進大牢，而我父母，我還不確定他們是否還願意認我這個女兒。」我起了點怒氣。

「妳會交到新朋友的，別擔心。至於妳父母，爲什麼妳認爲他們會強烈反對我們的婚姻呢？」

「光是你的工作，他們就不會贊成。」

「瑪莉娜，相信我，他們會看見我是如何照顧疼愛妳。我克服許多困難才讓妳活下來，反對我們婚姻的不只有妳父母，還有很多其他的人。我眼前有很多問題要克服，但我會好好去解決。到時候妳父母看見我讓妳過的好日子，他們就會改變心意。只要妳準備好了，我們就一起去見妳的家人。」

爲什麼他要挑上我？我所有的身分都與他爲敵：我是個天主教徒，是個反革命分子，還是個囚犯。他曾爲了讓我免於一死而奔波求情，現在又不畏阻撓，一心想娶我。他爲何要這麼做？

有段時間，我們每天都開車出去兜風，在他車裡，我努力表現出正常人的神態，克制自己不去想過去或未來，只專心聽著車子引擎平穩的嗡嗡聲，努力感受皮椅的柔軟舒適，凝望街道上隨性自在、熱絡沸騰的市井生活。雖然這還是我當初離開時的那個城市，但眼前的每個景象、每股味道和聲音，卻陌生極了。阿里對我訴說著他家裡的事，但我聽起來，他的聲音卻飄渺遙遠。他是獨子，有個妹妹二十五歲，已經出嫁。妹妹出生後，媽媽又懷孕兩次，但都流產了。根據伊斯蘭法律，男人可以娶妻數位，但是阿里的父親，名叫胡笙．莫賽維，卻對妻子和兩個孩子忠實一輩子。莫賽維先生是個很虔誠的伊斯蘭教徒，支持資助何梅尼好幾年。他非常以阿里這個獨子爲榮，因爲他在對抗國王的聖戰中，有英勇傑出的表現。莫賽維先生是個聰明能幹的商人，賺了大筆財富，但也不忘幫助需要的人。阿里父母已經對他催婚多年，但二十八歲的阿里卻遲遲無法對婚姻做出承諾。

「我向父母提起過妳。」有天晚上外出兜風時他告訴我。

「你說了些什麼？」我好奇。

「他們聽了妳的背景後很害怕。」說完他自己笑了起來。

搞不好最後我可以不必嫁給他。

「不過我告訴他們，妳才是我的眞命天女。」他繼續說道，「我跟他們說，唯一讓我想成家的人只有妳。我一直是他們的乖兒子，事事順從他們，但這次我堅持自己做決定，我再也不妥協了。我已經二十八歲，人生閱歷夠豐富了，我要自己做決定。我就是想要妳當我的妻子、我的伴侶、我孩子的母親。」

「阿里，我們來自截然不同的世界，你父母不可能喜歡我的，他們會因爲我行事不同而批評我的。」

他告訴我，他父母人很好，他很確定他們會喜歡我。

我闔上雙眼，不想再面對這些事。

幾分鐘後，他告訴我，還有件事想和我商量，他知道我可能不喜歡這麼做，不過這只是個形式。「我父親說，如果妳願意改信伊斯蘭教，他就沒理由反對我們結婚，反而會鼓勵。」他說。「這樣一來，我父母就會以妳這個媳婦爲榮，他們會疼惜妳、保護妳，把妳當成自己的女兒看待。瑪莉娜，我眞的很希望妳能答應，我希望妳能眞正成爲我們家的一分子，我希望我的家人都能喜歡妳。從我見到妳的那一刻起，我就知道我們注定會廝守終生。」

我已經失去我的家人、我的愛人、我的自由、我的家，我的所有希望和夢想，現在連我的信仰自由都要被剝奪！

他根本不在乎我心中是否想繼續當個天主教徒。我求他放我走，他說，不可能。

「如果我拒絕你的求婚呢？」我直接問。

「別自討苦吃，」他說，「我這是爲妳好，妳應該不想見到妳愛的人，因爲妳的自傲而受苦吧。妳只有十七歲，這世上還有很多東西妳不知道。我答應妳，我一定會讓妳過得比以前更快樂。」

我要怎樣才能讓他了解，我和他在一起絕對不會快樂？

他將車停在靜巷內，我對這一帶很熟，這裡離潔妮雅阿姨家很近。我問他，他是否想過，一旦我嫁給他，改信伊斯蘭教，就等於要我忘記我的父母、朋友和教堂，他們會恨我一輩子的。他說，如果他們只是因爲我改信宗教而恨我，那就表示他們從來不曾眞正愛過我。

他步下車，打開我這側的車門。

「你要幹嘛？」我問他。

「下車吧。我買了間房子給我們當新房。」

我們爬上幾層階梯，眼前是一大棟磚造樓房。他用鑰匙打開門，走了進去，我在門口猶豫不決。

「還在等什麼？妳不想看看嗎？」他問我。

我跟著他進屋，是個典型的家庭式格局，有個客餐廳兩用的大起居室、一個前所未見的大廚房、四個房間、三套衛浴設備。牆上剛塗過淺灰色油漆，但屋裡還沒放置任何家具。我進到主臥房，推開落地窗拉門，望著後院，綠草如茵，繁花錦簇，天竺葵、三色堇和金盞花在小土堆上盛開綻放，紅、白、紫、黃，爭奇鬥艷。一隻白蝴蝶在徐徐微風中搖晃飛舞著，從一朵花飛到另一朵。一道高聳磚牆將後院與外頭街道隔開。在這樣殘酷的世界裡，怎會有如此美麗的家園？

阿里將落地窗拉門整個推開。

「我們到外頭院子去吧，那些花兒得澆澆水呢。」他說。

一到院子，他就捲起衣袖，打開水龍頭，抓住水管準備澆水。微風將清涼水氣吹濺到我臉上。阿里給植物澆水，但也小心翼翼地不把泥土噴濺得到處都是。葉瓣上凝結的斗大水珠，將金色陽光包裹在它珍珠般的球體內。他拾起掉落的殘花，愉快地哼著曲子，面露微笑，此時的他，看起與其他男人沒兩樣。他殺過人嗎？我說的不是在戰場，而是在艾文監獄？他曾扣下扳機，結束某人的性命嗎？

「妳喜不喜歡這房子？」他問我。

「房子很漂亮。」

「這些花草是我特地為妳種的。」

「阿里，我是個被判終生監禁的囚犯，怎麼可能住在這樣的地方呢？」

「我已經說服艾文監獄的所有重要官員，他們同意讓妳和我住在這裡。瑪莉娜，這是我們的家，是妳和我共同的家。」

我們的家，我甚至連自己是誰都不知道了。這房子其實也是艾文監獄的延伸吧。

「所以，我將在這裡服刑嗎？」我故意諷刺地問。

「我們必須好好走下去，不能有差錯。妳很清楚明白，有些人，例如哈瑪德非常反對我們的婚姻，他們等著看好戲，我們絕不能出錯，妳原本是被伊斯蘭法庭判死刑的，而且……」

「法庭？當初我連審判辯駁的機會都沒有，就直接被判了刑。」我無法接受這樣的法庭。

本來要被處決那天晚上，阿里告訴我，我被法庭判了死刑，但是我認為，根本沒有什麼法庭，只是哈瑪德或幾個人，隨隨便便就決定把我處死。對我來說，審判應該像我在書本或電影中看到的那樣：大房間內有法官、陪審團、辯方律師和檢察官。

阿里說，他們是眞的開過審判庭，只是我不在場。後來我得到伊瑪目的赦免，從死刑變成無期徒刑。他說，他不合適再去找伊瑪目求情，不過可以要求再次開庭審判，他相信如果我改信伊斯蘭教，並且嫁給他，那麼再次審判時，我的刑期應該會大大減輕，或許不超過兩、三年。

我問他，為什麼哈瑪德這麼討厭我。他說，很多像哈瑪德那樣的人，根本不管每個人的獨特和差異性。

我嘆了口氣，實在不能理解這奇怪的伊斯蘭社會。

「一切都會沒問題的。」他繼續說，「我還沒買任何家具，因為我想妳可能希望親手布置我們的家。明天我們可以開始去採購，這樣應該來得及在婚禮前布置好。我知道妳很憂慮妳父母知道此事的反應，別擔心，全交給我，一旦他們見到我給妳的生活，他們就會安心了。」

或許阿里說到重點了。我家並不富裕，父母一輩子都不可能買得起這樣的房子。父親從不信上帝，也經常取笑我虔誠的信仰，他一輩子只相信「錢」，任何豪華、昂貴的東西，都能讓他讚嘆不已。或許他會喜歡阿里吧，父親喜歡名車，阿里開的可是賓士呢。至於母親，她從沒擁有過昂貴的物品，結婚後就一直住在出租公寓，她也應該會喜歡阿里買的這棟房子吧。我眞的有一絲機會能和阿里幸福快樂地過一生嗎？我們的婚姻生活會怎麼過，除了靠他，也要看我的態度來決定。他以他的方式來愛我，雖然與我愛人的方式不同，但從他凝視我的神情，我的確可以明顯感受到他眼底的濃濃愛意。

我們開車回艾文監獄時，阿里說，「我想，妳不要再回二四六了，從現在起，妳應該待在二〇九比較好，這樣我就能更常見到妳，也能從家裡帶食物來給妳。妳覺得如何？」

我點點頭。

途中，阿里將車子停在小餐館前，他買了兩個雞蛋三明治和一罐可樂，我很愛吃蛋，但已好幾個月沒吃到。兩人在車裡吃了起來。麵包很新鮮，還塗上奶油，熟蛋切片間夾雜著幾片蕃茄，我三、兩口吃光三明治時，阿里連一半都還沒吃完。他問我想不想再吃，我不客氣地點點頭，於是他又去買了兩個，一人一個。

回到艾文監獄，阿里將車停在一棟建築物外頭，我們下車走進去。一條燈光昏暗的幽長走廊，從眼前延伸出去，一扇扇緊閉的鐵門排列在兩側。一名衛兵走向我們。

「阿里弟兄，你好嗎？」

「雷查弟兄，我很好，感謝眞神阿拉。你呢？還好嗎？」

「感謝眞神，我也還不錯。」

「我要的牢房準備好了嗎？」

「好了，這邊請。」

我們跟著他來到編號二十七的牢房，他將鑰匙插進鎖孔，然後拉開門，鐵門被拉開的吱嘎聲音，響亮地迴盪在走廊上。阿里先走進牢房，環視一圈，然後走出來，示意我跟他進去。牢房約七呎長十呎寬，裡面有不鏽鋼的馬桶和小洗手台。地板上鋪了張破舊的褐色地毯，唯一一扇窗，約一呎正方，被重重鐵欄戒護著，我連搆都搆不著。阿里站在門口。

「妳在這裡會沒事的，早上我會帶早餐來給妳。先睡一會兒吧。」

我看著門關上，聽見門外鑰匙轉動的聲音，那一聲「喀啦」聽起來就像「背叛者」，把我的背叛隔離在另一個世界中。

擴音器傳來軍樂聲，又是一場勝戰，如果這些「勝戰」都是真的，那伊朗應該早就征服全世界了吧。

我脫下頭巾，走到洗手台洗臉。感覺真好。我不斷潑水沖臉，約有三十次吧，直到臉龐麻痺。不知怎麼地，流水聲和冰涼水感，竟令人欣慰。或許，流水讓我與外頭的世界有點連結吧，只是肌膚感受到的這種連結，其實也只是回憶。流水帶來的欣慰，不屬於現在，只屬於過去，僅僅徒留懷舊和傷感。

我好累。我將角落的兩疊軍毯攤開，舖平在地上，躺下休息。牢房的牆面塗上淡米色，有些漆已經脫落，底下的灰泥斑駁露現。殘存的漆面上則布滿手印，還有各種形狀大小的奇怪油漬痕跡，另外，還有些紅褐色的汙痕，我猜那應是血跡。牆上還塗刻有文字和數字，多數已模糊難辨。我用手指輕撫刻痕，彷彿盲人閱讀點字般一點點摸索。我「讀」出一句話：「雪林．哈須梅，一九八二年一月五日，有人聽得見我嗎？」

一月五日我安坐在家中，而這個女孩雪林，卻被關進這間牢房。目前她身在何處呢？或許死了吧。她刻下這些字時，已被凌虐到何種地步了？

有人聽得見我嗎？她曾這麼問。

沒有，雪林，沒有人聽得見我們的，我們孤單無助地被關在這裡。

除了雪林，牆上還有其他名字：瑪太泊、巴赫瑞、卡泰雲、派如茲。

被刻上的日期還包括：一九八一年十二月二日、一九八一年十二月二十八日、一九八二年二月十二日……等。我努力辨讀出一行字：「費如則，我愛你。」那些被囚困逝去的生命，設法在我周圍這些牆上留下印記。我跟隨一條條隱形線索，彷彿循著地圖上的道路，追蹤到文字、日期和句子，對我來說，這些竟像墓碑誌文的殘跡。在這裡，死亡具體存在，這些文字就是死亡陰影嚴選後殘存的印記。有人聽得見我嗎？

我是個叛徒，這一切折磨痛苦和囚牢，都是我應得的。一踏進艾文監獄的那一刻，我就注定背叛自己，甚至連死亡都轉身離我而去。他們一定會恨我的：父母、安德烈、神父，和朋友，那祢呢？神啊，祢也恨我嗎？不，我想祢應該不會，不過或許祢會吧。想這些有何用呢？我何等人物，竟敢決定祢該怎麼想？但，是祢把我放到這裡的，不是嗎？祢應該賜我一死，但卻讓我活著，這當然是祢的主意，祢還期望我做些什麼呢？求求祢，我求祢，說說話啊……

上帝依然沉默不語。

阿里遵守諾言，隔天早上幫我帶早餐來：烤餅和自製的酸莓醬。還有裝在塑膠杯裡的茶，茶香滿溢，毫無樟腦味。我一整個早上都在想安德烈和父母正在做什麼。我相信母親一定坐在她最愛的那張椅子上，專心編織或啜飲著茶。父親應該在上班，至於安德烈……我不知道他會做些什麼。現在幾乎是春末，學校已經停課，所以他應該不在上課。他們還記得我嗎？我還鮮明地活在他們當中嗎？或者我成了被遺忘的回憶？他們會原諒我嗎？會我為祈禱嗎？

有人聽得見我嗎？

那天晚上六點鐘左右，阿里來接我，說要帶我去見他父母。他家離艾文監獄不遠。抵達時，阿里將車子停在靜巷內。道路旁有兩道老舊土牆，牆後幾株老楓樹、柳樹和白楊木探出牆頭，迎向天空，但在巍峨壯闊的阿爾波茲山脈的背景襯托下，竟小得如稗草般相形見絀。雖然阿里向我保證，他父母人都很好，我不需擔心，但此刻我的喉嚨發乾，手掌卻濕冷一大片。我跟著阿里走向一道綠色鐵門，他按門鈴，有個穿了件白色罩袍的嬌小婦人來應門，我猜這應該是他母親，費特梅女士，我原本以為她應該更高大些。

阿里親吻母親的額頭，向母親問候，然後介紹我們認識，「媽媽，這是瑪莉娜。」

「親愛的，很高興認識妳。」她親切地微笑著，細小的褐色眼睛好奇地打量著我。她看起來眞慈祥。

我們穿越大門，進入前院，鋪滿灰色鵝卵石的狹窄走道往右蜿蜒，消失在老胡桃樹和楓樹之間，一棟牆面爬滿藤蔓的大宅矗立眼前。通往大迴廊的寬闊石階兩側，立排著一個個陶土花盆，裡面栽滿天竺葵和金盞花。

進到屋內，地板上鋪著好幾塊價值不菲的美麗波斯地毯。阿里的妹妹，阿克蕾和她丈夫麥索得也在。阿克蕾有張圓臉、一雙褐色大眼睛和泛著玫瑰紅的雙頰。我不知道自己是否該上前擁抱問候她，還是只要握手，或者兩者都不適當。有些極端的穆斯林認為天主教徒不潔，所以我決定不主動去碰觸她，以免讓她覺得受到冒犯。阿里擁抱父親，親吻他兩頰。他比阿里高個幾吋，身材消瘦，灰色鬍鬚修剪得很整齊。他們全家人彬彬有禮地接待我，但仍看得出他們的不自在。一個天主教徒，而且還是個囚犯，這絕對不是他們心目中阿里該娶的合適對象，我也不怪他們或許心裡正納悶著，阿里到底看上這蒼白怪異的女孩哪一點。

我們移動到起居室，裡頭舒適寬敞，布置精緻。每張咖啡桌上都有銀色和水晶大淺盤，上面裝著水果和各式甜點。我坐在阿克蕾旁邊的沙發上，阿里的母親幫我們倒了上等的伯爵茶。我注意到她一直在觀察我，也瞥見她眼神對我的一抹同情。我端起鑲金邊的精緻玻璃杯，啜飲著茶，慢慢覺得自在了些，彷彿到自己熟悉的親友家做例行性的拜訪般。阿克蕾遞給我一盤米餅，我拿了一個。阿里的父親莫賽維先生開始和阿里談論工作上的事，他在德黑蘭市集開了一家店，也進出口各式貨品，包括波斯地毯和開心果。晚餐很快就準備好了：撒上番紅花的長米飯、烤雞、香草牛肉燉和生菜沙拉。雖然每道佳餚都很香，但我卻沒什麼胃口。我想到父母或許也正在吃晚餐吧。

「我知道妳很為難，」晚餐過後莫賽維先生和我說話，「妳有權利知道我的看法，妳必須了解自己的處境，畢竟妳還年輕。」

身為虔誠的穆斯林，莫賽維先生謹守宗教慣例，不直視近親以外女性的眼睛。

「爸爸，這問題我們已經討論過千百次了。」阿里開始抗議。

「沒錯，我們是討論過，但那時候瑪莉娜並不在場啊，所以忍耐一下，就讓我和這未來的媳婦好好聊一聊。」

「好吧。」

「親愛的，妳得明白，我很了解妳的處境，不過我還是必須問妳一些問題，希望妳老實坦白地回答我，可以嗎？」

「好的。」

「我兒子對妳好嗎？」

「很好。」我看著阿里回答，他微笑回視。

「妳希望嫁給他嗎？」

「我沒有希望嫁給他，」我說，「但我知道他想娶我。他歷經千辛萬苦把我這條命給救回來，我了解自己的處境，他答應會好好照顧我。」

希望自己沒說錯話。

莫賽維先生說，我是個聰明的女孩，遠比同年紀的女孩成熟。他還說，我與眞神阿拉及伊斯蘭政府爲敵，本該被處死的，是阿里不死心到處爲我奔走，因爲他相信我會學到教訓，徹底洗心革面的。莫賽維先生希望我能體認到，入獄前那個我已經死了，我即將以穆斯林的身分展開新生命，一旦我改信伊斯蘭後，過去的罪孽就能被洗淨。他相信他兒子會遵守對我的承諾。雖然他曾試圖說服阿里放棄娶我的念頭，但他不聽，阿里一直是個乖兒子，從未違逆父母，但這次他非常堅持，所以莫賽維先生只好同意，如果我願意改信伊斯蘭教，他就答應我們的婚事。他說，他了解我父母可能會因爲我改變信仰而不認我這個女兒，所以他承諾，只要我虔誠地信仰伊斯蘭教，榮耀新信仰，行爲舉止不辱伊斯蘭，並且成爲他兒子的忠實妻子，他就會待我如親生女兒，竭盡所能來保護我，讓我幸福快樂。

「這樣，我們大家算有共識了嗎？」說完話後他問眾人。

「是。」全家人畢恭畢敬地回答。

我很驚訝阿里的父親如此盡力排除困難，成全我們的婚事。雖然我們的信仰和政治觀點迴異，但他還是贏得我的尊敬。我看得出他很愛阿里，希望他幸福快樂。換成我們家，如果哥哥想娶一個父親不贊成的女孩，我知道父親絕不會召開家庭會議討論此事，他一定會威脅哥哥，如果把女孩娶進門，就別想再見到他。

「所以，瑪莉娜，」莫賽維先生說，「歡迎妳成為我們家的一分子，從現在起，妳就是我的女兒了。由於狀況特殊，我們會先在這屋子舉行私人婚禮。至於妳何時讓妳家人知道都無所謂，不要有壓力，我們已經是妳的家人，會提供妳所需的任何事物。而你，阿里，你一直是我們的乖兒子，我們衷心希望你婚姻幸福，眞誠地祝福你。」

阿里站起來親吻父親，向他道謝。他母親則感動地哭著擁抱我。

「妳覺得我家人如何？妳喜歡他們嗎？」阿里開車送我回艾文監獄時問我。

「他們對你眞好，我們家不會這樣。」

「『不會這樣』，什麼意思？」

我告訴他，我愛我父母，也思念他們，但我和他們之間一直有距離，從來不曾眞正討論過什麼事。他說，他很難過聽到我這麼說，但是，他父親是眞的很認眞想把我當成他們家的一分子。

「再過一個禮拜，我們會先在監獄為妳舉行改信伊斯蘭教的儀式，然後兩個禮拜後的週五，就會舉行婚禮。」他都計畫好了。

每件事都突如其來、接踵而至，我根本沒時間去反應。他告訴我，什麼都不用擔心，只要負責把新房布置好就行了。他打算隔天帶我去購物，我不懂以我這種身分，要怎麼逛街購物。

我以爲他家人會對我嚴厲無情，沒想到每個人都如此友善。我在自己家人身上從沒見過那樣的態度和氣氛。過去我很難把阿里視爲人之子，現在我很清楚明白，他是個懂得愛，也被深摯疼愛的人。

「對了，改信伊斯蘭的人必須上《古蘭經》和宗教課程，也得選個穆斯林名字。妳被抓進牢裡後已經讀過伊斯蘭教義，所以現在只需要一個新名字。我希望妳知道，我覺得妳原來的名字美極了，我很喜歡，所以我不會用別的名字稱呼妳，不過妳還是得選個新的穆斯林名字。」他很體貼地說。

連名字都得改，我覺得自己好像被他搞得四分五裂，整個人被活活拆解成碎片。隨便他要怎麼叫我都行。

「你自己幫我選名字吧。」我不悅地說。

「不，我希望妳自己挑。」

進入我腦海的第一個名字是費特梅，所以我直覺地大聲唸出這名字。

「是我媽媽的名字，她一定會非常高興！」

我就要背叛基督，別無選擇了。我想到出賣耶穌的猶大，我也將走向相同的道路嗎？直到最後，猶大才知道自己做出可怕的錯事，於是以自殺謝罪。在絕望中，猶大失去信心和希望，臣服在黑暗勢力之下，這不就是他犯下的大錯嗎？如果他當時面對眞相，祈求上帝原諒，或許他的靈魂就能得到救贖。當耶穌被捕時，門徒彼得甚至三次不認主，然而彼得最後仍相信主耶穌會寬恕他，而且也尋求主的赦免。上帝是愛，耶穌生前受盡折磨，他被釘十字架，死的時候飽受痛苦。我想，我不需要再向主耶穌解釋些什麼，他早已知道一切。

我必須向安德烈道別，只能道別，其他不用多說，他不需要知道每件事。我也得稟報父母，但可能要先說我改信伊斯蘭教，看看他們的反應，再決定是否要說出這樁婚事。我還得去看看教堂最後一眼，或許好好做個了結後，我就能展開新生活。

隔天早上，阿里幫我帶來新鮮烤餅和起司當早餐。

「妳今天準備好上街購物了嗎？」吃完早餐後他問我。

「準備好了，不過出發前我想先問你一件事。」

「什麼事？」

「你眞的想幫助我愛上你嗎？」

「是啊，非常想。」他驚訝我會這麼問。

「那麼，就帶我到我所屬的教堂，只要一次就好，讓我好好向它道別。」

「好，我會帶妳去。還有別的嗎？」

我告訴他，還有一件事，我知道他聽了可能會不高興，但我還是告訴他，我了解我們已有了婚約，我也打算遵守諾言，竭盡所能當他的好妻子，但是我得好好向安德烈道別。如果不這麼做，我過去的一切，不會放過我。

我從他眼神看出，他並不生氣。

「嗯，好吧，我想，我得接受這個事實：妳不可能一夜之間徹底改變。我會讓妳去見他，但僅止一次。我希望妳知道，我並不想這麼做，之所以答應妳，純粹只是爲了讓妳快樂。」

「我明白，謝謝。」

「我會好好安排，他可以在探監時間來看妳，這次或許趕不及，可能下次吧。」我很感激他，並告訴他，我打算下次探監時就把改信伊斯蘭教一事告訴父母。

「妳也打算把我們的婚事告訴他們嗎？」

「不行，還不行，得一步一步來。」

「妳覺得怎麼做最好，就去做吧。」他體貼地說。

一個星期後，我正式改信伊斯蘭教。週五祈禱會後舉行儀式，地點就在艾文監獄外頭一片林地上。油綠草地上鋪了地毯，監獄裡的人員和衛兵坐成數列，男性在前，女性在後，不過觀禮者還是以男性居多。所有人面向木製講台，週五祈禱會的主教，吉拉尼教長將在這講台上主持聚禮並講解經義。我跟著阿里走到後面幾排女性座位，大家都已就坐，除了一個高個兒女性還站著四處張望，她就是瑪燕姊妹，她見到我很開心，笑著握住我的手，要我坐到她身旁。吉拉尼教長抵達後開始講解經義，告訴會眾，美國是邪惡帝國，並大力讚揚革命衛兵及伊斯蘭革命法庭，爲致力打造完美伊斯蘭社會所做的貢獻。聚禮祈禱會完畢後，吉拉尼教長叫我的名字，要我站到講台上，瑪燕姊妹緊張地擰著我的手，我起立，感覺有點暈眩，所有人注視著我，我成了目光焦點。搖晃著步伐，我奮力走到教長前面，他要我說出簡單的句子，也就是誓詞：「唯阿拉是我的眞主，穆罕默德爲其信使。」爲表贊同，其他信眾齊呼三次「偉大眞主」。就這樣，我不再是天主教徒了。

麻雀繼續在林梢間雀躍地啁啾啼唱，山風徐徐拂過葉隙，金色陽光灑落大地，天空依舊蔚藍，但我正等著上帝發怒。我想看見閃電倏地劈下，直擊我站立之處。阿里坐在前排，他臉上對我的愛意神情，遠比可能劈下的閃電，更讓我難以承受。看他的模樣，我既心痛又深感罪惡。耶穌說，「我怎樣愛你們，你們也要怎樣相愛。」難道祂也要我去愛阿里嗎？祂怎能期望我這麼做？

阿里起身，將一件摺疊好的黑罩袍遞給我。

「我媽媽甚至高興得喜極而泣。她爲妳祈禱，還親手縫製了這件罩袍要送妳。我們眞的很以妳爲榮。」

眞希望我也有相同的感受。

探監時，我告訴父母我改信伊斯蘭教。我心想，他們應該不會追問原因，果然他們什麼都沒說。沒人敢追問在艾文監獄裡發生的事，他們只是望著我哭個不停，眼淚婆娑而下。我猜想，他們知道，一旦進了艾文監獄，就是非人之子，也非人之女，不是夫婿，也非人妻，非母，也非父，在監獄裡，只有一個身分，就是囚犯。

阿里遵守諾言，數天後帶我到我以前所屬的教堂，他的朋友穆罕默德跟我們去，因爲阿里說，穆罕默德從沒到過教堂，很好奇裡面是什麼模樣。阿里將車停在教堂門口，眼前的建築物依舊，但人事已非，當下我竟覺得自己彷彿是個陌生過客。我下車，走向教堂大門，轉轉門把，鎖起來了，我轉身到側門，按了門鈴。

「誰啊？」對講機傳來馬汀尼神父的聲音。

我的心情很沉重，「是我，瑪莉娜。」

匆促腳步聲往側門而來，門被打開。馬汀尼神父愣了一會兒，見到我驚訝得呆若木雞，難以置信。

「瑪莉娜，我好高興見到妳……來，進來。」他終於說出話來。

我跟著他穿過院子，走進小辦公室。阿里和穆罕默德跟在我們身後。

「我可以打電話給她母親和朋友安德烈嗎？讓他們過來這裡看看她。」神父問阿里。

阿里和我互看了一眼，我緊張得心臟快停了。

「好，你就打吧。」他說完後，就要求穆罕默德和他到外面去。

一會兒穆罕默德又進辦公室，但這次沒見到阿里。或許他在車上等吧，我猜想他可能不想見到安德烈。馬汀尼神父問我好不好，我說還不錯。他的目光在我和穆罕默德身上來回移轉，我看出他對於我的到來甚感驚恐。我從沒想過，我的出現可能製造恐懼氣氛。我知道自己不會讓神父陷於險境，但別人可不清楚。我期望在這裡重新體會快樂和安全感，但現在我終於知道，在我被捕的那一刻，我的幸福感和安全感就被深深埋葬了。

母親和安德烈很快就趕到了。我眞想告訴他們整件事的來龍去脈，但是我知道自己一輩子都說不出口。更何況這段日子的苦痛折磨，有辦法形諸於語言文字嗎？我是來和他們道別的，這才是現在該做的，其他就不用多說了。我得給他們和我自己一個遺忘和療癒的機會，我必須把過去的一切深鎖心扉。

母親頭上披著寬大的海軍藍圍巾，將頭髮密密蓋住，身上穿著黑色的伊斯蘭斗篷和黑褲子，她緊緊擁抱我，不肯放手。我的手指感覺出她嶙峋的肋骨，她瘦了不少，身上還是有那股熟悉的香菸味。

「妳還好嗎？」她在我耳邊悄語。

她輕撫著我的背部和雙手，大概是想確定我四肢完好，沒被折磨得體無完膚吧。終於，我鬆開她的緊擁，她改用眼睛把我從頭到腳掃視一遍，我身上的寬大黑罩袍，讓她什麼都看不出來。其實全身上下，我只露出一張臉。

「媽，我很好。」我笑著要她放心。

她也終於擠出一絲笑容。

「妳從哪裡得到這件罩袍的？」她問我。

我告訴她，是個朋友給的。

「妳知道瑪莉娜已經改信伊斯蘭教了吧？」穆罕默德低沉的聲音迴盪在屋內。

「知道。」母親和馬汀尼神父異口同聲。母親打開皮包，掏出面紙，輕拭淚水。

「妳真的沒問題嗎？」安德烈開口了，看看我，又看看穆罕默德。

「我真的很好。」我有千言萬語想說，但現在卻連想都不敢想，只能這樣敷衍他。

安德烈看出我眼底的掙扎。

「怎麼了？」他追問。

話語在我內心深處遺落了。過去幾個月，我的生命出現痛苦混亂的惡性循環，我被禁臠了，不僅在艾文監獄的圍牆內，也在自己內心深處。我張口，卻不成語。

「妳什麼時候可以回家？」安德烈問。「我會等妳的。」他信心滿滿地笑著說。他的眼神告訴我，不論遇到什麼事，他依然深愛著我。我知道自己不需多說什麼，即使求他忘了我，他也辦不到。有人等著妳，表示還有希望，他就是我入獄前的生活象徵，我得心繫著他努力活下去。淚水悄悄滑落臉龐，我轉身走出去。

穆罕默德和我上車，阿里將車駛離教堂，幾分鐘後卻在路邊停下來。

「爲什麼停車？」我問。

「我沒看妳這麼蒼白憔悴過。」

「我沒事，謝謝你帶我來，其實你大可不讓他們來看我的。我眞的很感激你，我知道對你來說，這不容易。」

「妳忘了嗎？因爲我愛妳啊。」

「我不知道該如何感謝你。」

「知道，妳知道該怎麼做的。」他說。

第十六章

一九八二年七月二十三日我婚禮那天，清晨朝拜過後，阿里就到二〇九單人牢房接我。我已經在那裡單獨囚禁一個月，與其他囚犯毫無接觸。前一晚我夜不成眠，幸好恐懼成了我的救星，讓我的思考得以癱瘓，身心得以麻木。我窩在角落，呆望著小鐵窗，灰色的鐵條將窗外無垠的深藍天空切割成一小條細扁的長方形。我一直鍾愛清晨時光，看著明亮光線逐漸掃去黑夜陰霾，一抹深藍色調緩緩滲入漆黑天空，就像雨滴滲入沙漠，不知不覺起了變化。然而，從這方囹圄望出去，這般美景卻顯得如此虛幻。

阿里輕輕敲門，我顫抖著雙手披上罩袍，起身應門。他深情注視著我，緩緩走進，關上門。我低頭不知所措。

「妳不會後悔的，」他朝我靠近，「昨晚睡得著嗎？」

「睡不著。」

「我也睡不著。妳準備好了嗎？」

我點點頭。

我們沒驚動獄裡的其他人，悄悄駕車前往他父母家。一抵達，阿里和他父親就開車出門，他母親親切地擁抱我，與我吻頰打招呼，堅持要我好好吃頓豐盛的早餐。我根本不餓，但她不管，硬要我吃，我只得跟她進廚房。她要我坐在餐桌旁，在煎鍋中打了幾個蛋。不像我母親的廚房狹小陰暗，她的廚房明亮寬敞。一只不鏽鋼大茶壺的汽笛聲輕輕響起，劃破廚房裡尷尬的安靜氛圍。

「我們家族和所有親朋好友都很想來參加婚禮，」沉默幾分鐘後她開口說話，「我有三個姊妹、兩個兄弟，他們都有孩子，這些孩子多半已經結婚，也有自己的下一代。妳公公莫賽維有三個兄弟和一個姊姊，他們也有孩子。還有阿姨、姑媽、舅舅、叔伯、表兄弟姊妹，以及其他家族友人也都很想來。他們發現沒被邀請，非常失望，他們都很想親自來參加阿里的婚禮，不過一經我們解釋，他們多半能諒解，並且衷心祝福你們。等妳和阿里準備好，我們就邀請他們來家裡和妳見面吧。」

又是一陣窘困的沉默，只有木匙翻動煎鍋的碰撞聲。

「我知道妳很害怕，」阿里的母親嘆了口氣，她依然面向廚具，背對著我。「我還記得我嫁給妳公公那天的心情，當時的我比現在的妳更年輕，我們是媒妁之言，我也非常害怕。阿里說妳是個勇敢的女孩，我親眼見到妳後，也這麼認爲，不過我也能體會妳今天的恐懼心情，妳是有理由害怕，尤其妳的家人都不在身旁。但是請妳相信，阿里眞的是個好孩子，他和他父親非常相像，都是仁慈的好人。」

她說完後轉身看著我，我們婆媳竟淚眼相對。她走向我，擁抱著我，撫摸我的頭髮。自從祖母死後，我再也不曾感受過這種溫暖。我們並膝而坐，享用煎蛋。她說，根據傳統，新娘要好好洗個澡，又說新娘美容師兩個小時後會到，她們是好朋友。我已經好幾個月沒好好洗洗澡，在監獄裡頂多只有匆忙的戰鬥澡。我永遠也忘不了被捕那一晚沒有機會好好洗完的澡。

進浴室前，婆婆先帶我到一間臥房內，這是特別騰出來做爲擺放「婚禮聖巾」（Sofreh-yeh aghd）的房間：地板上鋪了絲質白色桌巾，中間擺了一面鑲著銀邊的大鏡子，鏡子兩邊都立著大水晶燭台，上面插著白蠟燭，鏡子前面則擺了一本《古蘭經》。銀碟裡裝著滿滿的餅乾糖果，各式豐盛水果舖滿桌巾所有角落。我知道根據禮儀風俗，伊斯蘭的教長「毛拉」就是要坐在「婚禮聖巾」上，替新郎和新娘舉行婚禮。

浴室裡的高級昂貴磁磚閃閃發亮，我坐進浴缸內，全身浸在蒸氣冉冉的熱水中，陶醉在這樣的溫暖舒適裡，原本緊繃數月的肌膚，開始一吋吋放鬆。我闔上雙眼，盡情享受。上帝給了我一項救命本能：只要周遭情境超過我能負荷的，我就會自動關閉思考。而現在，我就要運用這項本能，關閉腦袋，不再思考那晚發生的一切。

稍後，水逐漸涼了，浴室門口傳來輕輕的敲門聲。阿里的妹妹阿克蕾說，新娘美容師雪林女士已經來了。「妳不需要穿上黑傑布，因爲男性都出門了，下午才會回來。」她又補了一句。

我沐浴完穿上衣服，走出浴室。阿克蕾房間內有個體型碩大的女人正將一張白床單鋪在地板上，她一見我進房，立刻將我從頭到腳掃視一遍。

「眞是個美女啊，」她直點頭對我稱讚不已，「雖然單薄了點，費特梅女士啊，妳這婆婆得好好把這媳婦給餵胖點，身材豐滿、有點曲線，一定更漂亮。」她走向我，一根手指托住我的下巴，盯著我的臉猛瞧，「皮膚不錯，但眉毛得修一下。」

「待會兒阿克蕾和我會在廚房，有什麼需要就叫一聲。」阿里母親對雪林女士交代完，對我抿嘴一笑後，就和阿克蕾離開房間。

雪林女士坐在蓆子上，開口說，「嗯，親愛的，我準備好要動手囉。把衣服脫下來吧，坐到我面前。」

我一動也不動。

「還等什麼呀?來啊。」她豪氣地大笑，「沒什麼好害羞的，這是必經的過程啊！一定要把自己最美的一面呈現給丈夫，是吧?」

不，我才不要。我心裡這麼想，但什麼都沒說。

我發著抖將全身衣服褪去，坐在蓆子上，彎曲膝蓋遮在胸前。雪林女士要我伸直雙腿，我乖乖聽從。她拿了一條長細線，一端纏在手指繞了幾圈，另一端夾在齒縫中，然後調整我腿的姿勢，快速來回移動細線，我腿上的細毛就像被剃刀刮過一樣，瞬間拔下。眞是痛。處理完腳毛，她要我去沖個冷水澡。然後她開始幫我將及腰的長髮編成辮子，在腦後盤成髮髻。

正午時分，附近的清眞寺傳出悠揚喚拜聲，提醒信眾第二次祈禱時間到了。我們淨身準備祈禱，我洗淨雙手、雙臂和雙腳，步出浴室時，發現阿里的母親正在等我，她手裡拿著一大綑白色絲質布料，見到我時，將整綑布料遞給我，我攤開才知道是塊漂亮的祈禱毯，她親手做的。她的慈善溫暖緊緊圍繞著我。

阿里的父母有專屬祈禱室，裡面除了一塊厚實的波斯地毯外，空無一物。我們在祈禱室，面向麥加，將自己的祈禱毯攤開，站在上面開始向麥加朝拜。我剛獲贈的這條祈禱毯細緻地鑲織著金銀絲線，還綴有珠子。阿里的母親一定花了好多時間才織完它。

祈禱完後，阿克蕾在餐桌上擺出上等瓷碗盤，我們圍坐餐桌旁，享用茄子和牛肉燉飯。我努力吞下一點食物。飯後還有茶點，我啜飲著茶，發現阿里的母親正若有所思地看著我，彷彿有什麼大事要說，卻不知如何開口。我也不知所措地低下頭。

「瑪莉娜，有件事我不清楚妳是否知道，是有關阿里的。」她終於開口，「他告訴過妳嗎？在國王時代，他曾被關在艾文監獄。」

我震驚不已，「沒有，他從沒告訴過我。」

「逮捕他的是薩瓦克，就是國王時代的祕密警察，他在革命前三年又三個月被捕的。當時我絕望得快崩潰了，」她說，「我眞沒想到最後他竟能倖存下來，因爲他非常憎恨國王，對腐敗政權充滿敵意，誓死效忠伊斯蘭的領袖伊瑪目，這種言行在當時勢必會被處死。我以爲阿里爸爸也會被抓，幸好沒有。但阿里就這樣被抓走了，我知道他一定被凌虐刑求，我們連續三個月前往艾文監獄要求見他，都遭拒絕，最後終於准許探監，那時他暴瘦憔悴，看到原本俊美壯碩的兒子被折磨成那副模樣，我都心碎了。」

淚水滑落她臉龐，「革命成功前約三個月，阿里突然被釋放出來，沒人通知我們，那天，我就在這廚房裡，聽到敲門聲。那是個陰霾的秋天，院子滿地落葉，我跑到門口問『是誰』，沒人回答，但我直覺想到，就是他。不知爲什麼，我就是知道。我欣喜若狂地打開門，他果然站在那裡。他微笑望著我，與我緊緊相擁。他變得好瘦，我甚至可以摸到他嶙峋的骨頭，而且他的笑容也變了，帶著沉重和悲傷。我知道他目睹了可怕的事情，也知道他眼底的哀傷將難以抹滅。回家後他很快回歸正常的生活，但我知道他眞的不一樣了。他在那段日子裡所承受的痛苦永遠不會消失，有時夜裡，我甚至聽見他在屋裡徹夜來回走動的聲音。然後幾個月前，有天他下班回家，突然打包行李，說要上前線與伊拉克人作戰。就是那樣，沒有任何解釋，突然說要上戰場。我嚇住了，這不像他。喔，別誤會，我不是說他上戰場的舉動嚇到我，事實上他以前也打過仗，只是這次時間點眞的不對。我知道他發生了某些事，但他沒說出口。他上前線那四個月，我幾乎難以成眠，終於有一天，他打電話給我們，說腿受了槍傷被送到醫院。我不斷感謝眞主阿拉，讓他回到我們身邊。我去醫院看他時，他竟恢復往日的開朗神情，像小時候那樣對我微笑，並告訴我，他經歷了很棒的事情，一開始我還以爲他瘋了。」

這樣說來，阿里眞的曾被囚禁在艾文監獄，遭受凌虐酷刑。難怪他在我受鞭刑後，會體貼送我到單人牢房，並叮囑我若有需要，會找醫生來看我，原來他也曾受過和我一樣的苦。

革命後，阿里想報復，所以進了艾文監獄工作。革命成功後前幾個月，艾文監獄裡關的囚犯多數是前祕密警察「薩瓦克」，他果眞如願地以牙還牙。他們不只是伊斯蘭的敵人，也是阿里的仇家。然而，後來情況變了。以前和他並肩作戰對抗國王的夥伴，例如左派穆斯林組織墨加帝的成員，和法達因共產組織的成員，現在竟也成了階下囚。我相信一開始他不難合理化他們被逮捕的事實，因爲他以前那些獄友的確已經變成伊斯蘭政權的敵人，以何梅尼的話來說，也就是眞主阿拉和先知穆罕默德的敵人。然而，在虔敬的穆斯林環境中成長，願意追隨伊斯蘭領袖伊瑪目至死的阿里，開始慢慢感覺，艾文監獄裡以眞主之名所做的很多事情，似乎是錯誤的。只是基於對信仰的效忠和虔誠，他難以接受這個眞相，更不知道如何面對它。他堅信不渝的信仰蒙蔽了他的雙眼，然而，或許基於個人過往的親身經歷，阿里有時候也會用囚犯的眼光來看待事情。阿里的父母以他上戰場對抗伊斯蘭的敵人為榮，同樣地，他們也認為在艾文監獄當訊問官，審問與伊斯蘭政府為敵者，同樣可以光耀門楣。對他們來說，革命後艾文監獄裡所有的事情都具正當性，這種想法無非是為了保護他們的生活方式和價值觀，畢竟，他們相信，善良與邪惡之間，勢必得有一番鬥爭。

午餐過後，清理完餐桌，阿里的母親問我會不會做菜。

「我會，但不如阿克蕾和您做得那麼好。我是從食譜學的，因為我媽媽不喜歡我待在廚房。」

「那妳願意和我們一起做晚餐嗎？現在就得開始準備喔。要來主持婚禮的毛拉，五點鐘就會到，而且婚禮一結束，大家要一起共進晚餐。」

我在廚房幫她們。阿克蕾和我負責將新鮮的洋蔥、芹菜、細蔥和其他香料植物切細拌炒。阿里的母親則負責切牛肉和燉煮長米飯。她已經把雞肉醃在優格、蛋黃和番紅花調製的醬汁中。我們做出了牛肉香草燉，以及米飯、優格、蛋黃和番紅花滷製的雞肉。

阿里的父親、阿里，和妹婿麥索得四點左右回到家，阿里的母親把我趕進浴室，要我再洗個澡，因為經過廚房的一翻折騰，我已全身沾滿洋蔥味。

洗完澡後，我穿上白色的伊斯蘭披風和白褲子，披上白色大圍巾。阿里的母親還在床上留了件白罩袍給我。沒多久，有人輕敲房門。

「瑪莉娜，時間到了喔。」阿克蕾在門外提醒我。

我趕緊打開門，沒給自己思考或預備的時間，立即步出房門。阿里已經坐在婚禮聖巾上準備妥當，我坐在他身邊，心想會有人注意到我正緊張得全身發抖嗎？教長毛拉進入房間，他用阿拉伯語吟誦一些句子，若專心聆聽，我約略可以聽懂這些句子的意思。然後，他以波斯語問我，「瑪莉娜．莫拉帝——巴克特，妳準備好接受阿里．莫賽維夫爲妳的丈夫嗎？」

我知道根據禮俗，新娘在第一次被問時，不應該回答，所以我沉默不語，等著毛拉問第二次。他問第二次時，我回答，「願意。」我只想趕快完成這儀式。

晚餐過後，阿里和我開車到他爲我倆買的新家。在車裡他牽起我原本一直擱在自己腿上的左手，一路緊握著直抵新家。這是我第一次與他有肌膚之親。

我踏進新家，面對這即將展開的陌生新生活，我承諾自己別再往後看，別再回想往事，然而，此番諾言，多難實踐啊。阿里帶我到臥房，我見到禮物堆滿一整張床。

「打開吧，」阿里說，「有些禮物是我送妳的，有些是我家人送的。」

各式珠寶首飾、水晶碗盤和杯子，還有銀製碟盤。阿里倚著我坐在床沿，看著我將禮物一件件打開來。

「現在起，我是妳的丈夫了，在我面前，妳再也不需要穿著黑傑布。」

天啊，眞希望有個地方可以躲起來。他伸手拉下披在我髮上的大圍巾，我趕緊抓回來。

「我了解妳會不自在，但眞的不需要再戴了，慢慢妳就會習慣。」

他解開我的辮子，手指慢慢梳開我的髮絲。

「妳的頭髮眞漂亮，細軟如絲。」

他在我脖頸戴上項鍊，手腕套上手鐲。我看著我的結婚戒指，一顆大鑽石閃閃耀眼。

「打從我一見到妳，就渴望得到妳。」阿里邊說邊用雙手環抱我，親吻我的髮絲和脖子。我一把將他推開。

「瑪莉娜，放輕鬆，妳知道這一刻我等多久了嗎？妳終於是我的人了，我可以名正言順地觸摸妳，再也不需要憂慮。別擔心，我不會傷害妳的，我會很溫柔，我保證。」

他解開自己的襯衫，我嚇得全身僵硬，緊閉雙眼。沒多久，我感覺他正動手解開我罩袍上的鈕釦，我張開眼，試圖反抗，但他把我緊壓在床墊上。我求他住手，他說，不可能。他褪去我的衣服，我放聲尖叫，他赤裸的肌膚貼近我，一種陌生奇怪的軀體溫度貼著我。他身上散發出洗髮精和肥皂的香味，我使勁力氣想將他推開，但，他如此巨大壯碩，我根本白費工夫。憤怒、恐懼、羞辱交錯的情緒，在我心裡如暴風雨襲來，我掙扎反抗，直到虛脫無力，最後，我終於接受事實，明白自己無處可逃，只能投降臣服。好痛！那種驚嚇的痛苦，和受鞭刑的苦竟如此迥異，在牢裡被凌虐時，我還能保持一種尊嚴自傲，彷彿那是任何肉體折磨都奪不走的神奇力量。然而，現在我卻完全被他占領，只能徹底降伏。

我整夜哭泣，心裡灼燒痛苦。阿里雙手緊緊摟住我。天亮他起床祈禱，我則繼續躺在床上。祈禱完他坐在床沿親吻我的臉和手臂，「我必須碰妳，才能相信妳已經是我的妻子，有沒有把妳弄痛？」

「嗯，很痛。」

「慢慢會好的。」

他離開臥房後，我沉沉睡著，夢鄉是我僅有的遁逃之所。

「早餐準備好了喔。」大約八點廚房傳出他的聲音。太陽從落地窗斜灑入屋內，我起床拉開落地窗。微風輕拂，迎來麻雀一聲聲啾啼。庭院美極了，天竺葵和金盞花燦爛綻放，我突然覺得自己好像正過著別人的生活。隔壁人家也正在喚孩子吃早餐。這樣完美的夏天，晴空萬里，但此刻我卻希望降下大雪覆蓋大地，我渴望冰凍的雪花落在我溫暖的肌膚上，渴望手指在凍傷的疼痛中失去所有的觸覺，我想要看見冬霾厚雪將眼前的紅花綠葉全部掩埋起來，只留下蒼茫白色天地，讓我得以幻想並告訴自己，等待春天來臨，萬物就會恢復生機。

「喔，妳在這裡啊。」我聽到他在我背後說話，「早餐準備好了喔，茶快涼了，趕快來吃，餐桌上有新鮮麵包呢。」

我又被他摟進懷裡。「妳無法想像我有多快樂。」他在我耳邊輕語，告訴我他第一次見到我的情景，那時我坐在監獄走廊的地板上，不像其他女孩穿著黑罩袍，只在頭髮上披條米色圍巾。雖然他看得出我長得瘦小，但我的背直挺挺地靠在牆上，看起來反而比周遭女孩更高大。他說，我的頭微仰，嘴唇微動，彷彿在祈禱，跟周遭那群驚恐絕望的女孩比起來，我顯得異常鎮定。他說，他很想轉頭不看我，卻做不到。

婚禮後幾天，他照顧我無微不至到讓我覺得不自在。從小我就很獨立，總是自己照顧自己，而且不願意被當成小女孩般對待。但過去的那個女孩不見了，我已經成了已婚婦人，不能像以前一樣躲到床底下。或許和阿里的婚姻，就是我要揹的十字架，我必須接受他，至少我可以努力看看。我只有一個小小的奢望，就是他可以讓我自己單獨睡在床上。每次他脫去衣服碰我時，我總央求他住手。有時他會聽，但有時不理我，反而告訴我得習慣這一切，這是婚姻生活很重要的部分，如果我不那麼激烈反抗，就能少受點痛。

終於，大約婚禮後一個禮拜，有天我突然覺悟，不再以賴床來消極抵抗，決定天濛濛亮就起床，好好過日子，不再自怨自艾，既然木已成舟，改變不了事實，那就接受它吧。我開始打掃家裡，準備早餐，然後告訴阿里，我想邀請他父母和妹妹過來吃晚餐。他以爲我瘋了，還提醒我不會煮菜。我堅決告訴他我會做菜，他只好屈服。

「好，我打電話邀他們過來。」他說，「那麼，待會兒我們就去買菜……還有，瑪莉娜……」

「什麼事？」

「謝謝妳。」

「謝什麼？」

「謝謝妳的努力。」

經歷過去這麼長一段時間，此刻我的心終於感到溫暖些。午餐過後我立即著手準備晚餐。阿里出去兩、三個小時，回來時屋子裡已經充滿義大利千層麵、牛肉燉洋菇，和熟米飯的香味。我正準備開始做蘋果派，阿里進來廚房，說食物的香味讓他飢腸轆轆。他很好奇我母親是否教過我做菜，我告訴他，我母親很沒耐心，沒辦法教我任何事情，是我自己喜歡烹飪，從食譜上學來的。他說要給我倆泡壺茶，所以在俄式的黃銅壺裡加了水，抓了把茶葉放進中國式茶壺裡，然後靠近我，當時我正把蛋敲進碗裡，他突然的舉動嚇到了我。每次他一靠近，我就想逃開，但總逃不了。他雙手捧住我的臉，吻著我的額頭，我心想，自己到底能否適應他的碰觸。

阿里的父母、妹妹阿克蕾和妹婿麥索得來家裡吃晚餐，他們對於我準備的每道菜都非常滿意。阿里的母親患了點小感冒，吃過晚餐和甜點後，我幫她泡了點熱檸檬茶，還拿條毯子讓她躺在沙發上休息。阿克蕾進廚房幫我洗碗盤。

「晚餐很好吃。」她努力擠出笑容稱讚我。

我聽出她聲音裡的不自在，知道她試圖要表示友善，這點我很感激。

「謝謝。我煮得不好，但我很努力，我想，妳一定比我會煮菜。」

「不，才不會呢。」

然後，沉默填滿我們之間的距離。我開始轉身將剩飯剩菜放進冰箱裡。

「妳爲什麼嫁給我哥？」她突然問了這麼一句。

我直視她雙眼，但她把眼神撇開。

「妳哥哥告訴過妳，我們之間發生的事嗎？」

「沒有說太多。」

「那妳爲什麼不直接問他？」

「他不會告訴我的，況且我想聽聽妳的說法。」

「我嫁給他是因爲他要我嫁給他。」

「這樣解釋還不夠。」

「怎麼會不夠？那妳呢？爲什麼嫁給妳丈夫？」

「我的婚姻是父母安排的，或者說是指腹爲婚吧。我還很小的時候，雙方父母就說好，等我們長大就讓我們結婚。妳來自不同的家庭，不同的文化，如果妳眞的不想嫁給他，妳大可拒絕。」

「爲什麼妳會認爲我不想嫁給他？」

「我就是知道，女人可以感覺出這種事。」

我深深嘆了口氣。「別忘了，我是個囚犯。我嫁給你哥是因爲他威脅我，如果不嫁給他，他就要去傷害我愛的人。」

「阿里不會做這種事的！」

「看吧，我之所以不願意告訴妳，就是因爲說了妳也不會相信。畢竟他是妳哥哥，妳當然會護著他。」

「那妳敢把手放在《古蘭經》上，發誓妳所言句句實話嗎？」

「敢，我說的句句實言。」

她從椅子上跳下來，難以置信地猛搖頭。

「眞是太可怕了，妳會因此恨他嗎？」

我不知道該怎麼回答。並非我不想吐眞言，而是因爲連我自己都不知道這問題的答案。幾天之前，或許我會堅定地說，對，我恨他，但現在我卻不那麼肯定自己的感覺。有些事情變了，雖然不是徹底不同，但的確不一樣了，我不知道爲何自己對阿里的感覺竟然改變，雖然我的確有千萬個理由可以怨恨他。

「嗯，我不知道自己是否恨他，以前是恨過，但現在不會。『恨』這個字眼，太強烈了。」

她直視我的雙眼。

「還有，妳真的是逼不得已才改信伊斯蘭教嗎？」

「沒錯。」

「所以妳根本就不是真的信囉？」

「沒錯。不過妳別忘記，是妳硬要問我才說的，況且我也不想說謊。反正一切都過去了，不管怎樣，我現在就是穆斯林，是妳哥哥的妻子，我承諾過會當他忠實的好妻子，我說到做到。我不想再談這些事，反正該做的都做了。」

「願眞主賜給妳勇氣。」她突然體諒起我來，「我知道妳一定很不好受。」

「知道有人能體諒我，至少讓我好過些。」

她臉上浮現出眞摯自然的笑容。

「妳結婚多久了？」我把話題轉到她身上。

「七年了。」

「妳愛妳丈夫嗎？」

她很驚訝地望著我，彷彿我問了一個她想都沒想過的問題。

「『愛』這個字眼，太強烈了。」她故意學我說的話，促狹地笑一笑，凝視著手指上光芒四射的大鑽戒。「我覺得，愛大概只存在於童話故事裡吧。我丈夫對我很好、很忠實，也讓我過著優渥的生活，我覺得自己應該很快樂，除了……」

她眼神飄向遠方，我察覺出那眼神背後的惆悵，心也因此跟著往下沉。

「除了什麼？」我輕聲問。

「我不能生育。」她嘆了口氣，彷彿終於將最難言之隱給說出口。「我什麼法子都試過了，一開始每個人都問我懷孕了沒，幾年後他們連問都不問。現在，大家認爲我就是一個無法生育的女人。丈夫對我很好，但我可以了解有個兒子對他多重要，即使他說絕不會爲了傳宗接代而娶其他女人。」

「妳們兩位小姐在那裡做什麼呀？待那麼久都不出來。」阿里的母親邊走進廚房邊說。「妳們的男人還要多點茶呢。」

全家人剛在客廳坐下，電話就響起。阿里接了電話，是艾文監獄打來的。大家看著阿里，他神色凝重，只是聆聽，沒什麼答話。大家沉默不語。他掛上電話後，我問他發生了什麼事。

「我們注意墨加帝組織有一陣子了，發現他們打算暗殺艾文監獄裡幾個重要的官員。」他說，「最近逮捕了幾名涉嫌人，也訊問過他們。剛剛穆罕默德打電話來告訴我，根據消息，我也在他們的暗殺名單中。一些同事和朋友都認爲，我和瑪莉娜先在監獄待一陣子比較安全。我不擔心自己，但眞的不想讓瑪莉娜處於險境。」

我曾猜想他在監獄裡的位階可能頗高，現在更加確定了。

「我想，待在艾文的確是個好主意，畢竟不怕一萬，只怕萬一。」阿里的爸爸憂心忡忡地說。

我對艾文監獄裡的暗殺陰謀毫無所悉，因爲我沒機會接觸電視、收音機或報紙，不過曾聽說幾位政府高官被暗殺了，政府把矛頭指向墨加帝組織。

「瑪莉娜，如果要妳先在艾文監獄待一陣子，妳可以接受嗎？這會比在外頭安全。」

「沒問題。」我知道自己別無選擇。

「情勢好轉後，我會好好補償妳的。」阿里愧疚地說。

客人離開後，我們準備上床睡覺。

「阿里，大家這樣暴力相向，會比較好嗎？你殺他們，他們殺你，難道要等到大家都死光了，才能停止這種冤冤相報嗎？」

「妳太天眞了，」他說，「妳以爲如果求他們當好人，他們就會乖乖聽從，不和政府繼續作對嗎？我們必須挺身而出，保衛伊斯蘭和眞主的律法，並將眞主的子民從邪惡力量中拯救出來。」

「眞主不需要被保護。暴力只會帶來更多暴力，我不知道該怎麼解決，但我很確定殺戮不是問題的答案。」

他將我擁入懷中，「不是所有人都像妳這麼善良，」他說，「這個世界很殘酷的。」

「沒錯，那是因爲我們彼此以恨相對。」

他笑了出來，「妳還是不放棄，是吧？」

「我們什麼時候回艾文監獄？」我問。

「明天一早吧。我希望妳明白，即使妳現在已經是我的妻子，但是一旦回到艾文監獄，妳所受的待遇將和以前沒兩樣，因爲形式上妳還是個囚犯。妳想自己單獨一間牢房，還是要回到二四六女牢？」

我說無所謂，都可以。他則告訴我，單獨一間牢房可能比較好，這樣他就可以多點時間和空間與我相處。我同意，因爲我仍不想向二四六的獄友們解釋這一切。

「獄方最近有逮捕更多的人嗎？」我好奇地問。

「有。」

「眞可憐，他們一定嚇壞了。」

「瑪莉娜，這些人多半是恐怖分子。」

「或許有些人是，但你自己也知道，大部分被抓進來的都只是孩子，他們根本沒做什麼壞事。如果我在單人牢房，你可以帶一些年輕的女囚來和我一起住嗎？單人房夠兩個人住的。阿里，我很不喜歡那種自己很沒用的感覺，讓我和那些年輕女孩談一談，或許可以幫助她們，我自己也會好過點。」

他笑了笑，「好吧，聽起來滿有意思的，我答應妳。」

「不過別讓他們知道我是你的妻子，不然她們會怕我的。」

如果我周遭眞的沒什麼良善的事情可言，那就由我做起，去做些好事吧。

「阿里，你知道莎拉在哪裡嗎？」我還惦念著莎拉。

「她待在監獄醫院已經很長一段時間了，但不是妳之前待過的那間醫院。我們還有另一間專門處理精神疾病的醫院，她現在被關在二〇九牢房。」

「你得放她回家，她受夠折磨了，她根本什麼都沒做，只是話說多了點。再繼續被關在艾文監獄，她一定活不了。」

「哈瑪德負責她的案子，妳知道他那個人很難搞，我想，短期內她不會被送到別處去。」

「那她哥哥沙羅士呢？眞的被槍決了嗎？」

「沒錯，因爲他是墨加帝組織的活躍分子，而且被抓進來後非常不合作。」他一副就事論事的冷血語氣。

「所以你們的政策就是殺光所有不合作的擋路人？」

「如果沙羅士有機會殺我的話，他也會毫不留情地朝我腦袋射一槍的。」

「你們大可繼續監禁他，用不著殺死他啊。」

「他的生死不是我能決定的。好了，我不想再談他的事。」

「我可以見莎拉嗎？」

「我們回艾文監獄後我就帶妳去見她。」

有個問題在我心中盤旋已久，一直找不到合適的時機問，現在我決定問個明白。

「阿里，你殺過人嗎？我不是指戰場上，而是指在艾文監獄裡？」

他從床上起身，走到廚房，我跟在他後面。他拿起玻璃杯倒了一杯水，喝了幾口。

「你殺過人，對不對？」

「瑪莉娜，妳爲什麼老是不能釋懷呢？」

「我恨你。」

連我都感覺得到自己話語的強烈力道，但話既出口，我也不後悔。我就是想傷害他，沒錯，就是報復，他活該應得的報復。我曾試著接受命運的安排，也試著體諒他，然而，我就是無法對他的那些殘酷作爲視而不見。

他慢慢將玻璃杯放在桌上，呆望著杯子，然後抬起頭，我看見他黑色雙瞳流露出憤怒與痛苦。他走向我，我後退躲了幾步，撞到碗櫃。現在即使奪門而出，也跑不了多遠。他抓住我的手臂，指尖深深掐進我肌膚裡。

「好痛，你傷到我了。」我告訴他。

「我傷到妳？」

「對，從我第一眼見到你，你就一直在傷害我。而且你也傷害其他人，你甚至糟蹋了自己。」

他把我整個人舉離地面，重重放在床上，任憑我徒勞踢踹、叫喊、掙扎。

隔天早上，我拒絕起床，阿里在廚房喊了我三次，說早餐已經準備好了。我抓起被單蒙住頭臉，躲在裡面啜泣。突然感覺床振動了一下，睜開眼，隔著白色的棉質薄被單，我看見他坐在我床邊，手肘擱在膝上，雙手緊緊交握。我一動也不動。

「瑪莉娜？」幾分鐘後他叫我。

我沒有回應。

「我很抱歉對妳粗魯無禮，妳的確有理由譴責我，但是妳得明白，我也不喜歡自己做的那些事，但整個情勢就是會走到那種地步。這本來就是一個無情暴力的世界，我們別無選擇。我知道妳不同意我的說法，但事情就是這樣，不是我一個人造成的。妳可以恨我，但我仍然愛妳，我昨晚眞的無意傷害妳。好了，來吧，我們來吃早餐吧。」

我還是沒回應。

「拜託，起來，那我要怎麼做才能彌補妳？」

「讓我回家。」

「瑪莉娜，妳已經是我的妻子了，我所在的地方就是妳的家，妳得習慣這一切。」

我的啜泣聲愈來愈響亮。他拉開被單，想擁我入懷，我一把推開他。

「妳得接受事實就是如此。好吧，有什麼比較合理的事情，是我做得到，又可以讓妳快樂的？」

我得從這種痛苦中找點正面價值，不然我會絕望而死的。

「想辦法救莎拉。」

「好。」

此刻的阿里穿著睡褲，上身赤裸，一條條白色疤痕橫過整個背部，是傷疤，是受鞭刑留下的痕跡。以前我從沒注意過，因爲每次他一脫下衣服，我就緊閉眼睛。

我摸著他的背。

「你有傷疤……」

他站起來穿上衣服。

第一次，我感覺到兩人之間的親密連結，我不想有這種感覺，但此刻，它竟如此真實，就像抓住被單蓋住頭臉般具體，就像他和我身上的傷痕般清晰。悲傷的感覺毋需言語表達，眼神輕觸或沉默一瞥，就能道盡一切。

「好了，來吃早餐吧。」他說。

我們共享了早餐。

大約三小時後，我回到了以前的單人牢房，那種感覺實在不能說是懷念。阿里帶了一大疊書給我，多半是伊斯蘭教義的書籍，他說，接下來他會很忙碌。我提醒他，他答應過要帶我去見莎拉。他遵守諾言，馬上帶我去莎拉的牢房，但提醒我，莎拉失神狀況很嚴重，對外界不太有反應。

「妳頂多可以和她相處一、兩個小時，我不想惹惱哈瑪德。」

我進莎拉牢房時，她正在牆上寫字，形體憔悴，面黃肌瘦。我雙手搭在她肩上，她毫無反應。

「莎拉，我好想妳。」

寫滿牆上的字句，讓我想起過去的時光：莎拉的家，還有那庭院的美麗花圃、她母親在院子裡盪鞦韆、父親吟誦詩人哈菲茲的詩作、哥哥沙羅士和朋友踢足球、學校的高高窗戶、放學後兩人從婁斯塔密阿伯的雜貨店買冰淇淋一路舔回家……種種情景一幕幕在眼前浮現。莎拉甚至在牆上寫下了我將鉛筆盒賣給她的事情。我很不想記住這一切，回憶只會讓我心更痛，讓我更渴望回家。家，雖然就在那裡，艾文監獄外的某處，但感覺竟彷彿在千里之外。如果家是在聖母峰的另一側，我也會翻山越嶺跋涉回家，就算十座聖母峰，我也能征服，但，它卻在艾文監獄外頭。

「莎拉，我知道妳聽得懂我的話，妳寫的這些，很多也是我的回憶。我們的家還在那裡，妳必須努力在艾文監獄活下去，這樣才有機會回家。妳的家就在那裡等著妳，不要忘記，明天太陽依舊會升起，但是妳得讓自己活著才能見到朝日。沙羅士要妳每天都看見太陽升起，好好為他、為妳父母打贏這場仗。」

我抓住莎拉的肩膀，讓她轉身面向我。

「哈瑪德就是要妳變成這副慘敗的德性，千萬別讓他得逞。妳會回家的，如果妳知道我為了回家所做的一切，妳就會知道我們眞的必須努力活下去。和阿里同睡一張床眞的很難，不過還好他不像哈瑪德，他有善良的一面，而且他愛我……不過對我來說，眞的還是很掙扎，妳很難想像的。」

莎拉突然抱住我，抱得愈來愈緊。我們互擁，相對而泣。

在單人囚房裡，除了阿里來找我，多半時間我都在看書。兩週後，我終於有了第一位室友。她叫希瑪，有雙淡褐色大眼睛，看起來不到十三歲，但實際年齡已十五歲。帶她來的警衛關上牢門離開前，要她把矇眼布條拿下，她取下後，揉揉眼睛，瞇起眼，用兩顆圓滾滾的大眼睛，驚惶地望著我。

她問我是誰。我自我介紹，並讓她知道我也是囚犯。她稍微鬆了口氣，但仍離我遠遠地坐下來。她的雙腳有點腫脹，我問她是否被凌虐過。

「他們折磨我。」她說著哭了起來。

我靠近她，告訴她我也被折磨過，甚至比她還慘。她問我在艾文監獄多久了，我告訴她，「七個月了。」

「七個月？那麼久了！妳進來後一直待在這牢房裡嗎？」她問我。

我向她解釋，我原本是在二四六女牢，等她被訊問完，也應該會被送到那裡等待審判結果。她問我多久審判結果會下來，我說，從數天到數月不等。她很好奇我是否收到判決了。

「應該算是有吧。」我回答。

「判決結果如何？」她好奇。

「終生監禁。」

「噢，天啊！」

她說，她無法想像被關在艾文監獄超過一個禮拜。我問她，是誰負責訊問她，她說，是阿里，還說他很嚴厲。

「他有時是很嚴厲，」我告訴她，「不過還有很多人比他更凶狠。」告訴她實情也於事無補。

希瑪想知道艾文監獄的每個流程和二四六女牢的種種，我盡可能把知道的事全告訴她。

晚上八點左右阿里敲牢門，喚我的名字。我抓起罩袍準備應門。

「他找妳做什麼？」希瑪小聲問我。

「別擔心，他不會傷害我的。」我邊說邊披上罩袍，走出牢房。

阿里想知道我和希瑪的互動狀況，我告訴他，她現在好多了。我問他為何要鞭打她，他說，別無選擇，因為她哥哥是墨加帝組織成員，涉及政府官員的暗殺行動，阿里已經試圖追捕他數個月，都毫無所獲，他得搞清楚希瑪是否知道她哥哥的下落。

「你不會再鞭打她了，是吧？」

「不會了，我很確定她什麼都不知道。我會把她送到二四六，等她哥哥自首，就會放她走。」

我問他現在要帶我去哪裡。

「去另一間牢房，我好累喔，現在正需要妳。」他說。

早上朝拜完後，我返回自己的牢房。希瑪正沉睡著。

「妳昨晚何時回來的？」她一醒來迫不及待地問我，「我等了妳好久，等到睡著了。」

「很晚才回來。」

「妳去做什麼？」

「沒什麼？」

「妳不想說，對吧？」

「妳不用擔心我。」

她哭了起來。我上前擁抱她，告訴她，只要抱著希望，就會平安無事；還有，我聽說阿里將把她送到二四六，她在那裡就會認識我的朋友，她們會幫助她的。我還請她幫我轉達，讓那些獄友知道，我過得很好、很平安。

隔天，希瑪就被送到二四六女牢。我的生活變得無聊又寂寞，我要求阿里再多帶些詩集來給我，他果眞幫我弄到書。於是我每天的生活就在睡覺、閱讀，和背誦哈菲茲、薩第和盧米等波斯詩人的作品中度過。

幾天後，有天傍晚阿里來牢房找我，要我去他父母家吃晚飯。經過監獄大門時，我們車子停下來等警衛開門，阿里搖下車窗和警衛打招呼，警衛對阿里一直很親切，但以前看到我總當我不存在，然而，今天和阿里互道晚安後，他竟然對我點頭致意，還說：「晚安，莫賽維夫人。」

我一臉困惑，左右看一看，半晌後才驚覺他致意的對象是我。

阿里碰碰我的手，我嚇了一大跳。

「妳怎麼一臉驚嚇？」他說。

「原本警衛看到我，都當我不存在似的。」我說。

「現在他們接受妳了，他們知道我們結婚了。」

一到阿里父母家，小姑阿克蕾和阿里的母親上前擁抱我。「妳還是這麼瘦。」婆婆搖搖頭。

我跟著她進廚房幫忙準備晚餐。阿克蕾正用油脂塗抹著準備要烤的羊肉。婆婆則忙著替家裡的男人們煮茶。將茶端進客廳前，她問我是否可以幫忙做沙拉。水槽旁的濾盆裡已經有洗好的萵苣和幾顆蕃茄，我拿起刀子切菜時，突然想起前一晚我夢見阿克蕾。

「我昨晚夢到妳喔。」我告訴她。

「什麼樣的夢？」

我停頓了一下，猶豫該不該告訴她。

「說嘛，告訴我啊！是不是不好的夢？」

「不，不是。」

「那是什麼樣的夢？我很相信夢的，妳應該還記得內容吧？」

我告訴她，那個夢很奇怪，我夢見她在我的教會裡，點上蠟燭，然後她說，我曾告訴她，只要每天唸九次〈聖母經〉，連續九天，就會懷孕。

她很驚訝，追問我〈聖母經〉是什麼，我解釋給她聽。

「妳眞的相信瑪利亞是神的母親？」聽完我唸的〈聖母經〉祈禱辭後，她問我。

我向她解釋，天主教徒相信上帝讓耶穌成爲肉身，降臨在瑪利亞的子宮內，所以瑪利亞不是一般女性，她是爲了孕育耶穌而生的。

「我們相信瑪利亞是個偉大的女性，但她不會是神的母親。」阿克蕾表達看法。

「我不是要妳相信這些，是妳自己問我夢境的內容，我才說的。」我不悅地打斷她的話。

她低頭沉思，似乎正考慮該怎麼做，「好吧，我試試，反正只是祈禱辭，唸唸也無妨，是吧？」

幾天後，剛過正午沒多久，阿里來到我牢房。很不尋常，他通常晚上才會來。他在我身旁坐下，靠著牆，閉上雙眼。

「你還好嗎？」我問。

「還好。」

他雙手搭擁著我。

「怎麼了？」

「幾天前衛兵抓進來一個女孩，大概十七歲。她在恩格赫勒大街噴漆，寫著『何梅尼去死』、『何梅尼是兇手』時，被逮個正著。他們逮捕她時，她說她恨伊斯蘭教長，因爲她姊姊是被教長殺死的。她一直反覆說這些話，我想她發瘋了。哈瑪德把她折磨得很慘，她還是不斷重複那些話。如果她再不正常點，和獄方合作的話，她很快就會被處死。妳願意和她聊一聊嗎？本來應該找個心理醫師之類的來看看她，不過在這裡當然不可能。」他嘆了口氣，「我知道她可能無法和妳正常聊天，我很不想給妳添麻煩，不過我實在沒辦法了。」

「我願意和她談一談，她在哪裡？」

「訊問室，我現在就去帶她來。」

大約半小時後，阿里推著輪椅進我牢房，輪椅上的女孩披著深藍色罩袍，身子斜向一側，頭癱垂在肩上。

「蜜娜，妳可以把眼罩拿掉。」阿里告訴她，但女孩一動也不動。阿里動手將矇眼布條拿掉，她雙眼微張。我看到她右臉頰腫脹瘀青。我知道她不太能看、不太能聽，也不太有知覺。對她來說，每件事似乎都成了無意義的噩夢。

「我叫瑪莉娜，」我趨近跪在她面前。「我也是個囚犯，妳現在在我牢房裡，我要幫妳從輪椅上站起來。妳別害怕，我不會傷害妳。」

我把她拉起來，她整個人癱在我手臂上。我扶她在地上坐好，阿里推著輪椅走出牢房。

「蕾拉死了。」她突然開口。

「什麼？」

「蕾拉死了。」

「誰是蕾拉？」

「蕾拉死了。」

我在地上鋪毯子好讓她躺下，瞥見她雙腳時，嚇得倒抽一口氣。那雙腳肯定受到極大的折磨，比我之前被鞭打的腳腫脹好幾倍。

「我現在要幫妳把拖鞋脫掉，我會輕輕的。」

然後我用塑膠杯盛了一些水，沾濕她乾裂的嘴唇。她吸了幾口水。

「再多喝一點。」

她搖搖頭。我扶她躺下，脫去她的罩袍和披肩。她似乎冷得全身發抖，我趕緊再幫她多蓋幾條毯子，沒多久她就睡著了。我坐在旁邊看著她，高瘦的她，一頭髒兮兮的褐色捲髮，還糾纏打結在一起，我想應該是被捕後就一直圍著頭巾的緣故吧。想到她那雙腳，我的腳也不自主開始抽搐。從我進艾文監獄第一天起，那種痛苦就讓我一輩子難忘，因爲那不只是記憶，而是已經深深烙印在心底的東西。

約四小時後，蜜娜開始呻吟，我倒杯水，再扶她坐起來。

「蜜娜，我知道妳的感受，我知道妳全身都痛，但是妳得喝點水，這樣才會趕快好起來，妳千萬不要放棄。」

她喝了幾口水，雙眼注視著我。

「妳是誰？」她突然開口。

「我也是囚犯，我叫瑪莉娜。」

「我以爲自己死了，而妳是天使什麼的。」

我噗哧笑了出來，「我向妳保證，我不是天使，而且妳也活得好好的。我有些麵包和棗子，妳得吃一點，這樣才有體力，身體才能復原。」

她吃了一些棗子和麵包，正準備躺下時，傳來敲門聲。

「瑪莉娜，披上罩袍走出來。」是阿里的聲音。他帶我到另一間牢房，我們在那裡吃他帶來的麵包和起司。他沒問我蜜娜的事情。

「你難道不想知道我是否和蜜娜談過了？」我主動問他。

「老實說，此刻我什麼都不想知道，我必須讓腦袋休息，我現在只想好好睡個覺。」

我在凌晨四點回牢房時，蜜娜還在睡覺，直到太陽升起她才醒來。

「誰是蕾拉？」我決定問清楚。

她很好奇我怎麼會知道蕾拉，我說，她剛來時自己說的。

「蕾拉是我姊姊。」

「她怎麼死的。」

「在一場抗議遊行中，中槍身亡。」

她又說，蕾拉有個朋友叫妲亞，她只是因爲頭巾下露出頭髮而慘遭眞主黨攻擊，蜜娜的母親去商店途中，剛好目睹妲亞被毆打。他們打完妲亞後，把她丟進一輛車就駛離現場。妲亞的母親每天苦尋女兒，到各家醫院、所有伊斯蘭委員會去問，但就是找不到她。兩個月後，蕾拉聽說有個抗議遊行將舉行，她決定去參加，她鼓勵蜜娜一起去。蜜娜試圖說服她不要去，但蕾拉說，不論蜜娜會不會去，她自己是去定了，但也故意問蜜娜，萬一她自己也像朋友妲亞失蹤的話，那該怎麼辦。蜜娜一聽只好屈服，決定跟姊姊去，以便有個照應。蕾拉要蜜娜保密，絕對不能將此事告訴父母。

「所以我們就一起去參加遊行。」蜜娜說，「現場人很多，後來革命衛兵開槍攻擊，群眾開始竄逃，我抓住蕾拉的手，想找個安全地方躲避，突然她倒地不起，我回頭看她，她已經死了。」

我也把自己在費多西廣場目睹一個年輕人中彈，自己平安返家後難過到甚至想自殺的事情告訴她。我說，最後我沒吞下母親的安眠藥，轉而決定好好做件對的事。

「妳做了什麼?」蜜娜問我。

「我在白紙板寫下在費多西廣場目睹的一切，並張貼在學校的牆上。」

「每週有兩、三個晚上，我會在三更半夜出門，」蜜娜說出自己的故事，「將蕾拉的遭遇噴寫在牆上，我也噴些反對何梅尼和政府的言論，我認爲他們都是凶手。」

「蜜娜，我曾經差點被槍決，如果妳繼續出口反對何梅尼和伊斯蘭政權，他們一定會將妳處死。我也曾失去朋友，我了解妳的感受，但是即使妳犧牲生命，也改變不了任何事情。」

「因此，妳就充分合作以求苟活？」她瞇著眼質問我。

「不完全是這樣。他們威脅要傷害我家人和我摯愛的人，我不能讓他們因此而處於險境。」

「我懂了。可是我的家早就被毀了。我父親有糖尿病，心臟也有問題，已經住院一段時間了。自從蕾拉死後，母親就不曾開口說話。最近我們住到外婆家，外婆照顧我母親。革命衛兵要怎麼威脅我都無所謂，反正再糟也不過如此。當然，我自己要負一部分責任，我應該阻止蕾拉去參加遊行的，這樣她就會沒事，我們一家人都會沒事。」

我告訴她，和訊問官爭辯無異自找死路，她不同意我的看法。

「我絕不會和殺害我姊姊的人妥協。」她仍語帶恨意。

「妳永遠不知道明天會如何，也不可能看出未來兩個月、五個月或十個月內會發生什麼變化，妳應該給自己一個機會，上帝給了妳生命，妳就要好好珍惜活下去。」

「我不相信上帝，就算有上帝，祂也太殘酷吧。」

「嗯，我信上帝，我也不認爲祂殘酷。有時候殘酷的反而是我們自己。不管妳是生是死，反正蕾拉活過也死了。但是上帝讓妳有機會當她妹妹，認識她，愛她，擁有妳們共享的所有回憶，現在妳可以懷念她，而且應該好好活下去，做些善事以紀念她。」

「我不信上帝。」她轉頭把臉瞥開。

交談後蜜娜睡了一整天，我可以體會她的痛苦，她的憤怒已經轉爲怨恨，不斷地折磨啃噬著她。我的信仰給了我希望，讓我雖然身陷邪惡勢力中，仍能相信光明和仁慈。

晚上阿里來敲門並喚我的名。蜜娜沒有睜眼也不動。阿里又帶我去另一間牢房，我想和他談蜜娜的事，但阿里根本不想談。

第一次朝拜前，天還黑著阿里就送我回牢房。我關上門，才驚覺牢房裡漆黑一片，什麼都看不見。我立刻蹲坐在地上，以免踩到蜜娜。四周靜悄悄，我跪地雙手摸索前進，發現蜜娜不見了。

「蜜娜？」我叫她。

天色逐漸光亮，喚拜聲也響起，「偉大眞主……」

「蜜娜！」

「偉大眞主……」

蜜娜不見了。阿里和我整晚待在另一間牢房，上帝啊，此時哈瑪德帶走了她，而阿里卻被蒙在鼓裡。我試圖冷靜下來思考，或許她還活著。我該怎麼辦？我很確定阿里正前往訊問大樓，我可以敲牢房門，告訴警衛我要見他，可是這樣一來又會讓他離訊問大樓更遠。我只能等待。

我在狹窄的牢房內來回踱步，五步就走完牢房長度，至於寬度則不到三步。我被處死那晚的景象一閃而過。我曾目睹兩個年輕男孩和兩個年輕女孩被槍決前一刻的面容，我不知道他們的名字，也懷疑他們的父母是否被告知親愛的兒女已經不在人世？他們有被好好安葬嗎？一想到同樣的事情也可能發生在蜜娜身上，我決定使勁猛敲牢房門。

「什麼事？」警衛問。

「可不可以拜託你把阿里弟兄找來，說我有緊急的事情找他？」

警衛答應。

我又繼續踱步，心臟怦怦跳。我沒有手錶，不知自己等了多久。喚拜聲還沒提醒信徒中午的祈禱，所以應該還沒正午。我開始昏眩，步伐搖晃，碰撞牆壁。一定還有什麼我可以做的。我開始向所有我知道的聖人祈禱：聖保羅（Saint Paul）救救蜜娜，聖馬可（Saint Mark）救救蜜娜，聖瑪竇（Saint Matthew）救救蜜娜，聖路加（Saint Luke）救救蜜娜，聖伯爾納德（St. Bernadette)救救蜜娜，聖女貞德（Saint Joan of Arc）救救蜜娜。每次想不起聖人的名字，我就用力敲門催警衛。

「我告訴過阿里了。」同樣的聲音。

「他說什麼？」

「會盡快趕過來。」

我坐在角落哭泣。

「偉大眞主……」中午祈禱的喚拜聲已響起。「偉大眞主……」

牢房門終於打開，阿里進來後將門關上，呆望著我數秒。

「太遲了。」他終於開口，「昨夜訊問時死了。」

「怎麼會這樣？」

「哈瑪德說她很不合作還頂嘴，摑她一巴掌後，她倒地，頭撞到東西就死了。」

「天啊！你相信他的話？」

「我相不相信都不重要了。」

我欲哭無淚，想叫也喊不出口。我企圖阻止事情發生，但終究無能爲力。

阿里坐在我旁邊。

「我試過了。」他說。

「還不夠。」我哭著。

他轉身離開。

之後五、六天阿里都沒來找我。蜜娜的死讓我深受打擊，因此這段時間我幾乎都在昏睡。終於有天早晨，阿里出現了，帶一個年輕女孩來我牢房，她叫巴荷，手裡抱著嬰兒。阿里還是沒說半個字，但從眼神交會中，我感覺出他想和我說話，但他轉身就走，依舊一句話沒說。

巴荷的寶寶五個月大，是個漂亮的小男嬰，名叫艾山。巴荷來自伊朗北部靠近裏海的城市拉什特，那裡離我家的度假小木屋不遠。她有一頭黑色的波浪短髮，雖然我可以看出她眼底的憂慮神色，不過她舉止和說話仍表現得自信又鎮定。她和丈夫都因爲支持法達因共產組織而在自家遭逮捕。在訊問過程中，巴荷沒有受到鞭打或任何傷害。

當天晚上，阿里來到牢房門口喚我的名字，我離開前，巴荷緊握我雙手，說她知道我會沒事的。我從沒見過女性有那樣一雙大手，被她溫熱的大手緊握著，我冰冷的肌膚頓時暖和起來。

如同往常，阿里帶我到另一間單人牢房，他還是很安靜，坐在角落，看著我脫下罩袍。

「可不可以別那麼嚴苛地論斷我？」他突然開口。

「蜜娜死了，」我說，「一個純眞的女孩死了，而你卻只擔心我怎麼論斷你？我當然要嚴苛地論斷你，不然還能論斷誰？這裡不就是歸你管嗎？」

「不是歸我管。我是很想管，但終究不是我能決定的。」

「那歸誰管？」

「瑪莉娜，我已經盡力了，妳必須信任我，眞的，我也很難過。我希望妳了解，我眞的不想再談這件事了。」

凌晨四點我回到牢房，輕手輕腳，怕吵醒巴荷。

「妳還好吧？」黑暗中冒出巴荷的聲音。

「我很好，對不起吵到妳。」

「沒有吵到我，我一直醒著。妳想談一談嗎？」

「談什麼？」

「妳心裡想的任何事啊。到目前爲止，我們都聊我的事，現在換妳了。別說妳很好，我知道妳有事。」

被她看穿了，我強忍住淚水，不知該從何說起。

「我是想說，但說不出口。」

「試試看，妳不必全部都說。」

「我是阿里的妻子。」

「妳是開玩笑的吧？」

「是眞的。」

「怎麼可能？他逮捕自己的妻子？」

「不是，被抓進這裡之前，我不認識他，他是訊問我的人之一。有一晚，另一個訊問官哈瑪德正準備槍決我時，阿里及時出面阻止，但也威脅我，如果我不嫁給她，他就要傷害我摯愛的人。我別無選擇。」

「這根本是強暴嘛！」

「別告訴任何人。我在二四六女牢的朋友們不知道這件事。」

「妳是他的臨時妻子嗎？」

「不是，他說他要的是一輩子的婚姻。」

「在這種狀況下，永久的婚姻眞不知是好是壞。如果是臨時婚姻，至少妳知道，過一段時間後，他可能就不會理妳，可是現在……」

「沒關係，我沒事。」

「妳怎麼可能沒事？」

說到痛處了，我忍不住開始啜泣，吵醒了寶寶。巴荷抱起寶寶，輕輕搖晃，唱著自己編的搖籃歌，歌詞裡談到了裏海、北部的茂密森林和無憂無慮嬉戲的孩童。

我覺得和巴荷聊天很舒服，所以也跟她說了吉塔、塔瑞娜、蜜娜的事，並爲自己沒能幫她們而深深自責。她告訴我，她也失去過朋友，也爲自己活著感到愧疚。

我很好奇自己被捕後，外頭世界發生的一切，所以要她說給我聽。她說，去年沒太多改變。伊斯蘭政府成功地掌控了一切，沒受過教育或者教育程度低的人盲目地擁護何梅尼，因爲他們希望上天堂；而受過教育的人，還是選擇保持沉默，因爲他們怕被抓進監獄受折磨，甚至被處死。還有些人不相信伊斯蘭的神學教長，以及他們宣揚的教條思想，但爲了謀得高薪職位，也願意跟隨他們。

在我牢房待了三個禮拜後，巴荷轉到二四六女牢，我又孤單一人了。九月中有天晚上，我要求阿里讓我回二四六看看，他答應了。那天他還帶來米飯、烤雞，與我共進晚餐。

「明天是妳判決的日子。」他說。

聽到這消息，我既不快樂，也不興奮，我知道，即使宣判無罪，我的命運也不會改變太多。我嫁給阿里，就得和他在一起一輩子。

他說，明天我可以去聆聽判決。

「我要在庭上說些什麼嗎？」

「除非法官問妳話，否則不必多說。我會在那裡的，不用擔心。」

他還帶來另一項消息：莎拉慢慢康復了，被送回二四六女牢，她被判處八年徒刑。

「八年？你答應過我，你會幫助她的。」

「瑪莉娜，我有幫她啊，如果不是我介入的話，她的判決會更重的。妳放心，她不會在這裡關上八年的，我會設法把她的名字放在假釋名單上。」

「對不起，阿里，我誤會你了。如果沒有你，我眞不知道該怎麼辦。」

「我想，這句話，是妳對我說過最好聽的話吧。」他笑了出來。我明白，其實他是對的。

隔天早晨，阿里來牢房接我，法庭在另一棟大樓內，走路約十分鐘。途中，見到許多獄方人員和警衛從一棟建築物匆忙趕往另一棟，有些人後面還拖著囚犯。幾乎每個人見到阿里，都會低頭微俯，右手貼在心臟前，以表敬意。接著，朝我方向點頭時，雙眼注視地面。穆斯林女性不該與男性四目交接，除非對方是自己的丈夫、父親、兄弟，或少數近親，對此規定，我欣然接受，因此也跟著低頭迴避他們的視線。阿里對沿路遇見的同事或朋友問候致意。我們進入法庭，兩層樓的磚造建物，有著鐵窗和陰暗走道。阿里敲著一扇緊閉的門，門後傳出陰沉嗓音，「進來。」我們開門進入。原本坐在三張桌子後面的三位毛拉，見到阿里，立刻起身和他握手。他們和我打招呼時，我低下頭，輕輕說出問候語。我們被邀請入座。

「以仁慈良善的眞神之名，」坐在中間的毛拉開口說話，「本伊斯蘭法庭現在正式開始。瑪莉娜．莫拉帝——巴克特女士，於一九八二年一月被判處死刑，但蒙伊瑪目教長之赦免，改判無期徒刑。之後該女徹底悔悟，改信伊斯蘭教，並嫁給阿里．莫賽維先生爲妻。阿里先生畢生致力於保衛伊斯蘭，並多次犧牲奉獻，爲伊斯蘭貢獻良多，鑑於以上事實，本庭宣布，將該女刑期減輕爲三年有期徒刑，該女至今已服刑的八個月得予承認在三年徒刑之內。」

幾天後，我回到二四六女牢一樓的六號牢房，一進牢房，就見到雪妲和莎拉站在我眼前，像失散多年的姊妹相見，我們緊緊擁抱。還沒回過神，希瑪和巴荷也驅前抱住我們，直到我們受不了喊夠了。眞不敢相信雪妲的寶寶凱維長那麼大了，已經六個月了。

「妳在樓下牢房還好嗎？」我們在安靜角落坐下，我問雪妲。

「兩個星期前，他們把我送到這裡。妳呢？妳去了哪裡？」

「被關在二〇九單人牢房。」

「爲什麼？」

「我有嚴重偏頭痛，受不了這裡的聲音刺激，所以他們就把我送到二〇九。」

「我明白。」雖然她這麼說，但我知道其實她不相信我說的話，只是不想多問。她告訴我，她從死刑改判無期徒刑，但丈夫還是死刑。

「我打算把凱維送到我父母家。雖然獄方准許我把他帶在身邊，直到他三歲大。不過我覺得我不該太自私，強迫把他關在這裡。打從出生，他就沒見過樹木、花朵、邋鞦韆，甚至其他嬰孩。」她感慨地說。的確如此，呱呱墜地後，他的世界就只有高聳圍牆、尖刺鐵絲網和荷槍實彈的衛兵，他不該受到這種待遇。但每次想到要把自己的親身骨肉送離身邊，她一顆心都要碎了。她眞不知道自己是否該放手讓他離開。

莎拉和我開始在縫衣廠工作，這是獄方剛開始運作的小工廠。我們負責縫製男襯衫，大家都很喜歡這份工作。至少整天忙碌有事做，就不會覺得日子那麼難挨。衛兵說，等我們出獄時，就會把工作的薪水算給我們，不過那點微薄薪資，也沒什麼好期待的。莎拉的狀況好多了，但一有機會還是會在自己身體，或任何可以書寫的地方寫字，不過幸好工作時還算能專心。

這段期間，我不斷祈禱阿里會厭倦我，但始終未能如願。每週有三個晚上，擴音器會廣播我的名字。和他在二〇九單人牢房過夜後，我會趕在清晨朝拜前回到二四六牢房。多數獄友都沒問我去哪裡，不過如果有人問，我大概會說在軍醫院當志工吧。這間牢房裡也有三、四個女孩晚上會固定被點名，像我一樣，她們通常在日出前趕回來。我們盡量不與對方交談，我猜想，或許她們的處境和我差不多吧。

我們在艾文監獄就這樣以相同作息，日復一日、月復一月地過日子。隨著日子一天天過去，進監獄前的光陰也離我們愈來愈遙遠。雖然返家的希望逐漸渺茫，我們依然在心中默默地守住這個希望，不願它消失。

第十七章

「我有個好消息喔。」週二晚上阿里見到我時，神采奕奕，臉上散發出大男孩般的陽光笑容，「阿克蕾今早打電話告訴我，醫生說她懷孕了。」

哇，眞替她高興。

「她還告訴我妳作的那個夢，還說妳教她唸祈禱詞。她相信，這份喜悅應該歸功於妳，要我立刻帶妳去她家呢。」

我沒說什麼，阿里微笑地看著我。

「妳還在我背後做過什麼其他好事啊？」

「我沒在你背後做什麼。」

「怎麼不告訴我阿克蕾的事？」

「這是我們女人之間的事。」

「妳還是很怕我，對不對？」

「我應該怕你嗎？」

「對，妳是不應該怕我。我們思考方式的確不同，不過在某方面，我對妳的信任遠超過對我自己的信任。總之，阿克蕾認爲，如果寶寶順利出世，她一輩子都欠妳這份人情。」

「是上帝應允她的禱告，與我無關。」

阿克蕾完全沉醉在幸福中，我不曾看過有人像她這般快樂的模樣。

「剛剛阿里打電話說，妳會過來吃飯，我就馬上叫老公去麵包店買奶油泡芙給妳，我記得妳很愛吃泡芙。」我們一起準備晚餐時，她告訴我，然後從冰箱拿出兩個白色大盒子。

「天啊，阿克蕾，這麼多，夠把整隊軍人給餵飽了！」

「我老公太興奮了，如果我要他把整間麵包店買下來，他也會辦到的。」

「妳把向聖母禱告的事告訴他了？」眞沒想到她會這麼做。

「我告訴所有人啊。」

「他沒生氣嗎？」

「生氣？爲什麼要生氣？」

「嗯，妳知道的嘛，因爲妳唸的是天主教的祈禱詞啊。」

「他不在乎呀！反正祈禱詞有用，對吧？我們眞的要有小寶寶了，這才是重點。況且他說，《古蘭經》裡也有提到瑪利亞是個偉大的女性，所以向她祈求，也沒什麼不對啊。」

阿克蕾的幸福，像摑在我臉上的巴掌，但我眞的不想看到她如此喜悅而覺得不是滋味。

「怎麼啦，瑪莉娜？阿里對這件事感到不高興嗎？如果這樣，那我就……」

「阿里沒有不高興。」

我把泡芙放到碟子上。當其他母親，例如雪妲，在艾文監獄受苦時，阿克蕾沒有權利這麼快樂。這不公平。

「不過妳看起來很悲傷，瑪莉娜，到底怎麼了？」

「對不起，我也替妳很高興，但是我忍不住想到自己的朋友雪妲。當她和丈夫被抓進監獄時，她有身孕，他們夫妻都被判處死刑。她在獄中生下兒子凱維，現在快一歲了，很討人喜歡。雪妲被改判無期徒刑，但丈夫還是死刑。雪妲想把凱維送回娘家，但實在割捨不下。可憐的寶寶，從沒見過外面的世界呢。」

「眞是可怕。她怎麼會被抓進監獄？」

「我不太清楚，我們沒談過，不過我想可能因爲她是墨加帝組織的支持者吧。」

「墨加帝是恐怖分子，瑪莉娜，他們是壞人。」

「但雪妲不是壞人，她是個很悲傷的女人，也是個母親。我們不能認爲某人是壞人，就有權利隨心所欲地懲罰或凌虐他們。錯就是錯，不管你怎麼看待，但我相信雪妲做的錯事絕對不到被判無期徒刑的地步。」

「我跟阿里談談看，或許他可以幫她。」

「嗯，可以談一談，但我眞的不認爲他能幫什麼忙，畢竟他不是雪妲的訊問官。阿里曾試著幫助其他囚犯，但不是每次都能成功。」

爐火上茶壺開始咕嚕響了。

「來吧，瑪莉娜，我們來喝茶吃泡芙吧。」

我上前擁抱阿克蕾，告訴她，我非常珍惜她，因爲在艾文監獄經歷過太多痛苦和悲傷，我早已忘記如何讓自己快樂，我很謝謝她與我分享懷孕的喜悅。

大約四個月後，在我們結婚週年紀念日那天，阿里的父母邀請我們去家裡吃晚餐。過去十一個月來，我們大約每半個月去拜訪他們一次，他們總是對我非常好。阿克蕾懷孕的過程也很順利，寶寶再三個月就要出生了。

「第一個結婚週年紀念日，有沒有送你妻子禮物啊？」晚餐過後，公公問阿里。

阿里說，他打算帶我到裏海度假幾天。

「不會有危險嗎？」我問。

「只有父母知道我們要去那裡。我們可以住在我舅舅的別墅裡，那裡很偏僻，連他都還不知道我們要去。他以爲是我父母要去住，而且那幾天他剛好出差，不在家。妳覺得如何？想不想去？」

我點點頭。他說，我們可以立刻出發，他母親已經幫我們打包好行李。

我們開著公公那輛白色的標緻汽車，晚上十點鐘前上路。

「你怎麼會想到這個主意的？」我問阿里。

「因爲妳曾提過妳很喜歡裏海，我想和妳在那裡享受獨處時光。我們都需要好好遠離艾文監獄幾天。那棟別墅以前的主人，在革命以前是國王的內閣大臣。國王逃離伊朗時，那個人也全家逃離伊朗。伊斯蘭革命法庭沒收這棟房子，喔，或者說這棟豪華宅邸，以及他德黑蘭的房子和靠近拉姆薩（Ramsar）的另一棟別墅，將它們全部拍賣。我舅舅用很不錯的價錢買到這棟別墅。」

「那一定很漂亮。」

「是啊，到時候妳就知道。告訴我爲什麼妳那麼喜歡裏海。」

我說，因爲我曾在那裡度過好幾個快樂的夏天。在德黑蘭什麼都呆板無趣，可是在海邊，每件事都充滿生命力。

車窗敞開，清涼空氣拂面而來。剛上路時，我只聞到灰塵和車輛廢氣味，但隨著車子駛進蜿蜒山路，爬上阿爾波茲山脈，漆黑夜色裡竟瀰漫著清澈溪流的清新味道，和白楊木及楓樹的迷人香味。對我來說，這一切彷彿失樂園的氣息和滋味，如此自由、幸福，原本不存在的所有眞善美都在此出現了。

「當我在二四六女牢，而你還在戰場時，我有個朋友叫塔瑞娜，她被處死了。」

「塔瑞娜？不太記得了。」

「她不是你訊問的，她告訴我，負責訊問她的人是第四單位的哈山。那時我想或許你可以幫得上她，所以我曾求瑪燕姊妹讓我和你談談，但她告訴我，你上前線打仗了。」

「瑪莉娜，我不能干涉其他單位的事，況且，就算我是妳的訊問官，也無法輕易減輕妳的刑期。」

「不用了，她死了，早被處決了。」

「很抱歉。」

「你是眞的感到抱歉嗎？」

「真的，我很抱歉事情發展到那種地步，但伊斯蘭政權有律法，她自己觸了法，只好受懲罰。」

「可是她的罪行大到足以被處死嗎？」

「那不是我能決定的，我甚至不認識她，根本不清楚她到底做過什麼。」

「上帝賜給人性命，只有祂能奪走性命。」

「瑪莉娜，妳有理由不高興，畢竟她是妳的朋友。但即使當時我在場，也救不了她。沒錯，訊問官和法庭都可能犯錯，每次我發現有人被判的刑期過重，我都會設法幫助他們，但不是每次都能成功。我努力幫助過蜜娜，不是嗎？但還不是失敗了。」

「塔瑞娜真的不該被處死的。」

她明亮的琥珀色大眼和悲傷的微笑，此刻在我眼前浮現，而阿里還是繼續將視線停在前方路況中。

「還有，我聽過一件很可怕的事，我想問你那到底是不是真的。」我說。

「什麼事？」

「你相信處女死後就一定可以上天堂嗎？」

「瑪莉娜，我知道妳要問什麼，但妳別這麼想。」

「拜託，回答我。」

「不，我不相信這種事。誰可以上天堂、誰會下地獄是神所決定的，不是我。年輕女性被處決前，不會被強暴，妳不該相信這種謠言。」

夜色漆黑，我甚至看不清他的臉，但是他的呼吸聲卻愈來愈急促。

「妳差點被槍決，那時妳有被強暴嗎？」他突然問我。

「沒有，」我肯定回答，雖然很想再補一句，那時沒有，但六個月後，有，就是你。但終究把這句話給吞回去。

「瑪莉娜，我明白妳因朋友被處死而難過，但我向妳保證，她死前絕對沒有被強暴。」

雖然他這麼說，但從他的話語，我依然找不到一絲慰藉。

我們大約凌晨兩點抵達別墅。阿里下車，將鑄鐵打造的柵門打開，車子沿著兩旁濃密大樹相連而成的樹蓬底，駛入屋前車道。這棟木造大宅比父母在裏海的小木屋大得多，但奇怪的是，我竟感覺兩棟異常相似。敞開窗戶傳來蟋蟀吱鳴，微風在樹葉和枝椏間旋舞，濺起點點銀色月影，投射在擋風玻璃上。車子一停，我就聽見海的聲音，波浪輕擊著岩塊，和諧的節奏旋律悠揚在這夜色中。

眼前矗立著一棟兩層樓的白色建築，大約是家裡小木屋的兩倍大。大門兩側各蹲坐著約大狗體積的石獅子。阿里用鑰匙打開門，我們走進去。客廳擺設了法式豪華椅子和咖啡桌，整個地面鋪了絲織波斯地毯。一座寬廣大梯盤旋而上，讓我想起《飄》的場景。樓上有六個房間，阿里挑了最大、可以俯瞰海景的臥房。房間正中央有張特大尺寸的雪橇式床鋪①，房裡還擺了張有各種尺寸抽屜的梳妝台、一個衣櫥和兩張床邊桌。整個房間一塵不染，我猜想阿里的舅舅和家人一定最近才來過這裡。我拉開白色蕾絲窗簾，打開一扇窗，帶著鹹味的海風輕拂過我的髮絲。我忍不住想著，不知道這別墅原來的主人現在過得如何。

他們一定很喜歡這裡，不論現在流落何處，應該還是很懷念這裡吧。

「妳的名字在假釋名單上了。」阿里站在我身後，突然開口。

「那代表什麼？」

「代表三個多月後，妳就會被正式釋放。」

「正式釋放。」好奇怪的詞。我真的完全自由了嗎？我不知道他所說的自由是什麼意思，他早就把我一輩子的自由給奪走了。我保持沉默。

「聽到這消息妳不高興嗎？」

「我不知道，阿里，我已經不知道該想些什麼了。即使我現在被釋放，重獲自由，也不能隨意到任何地方，不是嗎？」

「可以，妳可以去任何地方。我們可以回我們的新家，一切都會漸入佳境的，等到妳被釋放時，應該已經沒事了，回家也會安全的。」

他抓住我的雙肩，讓我轉身面向他，並輕撫我的臉頰。

「妳怎麼哭了？」

「我不知道，大概是想起一些回憶吧，我克制不住。」

他的眼神通常是冰冷難測的，但有時候卻會融化成一種陌生強烈的渴望，讓我感覺不安。我

①指床頭和床尾都有翹起的床板。

低頭避開他的眼神。等我抬眼看時，發現他正背對著我，望向窗外。

「瑪莉娜，妳還恨我嗎？」他轉身問我。

「不，不會了。我一開始的確恨你，現在不會了。」

「妳會愛我嗎？」

「我不知道。但我很清楚一點，只要你繼續在艾文監獄工作，繼續傷害無辜的人，我就無法愛你。你別忘了，當初是你強迫我嫁給你的，我就像你的俘虜一樣。」

「我並沒有要妳當我的俘虜。」

「但那就是事實。」

「不，那是妳自以爲的事實。」

「什麼意思？」

「妳看不出來嗎？當時妳差點死了，是我把妳從鬼門關前救回來。難道妳眞的以爲妳可以那麼瀟灑從刑場一走了之嗎？妳難道不知道哈瑪德和其他人要置妳於死地嗎？妳太天眞了。我是很想要妳，但我沒那麼自私。如果做得到，我願意放妳走，然後在自己腦袋上乾淨俐落開一槍。從某方面來說，我們兩個都是彼此的俘虜。」他雙手環抱住我，「革命之前，我自己也是個政治犯，被關了三年，我知道渴望回家的那種感覺，但是我告訴妳吧，妳的『家』已經不再是妳當初離開的那個家了。就算家一樣，妳也不是當初的那個妳了。妳的家人不可能了解妳，妳這輩子註定孤獨承受一切。跟妳講這些或許只是浪費時間，因爲妳還太年輕、太善良。眞的，妳無處可去了，對妳來說，這世界上最適合妳的地方就是和我在一起，對我來說，最合適的地方，也是和妳廝守一輩子。」

我們上床，但我睡不著，看著月光在地板上移動。阿里翻身背對我，左肩微聳，跟著呼吸節奏上下起伏。我曾告訴塔瑞娜，我被帶上刑場前，的確不曾被強暴。或許是因爲哈瑪德和其他革命衛兵知道我是天主教徒，從他們的觀點來看，不是穆斯林的我，即使沒被強暴，也注定會下地獄，所以就不用多此一舉。我想，塔瑞娜應該知道這一點，但她會問我這個問題，是因爲她知道自己難逃一死，她已經徹底絕望，只能懇求我給她一點小小的保證，保證她死時還能保持清白和尊嚴。阿里堅定地說，年輕女孩上刑場前不會被強暴，但是他卻無法接受他已經強暴了我。就他看來，他是爲我好才強迫我嫁給他。搞不好他也曾不假思索地以臨時婚姻之名，強暴過其他女孩。我很想相信他從沒對其他女孩做過這種事，想去相信我是唯一被迫與他發生關係的女孩，但我知道自己無從發現眞相。

我下床溜出屋外，走向大海，小浪花拍打岩岸，輕輕低語，鑲著銀色月光的雲朵之間，綴著點點星光，珍珠光線映照在粼粼海面上。裏海就像個老友般呼喚著我。我曾以爲自己承受得住那些失去的種種，但現在，一切都不對勁，大海在呼喚我，我好想投入它的懷抱。我有一種渴望消失的強烈欲望，我走入大海，海水如回憶中般溫暖，繼續走下去，我就能變成回憶，然而，那深藏在我內心的一切，也會跟著我徹底消失。

「生命很珍貴，別放手，好好再活一次。」我聽到天使的聲音。

「當我需要你、呼求你時，你不出現，現在你卻叫我別放手，別放手什麼？」

「生命很珍貴，別放手，好好再活一次。」

「如果我繼續走下去，鼻孔裡吸的是海水而不是空氣，這次你是不是打算乾脆讓我死，然後再大力譴責我屈服於自己的絕望和悲傷？或者，你會在一旁微笑，讓我想到很多自己做過或者還沒做過的事而深感愧疚，讓我再受折磨？」

風兒輕拂過我，吹進樹林，吹進白河山谷中，然後，靜悄悄地飄入孤寂沙漠，再尋出路重回海洋。

我往後走回別墅，全身濕答答。阿里站在通往海邊的別墅門口，哭泣地望著我。為什麼我就是不能好好愛他，過去的就讓它過去吧。我必須讓自己臣服於存在的節奏感中，就像嬰孩一出生就能找到方法漂浮在水面上。

「我醒了，發現妳不在。」他拍去我身上的濕沙子，像抱起孩子般，一把將我抱進屋內。

五天後我們從別墅回到艾文監獄。日子如往常一樣過著，四個星期後，到了八月底，我開始覺得身體不舒服。吐了幾天後，阿里決定帶我去看她母親的專屬醫生。她幫我做了幾種檢驗，然後告知我已懷有八週身孕了。我從沒想過自己會懷孕。當我同意嫁給阿里時，我只想到這個決定對我自己的生活、父母的生活和安德烈造成的影響，我從沒想過會孕育下一代。現在，另一個新生命，一個無辜的孩子已經受到影響了。這世上將有個孩子需要我、依賴我，不管我喜不喜歡，他也一定需要父親。

阿里在車裡等我，我把消息告訴他時，他激動又興奮。

「妳高興嗎？」他問我。

他的問題讓我很心煩。我不高興，而且這也不公平。我肚裡的孩子什麼都不知道，他不了解我的命運，但他需要我的愛和照顧，我就像他的天使，我怎能背棄他？

「我很高興，」我決定這麼說，「只是不太敢相信。」

「我們去爸媽家，我迫不及待要把這好消息告訴他們。」

我知道我父母也應該被告知此事，安德烈也是。只是不知道他們誰會第一個扔出石頭譴責我？

我們一抵達他父母家，阿里馬上打電話給妹妹阿克蕾。他父母高興得不得了，看見他們那麼興奮，我也跟著開心。整個晚上，婆婆忙著對我耳提面命，要我注意懷孕不同階段該注意的事情。她親切的關懷，讓我覺得我和她比和自己的母親更親更熟。我好希望自己能擁有正常人的快樂，能忘掉自己，好好去愛阿里，但，這是不可能的。我永遠都無法原諒他做過的事，不只對我，還有對其他人做的事。

「妳應該留在這裡，」婆婆說，「妳得好好休息，多吃點營養食物。」

我拒絕她的好意，但她很堅持，最後公公出面協調。

「就讓她自己決定吧。」公公說，「我們很歡迎她來這裡住，這裡也是她的家，就像阿里自己的家一樣，不過或許她想和丈夫在一起。別擔心，懷孕不是生病，她不會有事的。」

阿克蕾一進門見到我，就給我來個大擁抱和親吻。再四週她就要臨盆了，個子嬌小的她，鼓鼓的肚子顯得特別大。我們去她出嫁前的房間，聊聊閨中密語。

「瑪莉娜，我這輩子從沒這麼快樂過！眞是太棒了，我們的小孩可以一起長大，他們年紀相彷呢。」

我瞥過頭不看她。

「怎麼了？」她問我。

「沒什麼，我只是習慣性感到緊張。」

「對於自己懷孕，妳覺得高興嗎？」

我不想聽到這種問題，更不想回答，這問題讓我心碎，因為我知道自己不快樂。我曾試著快樂，但就是做不到。我不想要孩子，想到這裡我的心緊緊揪著。

「妳不想要小孩，對不對？」

「沒錯，我是不想，但我自己也不喜歡這種感覺。上帝知道，我真的努力試過，希望自己能接受懷孕這件事。」

「這不是妳的錯，妳是嚇到了，來，來感覺寶寶在動。」

她把我的手放在她的肚子上，我感覺到寶寶在踢動。

「妳的寶寶會在妳肚子裡長大、跳動，就像這樣。這真是全世界最美好的感覺，試試看吧，我相信妳會愛上這種感覺的，絕對超過妳的想像。別擔心，我會竭盡所能幫助妳，不需要擔心任何事。還有，瑪莉娜，阿里真的很愛妳，妳是他的一切。」

阿克蕾貞的變成我的好姊妹，不管我喜不喜歡，我已經變成阿里家的一分子。和他們在一起，比和我自己家人相處，感覺到更多的關懷和疼愛。但是他們給我的愛卻讓我深懷罪惡感，因為我知道自己也必須愛他們做為回報，但我就是做不到。愛，不應該讓人感到羞愧，愛不是罪惡，但是對我來說，它的確變成羞愧和罪惡。要回報他們，我就必須愛阿里嗎？這是否代表我必須完全背叛父母和安德烈呢？

當天在漆黑牢房中，阿里和我都清醒著。

「瑪莉娜，我明天就辭掉工作。」他說。

我好驚訝，太突然了。雖然阿里很少主動提及工作的事，但我住在這裡，看得出來他變得很挫折，尤其蜜娜死後更是如此。我雖然責備阿里沒能救蜜娜，也認爲他不夠盡力，但我也同時感覺得出阿里的無力感。他已經輸給哈瑪德了。

「爲什麼要辭職？」我問。

他不想談，但我應該有權知道。他說，他得罪了德黑蘭檢察總長，阿塞多拉，也是艾文監獄的頭頭。「阿塞多拉和我原本是多年好友，國王時代，他也曾是艾文監獄的政治犯。但是他現在愈走愈偏了，我曾試著改變艾文監獄裡的某些事，但沒能成功，而他也不聽我說的任何話了。」

我見過阿塞多拉兩次，有一次他到我工作的縫衣廠巡視，另一次我正好步出阿里的車子，他則正好要上別輛車，碰面時他還特地上前和我們親切問候。阿里介紹我們認識，他表示他曾聽說過我，也很高興認識我，並祝福我們幸福快樂。對於我能改信伊斯蘭教，讓他深感光榮。

「我們結婚時，我曾承諾要給妳一個好生活。」阿里說，「所以我們現在必須離開這裡，我會和父親一起工作，我們會有正常的生活。妳一直很堅強、有耐心又勇敢，我知道未來妳也會如此，現在該是回家的時候了，再給我三個禮拜，等我把事情安排好。」

突然，離開艾文監獄成了事實，但我卻感受不到欣喜。我知道，身為阿里的妻子，我一輩子都是囚犯。

「我想去見父母，告訴他們所有的事。」我告訴阿里。我知道這樁婚姻不可能隱瞞一輩子，尤其已經有個寶寶等待出世。

遠處傳來槍聲，阿里說，他經常想到我差點被槍決的那一夜。

「如果我再晚個幾分鐘，或許妳已經死了。」他說，「我從未對妳提起過，但我經常作噩夢，關於那晚的噩夢，情節都一樣：我趕去那裡，但已經太遲，我發現妳死了，倒臥血泊中。」

「事情應該那樣才對的。」

「不，不可以！還好神幫助我，讓我成功救下妳。」

「那其他的囚犯呢？外頭有好多人愛著他們，不願意他們死，就像你不想見到我死一樣。」

「多數人的命運是自找的。」他說。

我眞想搖醒他，「不，你錯了，你只是個人，不是神，你敢說你知道那些囚犯的所有背景嗎？要判定人的生死，總得徹底了解對方，和另一個未知的世界吧。只有神才能判人生死，因為只有祂才無所不知。」

我淚水潰堤，得坐起身才能呼吸。

「對不起，」他說，「我不是要爲暴力行爲辯解，但有時眞的是逼不得已。如果有人拿槍指著妳的腦袋，而妳有機會開槍保衛自己，妳會下手吧？難道妳會毫不反擊，坐以待斃嗎？」

「我絕不會殺人。」

「那樣就會讓壞人得逞，而妳會輸。」

「如果要贏就得殺人，那我情願輸。這樣一來，那些目睹或聽聞我因爲拒絕屈服於暴力或仇恨而犧牲生命的人，將會記得我，或許有一天，他們就會找到對抗邪惡勢力的和平之道。」

「瑪莉娜，妳活在自己的理想世界中，現實世界根本不是那麼一回事。」

不久，他睡著了，而我徹夜清醒。我感覺阿里似乎開始了解暴力沒有意義。刑求和處死年輕人沒有任何正面效果，也絕對無法取悅眞神。或許這也就是爲什麼他會把我從刑場上救回來，還跟我結婚。他企圖反抗艾文監獄一切不合理的作爲，而我，或許就是他情急之下所採取的怪異反叛手段。

九月二十六日星期一，阿里和我去他父母家吃晚餐。他遞出辭呈已經兩週了，吃飯時他說，再過一個禮拜他就能離開艾文，帶我回到我們的新家，展開新生活。

大約十一點，我們向他家人道過晚安後，出門返回艾文監獄。那天晚上非常寒冷，阿里父母沒出來送我們。院子的沉重鐵門被阿里一推開，發出吱嘎聲，關上時，門鎖清脆響了一下。我們步向停在約八十呎遠的車子，停車處的街道比屋前街道寬敞些。一隻狗在遠處狂吠，突然，摩托車聲劃破寂靜夜空，我抬頭看見它正從街角朝我們疾馳而來。與摩托車上那兩個人眼神一交會，我直覺明白就要發生事情了。阿里也知道，用力推開我，我失去平衡倒臥在地。槍聲響起。就在那一瞬間，生死之距無限延伸，輕飄飄的黑暗，柔順絲滑地覆蓋住我。然後，一道模糊光線刺進我眼睛，骨頭隱隱作痛。阿里倒在我身上，我幾乎動彈不得，奮力才將他推開。

住。

「阿里，你還好嗎？」

他呻吟著，滿眼驚恐與痛苦地看著我，此刻我的身軀和雙腿竟異常溫暖，彷彿被毯子包裹

他父母聞聲衝出來找我們。

「救護車！」我大喊，「快叫救護車！」

婆婆跑回屋內，她披在頭髮上的白色圍巾飄落肩頭，露出一截灰髮。公公跪在我們身邊。

「妳還好嗎？」阿里問我。

我身體有點痛，但還不至於太痛苦。他的血汩汩流出沾滿我全身。

「我很好。」我安慰阿里。

阿里抓住我的手，掙扎著對父親說，「爸爸，請您一定把她送回她家。」

我將阿里擁入懷中，他的頭癱垂在我胸前，如果不是他推我一把，現在中彈的一定是我。他再次救了我。

「上帝啊，求求祢，別讓他死！」我哭喊著。

阿里竟微微一笑。

我曾經恨他，對他發怒，也曾原諒他，試著愛他，但都徒勞。

而此刻，他卻掙扎著呼吸，他的胸膛起伏，然後靜止不動。世界在我們四周旋轉，將我們拋棄，狠狠把我們隔在無情的生死兩端。我想伸手觸及黑色的死亡深淵，將阿里給拉回身邊。

救護車燈閃爍明滅……我的腹部一陣劇痛，周圍的世界遽然消逝在黑暗中……

我手裡抱著寶寶，站在蒼翠樹林間，是個小男嬰，一雙深色大眼，兩頰紅通通的。他伸出小手，抓住我的頭髮，樂得咯咯笑。我也笑開了，抬頭一看，發現死亡天使就在眼前。我跑向祂，祂如往常般，投給我一個溫暖親切的微笑，四周瀰漫著祂甜美的香氣。那種熟悉感，彷彿前一天才見到祂，彷彿祂從未離開我。

「我們去散散步吧。」祂走下小徑，朝樹林間走去，我跟在後面。清朗亮麗的天氣，似乎剛下過雨，周遭樹葉托載著飽滿水珠，顯得晶瑩閃耀。到處都是粉紅玫瑰叢，空氣甜美又溫煦。我遠落在後，祂消失在樹林間，我追趕上前，發現祂正坐在我的祈禱之岩上，我在祂身旁坐下來。

「妳兒子眞漂亮。」祂說。

寶寶開始哭了，我不知道怎麼辦。

「可能餓了吧，妳得餵他。」天使說。

彷彿已經做過千萬次般，我熟練地將寶寶偎到胸前，他溫暖的小嘴湊近，滿足地吸吮起來。

我睜開眼，一顆顆圓溜水珠從透明塑膠袋掉落管子裡，一滴、一滴、一滴。我的視線隨著管子延伸，看著它連接到我的右手臂。房間漆黑，只有一小盞昏黃夜燈勉強發光著。我躺在乾淨的白色床褥上，床邊的小桌上有具電話，我伸出左手想拿起電話，突來一陣劇痛襲向腹部。我翻躺回床，做個深呼吸。痛楚消失。我將聽筒靠近耳朵，沒有任何聲音。淚水湧出眼眶。

門打開了，一道令人暈眩的燈光朝我逼近。戴著白色頭巾、穿著白色罩袍的中年婦女走進來。

「我在哪裡？」我問她。

「沒事了，妳在醫院。妳有想起些什麼事嗎？」

「我丈夫死了。」

我丈夫死了，親愛的上帝啊，爲什麼我會這麼傷心難過？婦女離開房間，我閉上眼。阿里死了，離開了，我竟感到如此寂寞，萬分孤單難受，那感覺就像我從電視畫面上見到士兵把阿瑞須的軀體扔上卡車時一樣。我愛阿瑞須，但是我沒愛過阿里啊，怎麼會這樣？

是悲傷，我想否認，但它具體又強烈地湧上心頭。

有人叫喚我的名字，睜開眼，我看見一個留著灰鬍的禿頭中年男子。他說，他是醫生，問我是否還會痛，我說不會了。然後他告訴我，我流產了。我人生唯一的希望也破碎了。

之後兩天，我在噩夢、夢境和現實間來回游移，分不清眞幻虛實。模模糊糊，我聽見朦朧聲音，好像是阿里的父親坐在我床邊，我摸到他的肩膀，他看著我，房間被陽光照耀得燦燦斑點。

「對我們來說，這眞的太難承受了。」他開口就哭了起來，「但是我們也只能服從眞神的旨意啊。」

我也希望自己可以明瞭神的旨意，但我就是不懂。

阿里的爸爸繼續說話，但聲音愈來愈飄渺，終至消失。我夢到安德烈和我牽著手在海邊散步。塔瑞娜也在那兒，還有莎拉、吉塔和阿瑞須。一會兒之後，我站在父母小木屋門前，望著院子車道，阿里正要離開，轉身揮手向我道別。我發瘋似地狂奔追上他，哭喊著他的名字，但他卻消失無蹤。

我醒來，感覺額頭一陣冰冷。阿克蕾站在床邊，原來是她冰冷的雙手放在我的前額。她有了黑眼圈，靜靜地啜泣著。我記不得自己身在何處，她提醒我這裡是醫院。我想知道阿里眞的死了嗎，她嗚咽地說沒錯。她趴在我床邊，雙手環抱我的肩。

等我神智更清醒後，公公告訴我，他會設法安排我離開監獄，但是獄方要他暫時先把我送回艾文監獄。他還說阿里死前幾天，把所有東西都留給我了。我告訴公公，我無權拿走原本屬於阿里的任何東西。

「妳不想讓妳家裡知道這段婚姻，對不對？」他問我。

我沒有回答。

「我兒子和妳在一起非常幸福快樂。」他說，「但妳應該要重新展開新生活。」

他坐在我床邊椅子上，手中拿著一串琥珀色念珠，我認得，這是阿里的東西。我問他阿里的母親還好嗎，他說，她很堅強。

「那阿克蕾呢？」

「她幾天前來看過妳，想和妳說話，但妳那時狀況不太好。」

「對，她是來過這裡……」我記起來了。

「她生了個小寶寶，是男孩。」莫賽維先生臉上出現一抹淡淡的驕傲笑容。

「什麼時候生的？」

「我們告訴他阿里的事情後，她就陣痛送醫院了。」

阿克蕾和我在同一家醫院。她臨盆時出血過多，還好控制住了。寶寶有點黃疸，不過正逐漸好轉。

把我送回艾文監獄前，莫賽維先生先帶我去看阿克蕾和她的小寶寶，她也把孩子取名叫阿里。前往阿克蕾病房時，途經一大片透明窗，窗後約有三十個小嬰兒躺在小床上，或哭或睡。莫賽維先生指著其中一個正在生氣大哭、皺巴巴的紅臉嬰兒，說，那就是小阿里。我說，我想抱抱他，護士帶我進去。我一抱起他在懷中輕搖時，他竟不哭了，抓起我的罩袍吸吮著。他餓了。我克制不住，眼淚撲簌而下，我把孩子抱去給阿克蕾，她將孩子偎在胸前餵奶。

我的寶寶死了，如果他活著，我一定會好好愛他。但是我再也不可能餵他喝奶，替他換尿布，陪他玩，看著他長大。

我走進二四六女牢辦公室，拿下矇眼布條。有個從未謀面的女衛兵正盯著我看，年約四十多歲，臉上露出嘲笑的神情。

「喔，赫赫有名的瑪莉娜，還是我該叫妳莫賽維夫人呢，我們終於見面啦。現在，妳給我記住，在這裡我才是老大，從現在起，妳再也不能享有任何特殊待遇了，妳和其他囚犯沒兩樣，懂嗎？」

我點點頭。「瑪燕姊妹呢？」

「以前那批革命衛兵姊妹全都辭職了，我是季妮雅柏姊妹，來自伊斯蘭革命委員會，從現在起，這裡歸我們管了。還有其他問題嗎？」

「沒有。」

「好，去妳的牢房。」

這世界總有辦法證明我是錯的，事情總是愈來愈糟糕。但我現在已經太累，累得掉不出一滴淚。回到六號房，所有人圍著我，巴荷的高昂的聲音遠在他人之上。

「女孩們，讓出點空間給她吧。瑪莉娜，妳還好嗎？」

我看著她，四周聲音卻逐漸飄遠模糊。

等我清醒時，發現自己躺在牢房角落，身上蓋了件毯子，巴荷正坐在我旁邊讀著《古蘭經》。

「巴荷？」

聽到我說話，她笑了一下，「妳醒啦，我以爲妳還在昏迷呢。還好嗎？」

我把阿里遭暗殺的事情告訴她，她很震驚，但也說：「是他活該。」

「不，巴荷，他不該有如此下場。」

「他對妳做了這些事，妳不恨他嗎？」

爲什麼大家都這麼問我？

「他不完全是個壞人，他有善良的一面，他一直很悲傷、很寂寞，他想改變，想幫助別人，只是不知道該怎麼做；或許他試著做過，只是無法如願，因爲像哈瑪德那樣的人，不容許阿里做好事。」

「妳這樣說根本沒道理，他強暴妳耶。」

「不能這樣說，畢竟我嫁給他了。」

「妳自己想嫁給他嗎？」

「不想。」

「所以是他強迫妳結婚的。」

「對。」

「這種合法的強暴也算強暴。」

「巴荷，這樣一說，什麼都變得沒道理了，好像一切都是我的錯，是我自找的。」

「不是妳的錯。」

我轉移話題，問她兒子如何，她說正在睡午覺，至於丈夫，則一直沒下落。

大約兩週後，擴音器廣播我的名字，莫賽維先生正在辦公室等我。季妮雅柏姊妹要他簽下一張紙，保證我會在晚上十點前回到監獄。

「我來帶妳到我家吃晚餐。」我們踏出辦公室時，他說。

「這些新來的姊妹好像不怎麼友善。」

「是啊，滿凶的。」

我們走向車子時，我察覺莫賽維先生心事重重。

駛離監獄大門後，他問我有沒有好一點，我說，好多了。他說，他和家人也都好很多，真神給了他們力量來面對這一切，而阿克蕾的寶寶也讓全家人整天忙得團團轉。然後，他嘆了一口氣說，他收到情報，阿里被刺身亡是內部自己人搞的鬼。

「哈瑪德？」我問。

「沒錯，他應該是其中之一，但是我無法證明。」

我說，阿里曾告訴我，他和現在掌管艾文的德黑蘭檢察總長阿塞多拉處得不好。莫賽維先生相信，阿塞多拉應該就是幕後主使者。

「有什麼方法可以將這些人繩之以法？」我問。

「沒有，就像我說的，我們無法證明是他們幹的，沒有目擊者敢出來作證。」

莫賽維先生失去唯一的兒子，而曾是兒子同僚的凶手卻逍遙法外。我想，他一定很心痛。這眞是悲哀又諷刺，阿里竟像在艾文監獄被處死的年輕男女一樣，都死於那些行刑者的槍下，那些人殺了吉塔、塔瑞娜和沙羅士，他們也同樣扣下扳機，終結了阿里的性命。

「瑪莉娜，有件事我想告訴妳，」莫賽維先生說，「我曾試著讓妳獲得釋放，但是我沒成功。」

「爲什麼？」

「因爲現在主導艾文監獄的是強硬派，就是阿塞多拉那些人，他們不願意釋放妳。他們說，一旦釋放妳，就會危及伊斯蘭的信仰，因爲妳是烈士的妻子，妳丈夫被叛亂組織『墨加帝』所刺殺，所以妳應該受到保護，不能被非穆斯林玷汙，他們要妳盡快再找個好的穆斯林男人嫁。」

我眞不敢相信當下聽到的。「我寧可死。」我態度堅決。

他搖搖頭，「不用這麼極端，我答應我兒子會讓妳回家，我就會做到。我想，我會去找伊斯蘭的大教長伊瑪目，我應該能說服他下令釋放妳。我知道有人會因此不高興，會千方百計阻撓，所以時間可能會比我預期的久，但我們應該不會有事，妳得堅強點。或許我無法將殺害阿里的凶手繩之以法，但我一定會保護妳，因爲這是他最後的遺願。」

「您可以找一天帶我去阿里的墳墓嗎？」

他答應我。

「瑪莉娜，妳到底有沒有愛過阿里？」他突然問了這句話。

我很驚訝他會這樣問，我從來沒想到他會如此直接。

「他死前不久曾經問過我，我是否恨他，我說，我不恨他。但我也說不出我愛他，不過我眞的很關心他。」我說。

我從沒單獨去過阿里家，在那裡的每分鐘，我都有強烈的感覺，阿里似乎正要走進屋子。晚餐過後，阿里的母親告訴我，她想私下和我談一談。我們去阿克蕾出嫁前的房間，她關上房門，坐在床沿，示意要我坐在她身邊。她告訴我，莫賽維先生正設法讓我出獄回家，我告訴她，我知道他爲我做的一切。

「我知道他說過，但我也想親自告訴妳。」她說，「阿里最後的遺願是讓妳回家，因此這件事對我們來說非常重要。」

她說，革命之前，阿里被祕密警察抓進艾文監獄時，她從沒期待阿里會活著回家，她知道，兒子成爲烈士，對母親來說也是一種光榮，但她的確恐懼過，不想失去唯一的兒子。當他上前線打仗時，她也曾害怕，直到他平安返家，她才放下心頭重擔，她以爲，只要阿里回到德黑蘭，一切就會平安無事。

「但是看看現在，」她啜泣地說，「沒想到他竟然被同僚暗殺，那些人應該是要保護他的，他那麼信任他們，卻被他們背叛。發生這種事，我們做父母的卻束手無策。他在艾文監獄和戰場上逃過一劫，最後竟死在自己同僚手中，而我們現在能做的，也只能設法完成他最後的遺願。我們會達成的，我答應妳。我們也很清楚，阿克蕾能順利生下小寶寶，都要歸功於妳，小阿里是我們的奇蹟，我們全家的希望。」

此時傳來敲門聲，阿克蕾抱著小阿里進來。從上次在醫院見到他，小寶寶已經長大不少。雙頰肥嘟嘟、紅通通，一雙深色大眼，可愛得不得了。我抱著他，想像他是我的小寶貝，如果能這樣抱著自己的孩子該有多好，即使在夢中。

幾天後，莫賽維先生帶我到阿里埋葬的「貝黑須查拉墓園」，貝黑須查拉（Behesht-eh Zahra）位於德黑蘭南方，就在往闊姆（Quom）高速公路的下方，這城市以虔誠嚴謹的伊斯蘭學校而聞名。阿克蕾也和我們一起去，她和我坐在後座，兩小時的路程，我們的手緊緊相握，沉默無語。乾淨的深色道路將無垠的沙漠一切爲二，前一晚下過雨，現在天空清朗無雲。我將頭仰靠在後座，讓窗外影子和燈光輕掠過我的臉龐。以前我失去過朋友和摯愛，照理說阿里應該不在他們之列，他不像我認識的任何人，況且我也無法改變他對我做過的事，或者發生在我們之間的一切；然而，就在他正要擺脫過去的自己時，他卻死了。許多無辜的生命葬送在艾文監獄高聳的圍牆後面，他們被埋在無名塚，而阿里正是該爲此負責的人之一，只是最後他也慘遭枉死。艾文監獄裡的強硬派殺了他，因爲他已經對他們構成威脅，因爲他試圖矯正改善獄方的作爲，爭取人性該有的自由空間。

到了墓園，我的思緒無法集中，周遭世界變成無關聯的混亂片段，雜亂交錯，直到阿克蕾和我說話，我才回過神。她說我們已經進入這墓園專門安葬烈士的園區。此時將近正午，雖然有清涼的微風吹拂，但頭頂上的炙陽仍照得我大汗淋漓。園區到處植滿小樹，放眼望去，觸目所及卻只見密密麻麻的大理石和水泥墓碑立於墳墓之上。我們四周散布著埋藏死者的小棺墓，墓頭上的錫製立牌上鑲著裝有死者相片的玻璃框。葬在這裡的多半是戰死沙場的烈士，其中許多人年紀還很輕就爲國捐軀。

莫賽維先生和阿克蕾停下腳步，這裡就是阿里的墳墓。阿里的父親屈膝蹲下，撫摸著白色大理石碑，雙肩微顫，眼淚滴落在發亮的石面上，滲入碑上所刻的文字中：

賽伊得．阿里．莫賽維
伊斯蘭的英勇戰士
生於一九五四年四月二十一日，歿於一九八三年九月二十六日

阿克蕾一手搭在父親的肩上，一手拉起罩袍掩面哭泣。墓上錫製立牌鑲著阿里的三張相片，第一張約是他八、九歲的模樣，單腳踩在足球上，雙手扠腰，對著鏡頭咧嘴大笑。第二張大約十

六歲，一層薄髭，滿臉嚴肅。第三張就是我已經認識的他，滿頭黑髮，一臉修整過的濃密大鬍，挺立的大鼻子，和一雙憂愁深邃的眼眸。相片周圍黏著幾朵人造玫瑰花，立牌兩側各放著一盆天竺葵。淚水模糊了我的視線，我坐在阿里墳墓旁的碎石地面，唸誦十次〈聖母經〉替阿里祈禱，他是我的丈夫，現在被安葬在這稱為「烈士花園」的墓園裡。我希望他在天堂能收得到我對他的寬諒，或許當下我無法一次徹底給足，但我願意慢慢地一次一次給。原諒他無法減輕他帶給我的痛苦，因為那種傷痛會一輩子深深烙印住，但是選擇原諒，可以讓我將以前那些事情和面孔輕輕提起後放下，唯有讓它過去，我才能真正釋放自己。

我們右手邊有幾座石墓，一個駝背的嬌小老婦正用黃色海綿沾著肥皂水刷洗大理石墓碑，然後再將一罐清水澆在墓碑上清洗，最後用白布輕輕擦乾，確認墓碑乾淨無塵、煥然一新後，她才移動到另一個石墓前，重複相同動作。一個穿著白襯衫、黑色西裝褲的消瘦老人，坐在兩個石墓間的泥土地上，手指轉動念珠，嘴裡吟誦著句子，目光停留在老婦身上。

沒有人會去清洗塔瑞娜、沙羅士和吉塔的墓碑，也沒人會為他們立錫牌放照片，好讓親友或陌生訪客得以留步駐足，懷念他們，為他們祈禱。但是我會永遠記得他們，而且既然我活下來了，我一定要找個方法讓與他們有關的所有回憶，都能鮮明活著。我的生命屬於他們，更甚屬於自己。

我站起身，打開阿里紀念牌上的玻璃小窗，拿出口袋裡的念珠，放在那裡送給阿里。

阿克蕾望著念珠。

「那是什麼？」她問。

「我祈禱用的念珠。」

「很漂亮，我從沒見過像這樣的念珠。」

「這是向聖母瑪利亞祈禱時用的。」

我們走回車子，我眼神仍停留在老婦仔細清洗的墳墓上。老婦和老人離開了。其中一個墳墓上寫著瑞查・阿瑪地，另一個寫著哈山・阿瑪地，兩人同年同月同日生，也同年同月同日死。是對雙胞胎兄弟，同一天戰死沙場。

我突然驚覺，自己對死亡已如此習以爲常。在我的世界裡，死亡不是老人專屬，反倒較常發生在年輕人身上。

先送阿克蕾回家後，莫賽維先生載我回艾文監獄，他告訴我，他會竭盡所能盡快讓我回到自己的家。

十月底，在一次探監面會中，雪妲決定將兒子凱維交給父母。他已經九個月大，活潑好動，搖晃學步，經常逗得大家哈哈大笑。他還不會正確發出我的名字，總是叫我「瑪娜阿姨」。雪妲面會完回牢房時，凱維已經不在身邊，她失魂落魄地恍惚失神，蹲坐在角落，身子前後搖晃數小時，直到累得睡著了。

幾天後，我把塔瑞娜交代我要給她父母的所有東西交給一個獄友，她就快服完十八個月的刑期，即將出獄。而我已經逐漸失去回家的希望。

一九八三年聖誕節那天，天空飄雪。清晨一大早，從牢房的鐵窗，我見到雪花隨風飄盪。沒多久，外頭曬衣繩和晾著的衣服已經蒙上一層白雪。放風時間一到，大家出去收完衣服立刻回牢房，因爲外頭太冷了，我們的橡膠拖鞋無法擋住這樣的溫度和風雪。我自願幫巴荷和莎拉收衣服。雖然外頭的確比我想像得冷，但是我喜歡雪花輕觸臉龐的感覺。外面空無一人，我脫下襪子和拖鞋，一動也不動地佇立著，白色的冬天吞沒我、覆蓋我，連我趾間的小縫隙也完全填滿。聖誕節啊，耶穌基督誕生的這天啊，是個充滿歡笑、節慶、詩歌、大餐和拆禮物的日子吧。這世界怎能如此繼續運轉？彷彿一切都沒發生，彷彿沒那麼多人無辜地失去性命呢？

一會兒，我的雙腳被凍得刺痛，然後開始麻痺。我彷彿見到自己差點被槍決那天，我本該死的，被綁在柱子上等著死神降臨。艾文監獄讓我遠離家園，讓我脫離過去的一切，讓我體會到遠比恐懼更甚的感覺，讓我嚐到遠超過人類所能忍受的痛苦。我曾經歷失落，也曾哀痛，但在這裡，哀痛成了永不止息的黑暗狂風暴雨，無止盡地摧殘著受害者。經歷艾文監獄的一切後，怎麼可能還活得下去？

不行，我不能再想了，繼續想下去只會讓自己更絕望，我必須相信，總有一天能活著回家。

大約三個月後，一九八四年三月二十六日早晨，擴音器嘶吼般叫出我的名字。

「瑪莉娜．莫拉帝——巴克特，到辦公室報到！」

這句廣播含意甚廣，可能是要放我回家，或者要把我押到刑場，或者只是莫賽維先生來看我。

「瑪莉娜，我知道妳可以回家了。」巴荷說道。

「誰知道呢，在這裡沒什麼說得準的。」

「瑪莉娜，巴荷說得沒錯，妳可以回家了。」雪妲很肯定。

莎拉擁抱我，咧嘴而笑，淚水卻也滑落臉龐。「瑪莉娜，告訴我母親，告訴她我很好，讓她知道有一天我也會回家。」

「去啊，瑪莉娜，快去啊！」獄友們大喊，把我推到走廊。

我走出鐵門，爬上通往辦公室的樓梯前，回頭一望，發現獄友們從鐵門中紛紛伸出手臂，揮手向我道別，我也轉身向她們揮揮手。一踏進辦公室，季妮雅柏姊妹立刻廣播叫六號牢房的班長，把我的私人物品帶來辦公室。

「妳贏了。」季妮雅柏姊妹說，「眞沒料到他們會這麼快放妳走。」

「我失去朋友、失去丈夫、失去孩子，妳竟認爲我贏了？」

她低頭不語。

我就要回家了，終於，我要回家了。

阿里的父母、阿克蕾和小寶寶都在監獄大門旁的小房間等我。莫賽維先生看到我，開心地對我笑。

「我遵守諾言了，是吧？」

「是啊，您做到了，到底是怎麼辦到的？」我問。

「我和大教長伊瑪目商量，當然，監獄的頭頭阿塞多夫大力反對，但我最後終於說服大教長，放妳回家才是正確的作法。」

他停頓了一下。

「妳會記得我嗎？」

「會啊，當然，那您呢？您會記得我吧？」

「要當個堅強勇敢的好女兒喔。」他邊說邊拭淚。他告訴我，如果有任何狀況，隨時打電話給他。他會把阿里留在銀行要給我的錢保管好，日後若我改變心意，想拿這些錢時，他隨時會給我。他還說，他很努力讓我的事情順利些，不過根據規定，從艾文監獄釋放的人幾年內都不能出國，我也不例外，這是我必須遵守的限制。

我告訴莫賽維先生，阿里答應我會救莎拉，我請他告訴阿里的好友穆罕默德要多多關照莎拉，他答應我會做到。

「有件事我得提醒妳，」莫賽維先生說，「別去探望妳獄友的家人，見見一、兩個還好，但千萬別太多。哈瑪德還會繼續盯著妳，如果妳讓他抓到一點把柄逮捕妳，他一定不會饒過妳。如果他真的逮捕妳，我恐怕無法再救妳出來。好好待在家裡，盡量低調，別引起注意。」

「我會待在家裡的。」

莫賽維先生要載我去月神公園，家人正在那裡等我，但我婉謝了，告訴他我想自己走過去。我想呼吸些新鮮空氣，給自己一些時間準備面對家人。

月神公園，座落在艾文監獄往南一哩半處，這是座遊樂公園。政府將此處做爲監獄探監訪客的巴士接駁處。另外，被釋放者的家人，也被安排在此等待和心愛的兒女見面。

我朝月神公園走去，這樣輕鬆走路的感覺好怪異。一陣勁風隨著冷雨重重鞭打在我臉上。整理好黑罩袍，謹慎地踏出幾步，走向靜謐小巷。然後，我駐足，抬頭望，天上雲朵正被勁風吹移著，半晌，一小片蒼白藍天撥雲而出，令人驚豔。那小片藍天雖然蒼白，但在各種灰色調背景襯托下，仍顯得生氣勃勃、美麗亮眼。我的視線隨著馬路延伸出去，看見一輛白車出現在街角。中年男駕駛放慢速度看著我，繼續往前駛去。我的襪子塞在橡膠拖鞋內，雙腿凍得發抖。

一名荷槍衛兵站在瞭望台頂，俯巡著街道。

「弟兄，請問月神公園怎麼走？」我抬頭喊問他，他指指路那頭的方向。

馬路到處都是小水坑，細小漣漪使得倒影微微顫抖，交融混合，最後消失。行人不多，偶爾有人以快速堅定步伐與我錯身而過。一把把黑傘在空中舞動，刻意遠離我閃過。街角，衣衫襤褸的瘦弱老人站在頹朽的泥牆前，嶙峋雙手攤在自己面前，虔誠地祈禱。

我該跟父母說些什麼？過去兩年，我被刑求凌虐，差點死掉，然後結了婚，又成了寡婦，還流掉一個孩子嗎？這些話我怎麼可能說得出口？而安德烈呢，兩人相隔這段日子後，他還愛我嗎？

我注意到有個女孩正走在我前方不遠處。她拎著與我類似的塑膠大袋子，腳上的橡膠拖鞋至少是我的三倍大。每走幾步，她就會停下來回頭凝視山脈。她好像沒注意到我。她接近大馬路，月神公園出現眼前，雖然行人號誌燈已轉綠，她卻沒過馬路。她站在行人穿越道旁，看著交通號誌由綠轉紅再轉黑。車子一輛輛從眼前急駛而過，轉換號誌，一輛輛停下來，然後又一輛輛急駛而過。我站在她身後幾步。

「妳為什麼不過馬路？」我終於忍不住開口。她嚇了一跳，回頭在雨中望著我，我對她笑一笑，「我從艾文監獄出來，正要回家。我們一起過馬路吧。」我提議。

她勉強擠出一絲笑容。我牽起她的手穿越馬路，她的手比我的手冰冷許多。

一到月神公園入口，被革命衛兵擋了下來。他咒罵著這濕冷的雨，然後問我們的名字，從口袋拿出一張濕透的紙條，確認我們的名字後，才放我們過去。我們四處張望，除了後面幾座大亭子外，這裡簡直就像有革命衛兵駐守的空蕩停車場。我沒看見家人，但這位新朋友很快就奔向剛剛來到的一對男女，他們正在哭泣。幾分鐘後，我見到父母，急奔向他們，緊緊擁抱他們。我們走向車子，母親拉扯著手中那把打不開的雨傘。

「媽媽，您在做什麼？」

「這把爛傘卡住了。」

「就快到車子了。」

「妳渾身濕透了，我不想讓妳感冒。」

她想保護我，不讓我被雨淋。過去兩年，她什麼也幫不了我，這段期間，她的茫然無助，或許更甚於我。傘終於開了，雖然已經到了車邊，我還是接過媽媽手中的那把傘。

身上滴著雨水，我進入父親的車子裡，驚覺安德烈就在駕駛座上。他轉身給我一個微笑。他的出現表示他遵守諾言，他還在等著我，還愛著我。我終於感到幸福快樂。眞奇怪，在我被捕前，我們不確定彼此是否相愛，直到失去對方後，我們才明白這份感情。

車裡全是母親的聲音，「這種天氣他們幹嘛不讓我們去監獄大門接妳？看看妳，一定會生病的，快把濕襪子脫掉。」

「媽，別擔心，我沒事，眞的，等會兒回到家，我馬上換衣服。」

「我給妳做了新衣服，就吊在妳的衣櫃裡。」

我在監獄那段期間，父母搬去一個老友家，她叫季妮雅，自己住在位於高級住宅區的一棟五房的透天厝裡。父母搬去那裡對雙方都好，季妮雅有人可以相互照應陪伴，而父母也不用付高額房租住在小鴿舍裡。革命後這幾年，房租飆漲，許多沒有房子的中產階級家庭幾乎付不起房租。

「搬家還順利嗎？」我問母親。

「很順利。我們把一些東西賣掉。季妮雅自己的家具已經夠多了，沒地方放我們原來的東西，安德烈人眞的很好，搬家那天幫了很大的忙。感謝上帝，還好有他那輛箱型車，沒有他眞不知道該怎麼辦。」

「你那輛箱型車還在？」我問安德烈。

「對啊。」

我很驚訝他的車還在。但話一問完，我才發現，我在艾文監獄度日如年，彷彿過了一世紀，但事實上日子也才過了兩年兩個月又十二天。

第十八章

在季妮雅阿姨家，我的臥房有一整面落地窗，可以俯瞰後院。臥房的牆和窗簾都是粉紅色，是我最喜歡的顏色，窗戶旁還擺了兩張扶手椅。我用手指輕撫著椅子上的柔滑布料，想像自己坐在椅子上，讀著小說或詩集的模樣。房裡還有個小梳妝台，與訂作的牆飾連成一氣。梳妝台上有個來自伊斯法罕（Isfahan）的手工相框，裡面放了兩張我的照片。其中一張是我八歲時照的，我斜靠在父親閃閃發亮的藍色奧斯莫比爾轎車旁，穿著白色背心裙，專注地看著相機，臉上露出疑惑的笑容。我眞的曾經年紀那麼小嗎？另一張約是十三歲，我在阿姨小木屋前騎著單車，穿著藍色T恤和白短褲，正急著要去海邊和阿瑞須見面。哥哥替我拍下這張照片。

我的舊床沒搬過來，現在臥房角落裡放的是一張花呢褐色布料的沙發床。我撫摸著每件家具，每樣東西都如此眞實，但爲何我感覺像在作夢？或許，我的生活感還停留在艾文監獄，而我剛踏入的這個世界，這個我稱爲家的所在，魂牽夢縈的地方，反而變得抽象疏遠。這是眞實的，我回家了，我回來了，噩夢結束了，搬了家眞好，一切重新開始，我必須忘掉過去。

我從艾文監獄帶出來的塑膠袋中拿出衣服，本來想把這袋子裡的東西全扔進垃圾堆，但我知道我不能這麼做，因爲我結婚時的白色圍巾還在整疊衣服最上頭，裡面還裹著結婚戒指。我深吸一口氣，解開圍巾，將一層層絲布翻開。阿里在我懷中喘息的情景，再次浮現眼前。眞希望這世界簡簡單單，不是壞人就是好人，沒有像阿里這樣令我矛盾困惑的人。我將戒指放回圍巾裡，藏在衣櫃角落深處。走向窗邊，外頭雨已經停了，陽光從雲隙灑落而下，如一縷縷蕾絲的金色彩帶。後院非常隱密，被高聳磚牆圍繞住。空空的泳池周圍，種滿了光禿的玫瑰花叢。臥房傳來輕輕敲門聲。

「請進。」我的視線還停留在那片祥和花園中。

安德烈進來，站在我背後，雙手搭上我的肩。我可以聞到他身上古龍水的香味，還有他溫暖的體溫。

「我已經準備好迎接妳和妳懷中的寶寶回家，我愛妳依然如昔。」他說，「我不會動搖的。」

我愣住了，他不可能知道寶寶的事啊，但他現在的確說出我最需要聽到的話。我猜想他可能聽說女孩會在獄中被強暴的事。我強忍住淚水。

「我沒有懷孕。」

「妳有被刑求嗎？」

「有，你想知道我爲何改信伊斯蘭教嗎？」

我想告訴他一切，但實在不知如何開口。

「我不在乎，我知道妳是逼不得已的，對吧？」

「是的。」

「我愛妳。」

「我也愛你。」我轉身面向他。

這是我們第一次如此坦承對彼此的感情。

他雙手環抱著我，嘴唇貼近我，這幾分鐘，艾文監獄徹底成了回憶，再也無法禁錮我。

當晚，我們圍坐在餐桌前吃飯，母親做了牛肉香芹米飯燉。一開始大家沉默不語，只有銀製餐具碰觸磁碗盤的聲音，或幾聲輕咳。

「感謝上帝，今天下了雨，乾旱好長一段時間了，草皮乾巴巴的，今天終於有點生氣了。」季妮雅阿姨以她溫暖美妙的嗓音打破沉默。季妮雅阿姨個子嬌小，約一百五十三公分，五十三公斤，一頭金色短髮，深色眼眸。

「雨下愈多，玫瑰花就開得愈多。」季妮雅阿姨的好友胡深伯父說道，他也來和我們一起吃飯。

季妮雅阿姨養了三隻貓，其中一隻叫西西的躲到餐桌下，磨蹭著我的腳。我彎下腰，搓搓牠的背，牠滿足地喵喵叫。

父親大部分時間多半盯著自己的食物，偶爾抬起頭慢慢環視餐桌，然後短暫地看我一眼。我解讀他臉上的神情，依舊如往常般茫然。之前來探監時，他看起來身心交瘁，現在我回家了，他又恢復往常的模樣。或許對大家來說，假裝我不曾入獄，會比較好過些，但是他們這種沉默，到底是為了保護我，還是為了保護他們自己？

在阿里被暗殺那晚，阿里的母親也煮了牛肉香芹米飯燉。我要怎麼告訴家人關於阿里的事，還有我的婚姻，以及阿里的死？我覺得自己像個陌生人，只是被他們邀請來吃飯的客人。一旦拜訪結束，我就該起身和大家道別，回我自己的家。但是家在哪裡？在莫賽維先生那裡？還是艾文監獄？

那晚我無法入睡，瞪著牆上陌生的影子發呆。阿里被殺身亡那晚，他救了我兩次：第一次是將我推開，避開子彈，第二次是他死前要他父親救我，讓我回家。如果沒有阿里父親的奔走，我要不就在艾文監獄度過餘生，要不就更慘，如莫賽維先生說的，被哈瑪德逼婚，嫁給他朋友，如果眞這樣，我除了自殺也別無他法了。

阿里從前線回來時曾說，如果我不嫁給他，他就要把安德烈和我父母抓進監獄。我那時以爲他眞會這麼做，但現在心裡卻開始起了一絲懷疑。或許那只是他嘴上的威脅？若眞如此，如果當時我拒絕他，也應該不會置任何人於險境吧。當時如果眞的拒絕，會怎麼樣呢？

或者，是因爲現在我安躺在自己的床上，才會那麼輕易地以爲可以逞強說「不」吧。

隔天，我在房子裡找我的書，就是書店老闆亞伯特送我的書，還有那個珍藏著祖母回憶錄的金色盒子。我找不到書和盒子，去問母親，她坐在客廳抽雪茄。

「媽，我找不到我的書，妳收去哪裡了？」

她搖搖頭望著我，那眼神彷彿我問了一件不恰當的事。「妳的書？妳什麼都沒學到，不是嗎？妳那些書就像一顆定時炸彈，讓人心驚膽跳。妳知道妳被捕時，我們有多害怕嗎？我把衛兵沒帶走的書全都毀了，花了我好幾天才處理掉。」她不可能燒了書，因爲家裡院子沒有可燒東西的地方，原來，她竟然將書一頁頁撕成碎片，丟進洗衣機裡攪成紙漿，然後再和垃圾攪在一起丟掉。

我癱坐在椅子上，想到書中那些美麗的字句竟已化爲醜陋的紙漿。把書洗掉。把書上的字句淹死，這樣就無語了。

我最懷念的「納尼亞傳奇」，上面還有亞伯特的簽名呢。

「那，還有一個金色的盒子呢？我放在床舖底下的那個盒子呢？」我問母親。

「妳祖母寫的那些東西啊，瑪莉娜，妳想想看，如果衛兵來家裡搜出那些用俄文寫的東西，他們會怎麼想？我們得花上好幾年才能證明我們不是共產黨員。」

我不怪母親，她嚇壞了。這就是伊斯蘭革命搞出來的結果。

悲傷眞是個奇怪的東西，有那麼多形狀、樣子和款式，我眞懷疑有沒有人可以一一辨識出它們，給它們一些好聽的名稱。

沒多久，我的十九歲生日來臨，母親邀請了幾位朋友和親戚來家裡慶祝。客人來之前，我翻找衣櫃裡的衣服：黑色、海軍藍、褐色，每一件都是令人垂頭喪氣的長袖。我不是八十歲，我想要鮮艷一點的無袖衣服，我想把自己套進這種衣服中，重新找回以前那個年輕女孩。我想要穿上這種衣服，走進曾失去的生活裡。

我去找母親，告訴她，雖然她爲我做的那些衣服很漂亮，我也很喜歡，但是今天生日我想要穿上鮮豔亮麗、令人振奮一點的衣服。我問她可否把她以前參加宴會的舊洋裝借給我，我很喜歡那件無肩帶的粉紅色洋裝。我知道那件衣服對我來說可能有點大，但是我可以自己修改，我在艾文監獄裡學會修改衣服，母親答應我。在裁縫機前半小時後，衣服已經改得很合身。我將雙腳擠進高跟鞋內，我就要去尋找屬於我的生活風格，重拾青春洋溢的日子。

客人見到我高興地擁抱、親吻我，說我看起來棒極了。我也很高興見到他們，但總覺得我們之間有一道鴻溝，同樣是女孩，但曾離開過的女孩，和繼續正常生活著的女孩之間，就是不一樣。每次和他們交談的空檔，總會出現尷尬的沉默。

「瑪莉娜，妳看起來很漂亮，最近好嗎？」有人出聲。

「很好，謝謝。」我如是回答。

然後大家擠出笑容，刻意掩飾尷尬不安，但那亟欲掩飾的神情，卻如他們眼眸的顏色一樣鮮明清晰。

「喔，那些餅乾看起來好好吃，是妳媽媽親手做的嗎？」

這不是她們的錯，每個人都親切有禮，但也就只有這樣，沒人想知道更多。神父尼可拉也來參加我的生日派對，他用手風琴彈奏俄國民謠，父母在旁吟唱。能被這麼多笑容、親友的熟悉臉孔和我童年的旋律圍繞，眞好，但是阿里說的沒錯，家，不一樣了，因爲我不一樣了。童年時那種愉快、自在、安全、天眞的感覺，永遠消失了。

晚餐過後，我的乾媽希倫坐在我旁邊，她是個很聰明的女性，我總喜歡聽她的意見。

「妳好嗎？」她問我。

「好得不得了。」

「眞高興妳沒失去自信。」她開懷地笑著說。她還是像以前一樣，穿著優雅的乳白色上衣、剪裁合身的褐色裙子。「妳必須感到自傲，很多從艾文監獄被釋放出來的人，把自己鎖在屋子裡，很長一段時間拒絕交談。妳遺傳了祖母的堅強性格，很棒。」

華爾滋響起，大家開始互擁跳舞。

「爲什麼沒有人問我過去兩年發生的事？」我問乾媽。

「答案很簡單，因爲我們都怕知道啊。我想這是一種人性的自衛本能吧。我們以爲不去談論，假裝從沒發生過，就能把這些事情遺忘。」

我以爲回到家，一切就能回復到過往的簡單日子，但事實卻不然。我討厭周遭的沉默，我想要感覺被愛。愛，怎麼可能透過沉默傳達出來呢？沉默和黑暗太像了，黑暗是缺乏光，而沉默是缺乏聲音。在這種被遺忘的感覺中，怎麼可能邁步前進？

生日過後，我決定努力讀書取得學位。我得趕上該有的生活節奏。我在家自修，然後參加檢定考試。雖然安德烈正忙著準備取得電機學士的學位，他還是每天來看我，教我微積分和物理。他告訴我課堂的事，教授、朋友等一切，有時也帶我去朋友家聚會，或參加別人的生日派對，說來奇怪，這段期間竟是我們的「約會」期。

革命衛兵在城市出入口設有檢查哨，每天不同時間都會攔車檢查，到了晚上更是如此。當時沒有親戚血緣關係，或者沒有訂婚的男女單獨同處一車，會被視爲犯罪行爲。所以爲了安全起見，雖然我和安德烈不曾討論過結婚一事，他還是請神父出具文件，證明我們已經訂婚，他將文件放在車裡，以便被攔車質問時能派得上用場。

我每天讀書十小時，不是在房裡，就是拿著書本在泳池周圍踱步。或許我下意識故意讓腦中塡滿數學和自然科學，這樣才不會一直回想起過去。父親整天工作，一週只休息一天，他還在巴泰夫叔叔的工廠裡做行政工作。而母親多數時間都耗在雜貨店排隊買東西，要不就是在廚房或忙著編織，我盡量不去打擾她。

有天天氣很溫暖，我和安德烈坐在後院，他將椅子移動到我旁邊，伸出手臂搭上我的肩。麻雀在四周啾鳴，紅色、粉紅和白玫瑰發散出的花香，讓空氣甜美了起來。

「我們什麼時候結婚？」他突然問。

出獄前，穆罕默德提醒我，不能嫁給天主教徒。根據伊斯蘭法律，穆斯林女人不能嫁給天主教徒，但是穆斯林男人可以娶女天主教徒。伊斯蘭政府根本不管我是在特殊情況下被迫改信伊斯蘭教。但如果我宣布放棄伊斯蘭教，重新信奉天主教，那麼根據伊斯蘭律法，我該被處死。

「你知道的，如果我們結婚被他們發現，我，甚至你，都會被處死的。」我告訴安德烈。

突來一陣風，將桌上的數學課本吹翻了幾頁。

「還記得我們第一次見面嗎？那天在教堂？」他說，「那是一見鍾情吧。從那一刻起，我就知道妳是我的眞命天女，我強烈地想要照顧呵護妳。當他們抓走妳時，我知道妳一定能平安回來，我們會廝守在一起，我們是天生注定的一對。」

我撫摸著他柔細的金髮和臉龐，親吻他。「在艾文監獄那段期間，我夢想著回到你身邊，雖然我知道可能再也沒有機會，但我仍懷抱這樣的夢想。」

然後，他告訴我，三月十九日那天，就在我被釋放的前一週，家人接到獄方打來的電話，通知我將被釋放的消息。父母和他火速趕往監獄，等了一整天卻被趕回家，沒有聽到任何說明或解釋。我很驚訝發生過這種事，以前怎麼沒人告訴過我？難道那次的耽擱是阿塞多夫和莫賽維先生之間角力的結果嗎？若眞如此，莫賽維先生一定打了場硬仗，我很確定如果沒有何梅尼的支持，他不可能打贏阿塞多夫，成功讓我出獄。

「我們好擔心，」安德烈說，「不知道爲何獄方改變心意，警衛也不說。然後三月二十六日他們又打電話來，我們急忙趕去監獄，到了大門口，他們叫我們去月神公園等妳。我把車停在靠近公園的停車場，妳父母從那裡走過去，我在車裡等著。我好興奮，但也清楚除非見到妳，一切才算底定，但我還是抱持著希望。妳父母下車幾分鐘後，有個穿著百姓服裝的蓄鬍男人靠近我，跟我打招呼，我也回禮問候。我以爲他要問路什麼的，但他卻突然傾身對我說，『別忘了你不能娶瑪莉娜。』我問他是誰，怎麼會知道我，他說，那不重要。他說，『我警告你，她是穆斯林，你是天主教徒，你們絕不能結婚。』然後他就轉身離開。」

安德烈聽到這些話，既憂又驚。他知道有次去探監後，他直接去教堂，因此被衛兵發現了我們的關係，但直到前一刻，他才眞正明白，其實監獄裡的人一直監視著他。發現這點，他的恐懼轉爲憤怒，他想娶誰不關任何人的事，他愛我，這才是他眞正在乎的。

「瑪莉娜，我了解一切的狀況，」他說，「我知道娶妳很危險，但是我眞的想和妳結婚。我們沒有做什麼錯事，我們彼此相愛，想廝守終身。他們能把我們逼到什麼地步？我們必須堅定立場。」

他說得對。

我猜，那個蓄鬍男人應該就是穆罕默德。我清楚知道這段婚姻可能會讓我再度面臨死刑，眞諷刺，我竟然得先冒著生命危險才能讓婚姻成爲我自己的婚姻。在艾文監獄，我曾與死神擦身而過，阿里救了我，但是他沒有把我的生命歸還給我，反而據爲己用。我爲了活下來付出生命代價，現在我要奮戰，奪回自己的所有權。

我告訴父母我想嫁給安德烈，他們都認爲我瘋了。許多神父也認爲我不應該和他結婚，但我們仍把婚禮訂在一九八五年七月十八日，大約是我出獄後十六個月。朋友和家人不斷勸說，要我改變心意。最後父母甚至找了胡深伯父來勸我。他是個仁慈有智慧的長者，父母知道我很敬重他。有天傍晚他來敲我房門，當時我正坐在沙發床上看書。他進房後關上門，坐在椅子上，傾身向前，手肘擱在膝上，直視著我。

「別這樣做。」

「什麼？」我聽不懂。

「別嫁給安德烈。我知道你們彼此相愛，但是現在時機不對。妳很可能因爲這樣而死，再多等些時間，事情會改變的，妳不值得爲此失去性命。」

我積壓已久的憤怒，被他的一席話給引爆出來。

「你們沒有權利告訴我可不可以結婚！你不能，我父母也不能，這個政府更不能！我會去做我想做的事！我會做該做的事！我受夠妥協了！」

我這輩子從沒這樣提高嗓門說話過，更沒對長輩如此無禮過，我知道這舉動很糟糕，胡深伯父鐵青著臉走出我房間，我的眼淚瞬間迸出。我不要讓政府左右我的生活，他們已經囚禁過我，在情緒和肉體上折磨過我。我被迫改信伊斯蘭教，被迫嫁給一個陌生人，我眼睜睜看著朋友受苦、死去。對我來說，現在最重要的是去做對的事，讓他們知道，即使我曾被迫改變信仰，最終我也能嫁給自己所愛的男人，就算我可能會因此重回監獄，甚至處於險境，我也要去做。這次，我不會妥協了，他們不能摧毀我，他們永遠無法摧毀我。

有天我和安德烈去買結婚戒指，我想告訴他阿里的事，我知道他會諒解。我們在珠寶店內走動，看著展示櫥窗裡的各式珠寶。他有權利知道我的過去，況且我也想告訴他。一枚金戒指吸引我的目光，它看起來就像兩顆戒指融合爲一，我要求店家拿給我看。我和安德烈都很喜歡這枚戒指。走回車子，發現有張停車單夾在擋風玻璃上，安德烈說，這是他生平收過的第一張停車單，我們相視而笑。

開車回家途中，我還繼續想著該怎麼起頭，我得從一開始踏進艾文監獄說起。然後，再把每分鐘發生的每件事一五一十告訴他。不，不行，我不能這樣做，我不能再回溯過去，不能再讓它重現。

那個夏天，我父母想去裏海邊小木屋度假幾天，安德烈和我陪他們去。小木屋如我記憶般漂亮寧靜，但是那裡曾有過的歡樂已經不具意義，僅剩回憶。到那裡的第一天清晨，大家都還在睡覺，我就跑到祈禱之岩去。景物依舊，老樹依然參天，升起的旭日燦爛照耀樹葉，我的鞋子和襪子被露水沾濕。我躺在岩石上，感覺它貼在肌膚上那粗糙濕潤的觸感，我想起和阿瑞須在這裡祈禱的那天，人事已非啊。我從口袋裡拿出和阿里的那枚結婚戒指，跪在岩石上，試著把緊嵌在岩石上的石頭撬開，但它卻紋風不動。我試了又試，但那些石頭仍牢牢地卡在岩石上。我的手指痛了。我跑回屋內，一片寂靜，除了父親的鼾聲，我躡腳進入廚房，抓起菜刀，衝回岩石。這次，我一定要設法拿下那三顆石頭，將那枚結婚戒指塞進石頭後的深處凹洞裡，再將石頭塞回去。然後，想像著這枚戒指被數千句祈禱詞環繞的情景。

我們回到德黑蘭，母親告訴我，當父親知道我成爲穆斯林時，氣得說我再也不是他女兒。母親轉述時，依然繼續低頭洗碗盤，連看都不看我。我不驚訝母親的舉止，但依然感覺很受傷。我期望在家裡找到避風港，但家門卻在我面前重重關上。我和父母的距離愈來愈遠。她抹乾手，走出廚房。我想，即使我向她傾訴我的祕密，她也不知道我需要什麼，我需要的是她的體諒啊。她就是那個樣子，她對世界的觀點，她眞正在乎的東西與我截然不同，我不敢說我對她錯，但我們的確不同。我不能再期望她像我一樣地思考，我得接受她原本的樣子，因爲我自己也希望她這樣對待我。我不知道她爲何要把父親聽到我改信宗教的激烈反應告訴我，父親自己一個字都沒對我提過。我猜，可能是母親覺得我有必要知道父親對此事的眞正感受吧。

婚禮那天，母親幫我化妝，有個阿姨親手替我做新娘禮服。從衣櫥拿出禮服時，我克制不住，淚水撲簌而下，眞難相信我竟能活著等到這一天。我從臥房窗戶向外望，凝視著粉紅玫瑰。我在心裡替那些生命已消逝的摯友們祈禱。我好想念他們啊。

將禮服掛在窗邊的椅背上。我想到了阿里，和我們婚禮那天，還有我當時驚恐害怕的心情。而今天不一樣，今天是完全屬於我自己的大喜之日。

我想著，我和安德烈會不會有孩子，我經常想起在夢中抱著寶寶的情景，寶寶的笑容、眼神、笑聲、抓住我頭髮的小手，還有在我身上吸吮的飢渴小嘴。

安德烈一早就出門去買水果和飲料，這是要帶到教堂的。我們請賓客在婚禮和彌撒結束後，留在會堂享用點心。爲了不引起注意，我們決定早點到教堂，到那裡再換新娘服。

婚禮進行曲奏起，父親挽著我步向紅地毯，我此生從未如此幸福快樂過。聖壇上的大花盆插滿白色劍蘭，周圍洋溢著歡欣笑臉。

我們在教堂裡和外頭院子照相，邊享用餅乾，邊和賓客寒暄聊天。時間差不多了，我們該回家，回到安德烈租來的房子。他父親過世，扶養他長大的姑媽也回到匈牙利後，安德烈自己租了這間房子。房子位在德黑蘭北方，約旦山丘的一棟高樓裡，面對約旦高速公路，還能瞭望阿爾波茲山脈。步出教堂前，我將圍巾和伊斯蘭罩袍披在新娘禮服外，以免引人側目，然後和安德烈走到他那輛藍色飛雅特。我們很快樂，但也隱隱擔憂。然而，我們選擇樂觀以對，期待一切會更好。我們決定要好好過自己的生活。

婚禮過後沒多久，安德烈立刻在德黑蘭電力公司找到一份工作，兩個月後我們和我父母合租一層公寓，以分擔房租。兩伊戰爭已經打到第五年，戰況開始吃緊。一九八〇年九月雙方敵意爆發以來，德黑蘭因爲距前線遙遠，始終未受波及。但爲了紀念戰死沙場的年輕戰士，住宅區附近街道都改以烈士名字命名。我被抓進艾文監獄前，這個改名的速度很緩慢，看不太出明顯的改變，但自從出獄後，我才發現許多街道早就以殉難烈士來命名，以資紀念。

我和安德烈結婚前沒多久，德黑蘭和其他幾個大城開始遭受空襲轟炸。毫無預警地，第一次爆炸發生在某天凌晨。一顆飛彈炸毀了一處住宅區，那兒離季妮雅阿姨家不到兩哩遠。巨大爆炸聲把我嚇醒。雖然當時我不清楚那是什麼聲音，但我很確定發生了可怕的事情。從那時起，空襲警報一天數起，甚至半夜也有。雖然德黑蘭沒有眞正的防空洞，政府也懶得蓋，但大家還是會自求多福，躲在安全的地方，例如設法遠離窗邊，因爲每次飛彈一射過來，破碎玻璃總會造成死傷無數。

死亡已經成爲日常生活的一部分。能離開城市前往鄉村避難的人都走了，但是多數居民無處可去，只能留在這裡。就像河流總有辦法流向低處，即使得深入峽谷，生命也總有辦法頑強地對抗恐懼，找到捷徑回復「常態」。父母們照常上班工作，送小孩上學，只是擁抱小孩的時間更長了點，更有耐心好好向他們道別。有些學校在空襲中被摧毀，許多躲在桌子後面或在操場玩耍的孩子都被炸死。聽說在前線，伊拉克的海珊已經開始使用化學武器，例如沙林毒氣或芥子毒氣，殺死了好幾千人。

我和安德烈開車前往教堂或去訪友途中，經常看見前一天原本是房子的地方成了大窟窿。有時，已成殘墟的房子裡的樓梯還固執地不肯倒塌，搖搖欲墜地立著，與後面的空蕩背景形成怪異景象，或者，貼滿花草圖案壁紙的牆壁，在塵埃中投射出詭異陰影。

我出獄後兩年，在某個週三早晨，電話鈴聲響起，當時我正要出門去雜貨店，錢包已經拿在手上。

「我要找瑪莉娜？」一陌生聲音。

「我就是。」

「瑪莉娜，這裡是艾文監獄。」

世界停止了，我的錢包掉落地面，身子一軟，整個人癱靠在牆上。

「我們要妳週六到監獄來一趟，有些問題要問妳。早上九點整請到監獄大門，別遲到。」

「什麼問題？」

「到時候就知道。記住，週六早上九點。」

我呆若木雞，甚至連話筒都放不下。離開艾文監獄後的生活，難道眞的只是一場夢，現在夢該醒了，回到現實了嗎？還好，他們沒要求安德烈也到場。好不容易回過神，掛上電話，走到臥房。沒人在家，我還有時間讓自己冷靜一下。我努力想哪裡出了錯，試著告訴自己，應該沒事，只是例行性訪查，但我就是無法這樣說服自己。我身心俱疲地躺在床上，昏沉睡去，直到母親叫喚著我，搖搖我的肩膀，我才醒過來。

「妳怎麼包著頭巾，穿著罩袍睡著了？」她問我。

半晌，我想不起發生什麼事。回過神後把那通電話告訴她。

「什麼？」母親的神情彷彿沒聽懂我說的話。

我重複一次，她臉色轉白。

我能做的只是昏睡，我無法想到任何艾文監獄的事。想也沒用，有時候醒來上廁所或喝水時，會看見安德烈坐在我身邊，兩眼空洞無神，臉色蒼白，身體僵硬不動。他知道無計可施，只能任我前去赴約。屋子裡寂靜無聲，沉默像隻巨鯨吞沒我們兩人。

週六早上，我不敢看他的眼睛，隨口道聲再見就出門前往監獄。我甚至不想抱抱他，就怕鬆不了手，放不開他。我們既然做了選擇，就得堅持下去，畢竟我早就知道可能會走到這一步。我認為安德烈載我到監獄太危險，所以請父親載我去。一路上父親沉默不語。下車後我要父親馬上離開，我就這樣看著他的車逐漸消失在街角。我心想，他們這次會不會再刑求我，但轉個念頭，他們幹嘛刑求我？對他們來說，一個穆斯林女孩轉信天主教，還嫁給天主教徒，根本就可以直接判死刑，況且他們沒有什麼情報必須從我這裡知道，所以這次進去，應該就是死路一條了。我會死得很光榮。這個念頭一起，我突然明瞭，只要我做了正確的事，只要我謹守我的信仰，的確可以死得很光榮。現在，我也非常確信，不論塔瑞娜遇到什麼事，她死時也一樣死得很光榮。

我整理罩袍，走向站在前門的衛兵，告訴他我接到要來此報到的電話。他問了我的名字後，走進監獄裡，幾分鐘後出來要我跟著他進去。厚重大鐵門在我們身後關上，我們進入一小房間，他拿起電話撥了號碼。

「她到了。」他只說了這一句。

這可能是我生命的最後一天。或許哈瑪德正趕來找我呢。我承諾自己會驕傲地把頭抬得很高。門打開，進來的是穆罕默德。我鬆了一大口氣。

「瑪莉娜，很高興又見到妳，妳好嗎？」

「我很好，謝謝，你呢？」

「感謝眞神，我很好，請跟我來。」

我跟在他身後，他沒有要我矇上眼睛。周圍栽滿美麗花朵，這裡絲毫不像艾文監獄。他帶我進入一棟建築物，再進入一個房間，裡面放了一張桌子和五、六張椅子。牆上還有張何梅尼的肖像。

「請坐，」他說，「告訴我，出獄後妳做了些什麼？」

「沒什麼，多數時間都在看書，然後參加考試，拿到了高中文憑。」

「很好，還有呢？」

「沒什麼了。」

他笑著搖搖頭，「妳又惹上大麻煩了，妳知道我在說什麼。妳夠好運，這裡有朋友幫妳，不然哈瑪德已經準備對付妳了，幸好被我們擋下來。」

「什麼意思？」

「他知道妳又結婚了，他設法要伊斯蘭法庭判妳死刑。妳知道自己可能被處死的，是吧？」

「我知道。」

「那妳還敢做？」

「對，我敢。」

「妳認爲這是勇敢，還是愚蠢？」

「都不是，我只是去做我認爲正確的事情。」

「好吧，這次算妳走運。艾文監獄裡的強硬派，例如哈瑪德那批人已經失勢。我想，阿里被暗殺讓大家明白，強硬派做得太過火了。阿里曾要求我，如果妳發生事情，要我好好關照妳。雖然我反對妳做的事，但我仍遵守對他的承諾。但是僅止一次，下不為例。我拜託妳，下次做任何事之前，請三思而後行。」

「我很感激你。」

「阿里的父親曾問起妳，我告訴他，妳今天會來這裡，他們也過來想看看妳。」

門打開，他們全走進來。我好高興見到他們。小阿里長大了，搖搖學步，可愛極了，好奇地直望著我。阿克蕾擁抱我，大家坐下聊天。

「看到妳平安，我真高興，瑪莉娜，一切都還好吧？」莫賽維先生說。

「是啊，很好，謝謝您。」

「聽說妳又結婚了，妳幸福嗎？」

「很幸福。」

「妳眞是固執，如果不是我們一直護著妳，恐怕妳會有好多麻煩。」

「我知道，我很感激您。」

「阿里留給妳的錢我都沒動，如果妳想要，可以隨時拿去。」

「不，我不要，謝謝您。」

「小阿里來，這是舅媽瑪莉娜，給她一個吻。」阿克蕾對小男孩說，他搖搖晃晃慢慢走向我。

「來，小阿里，來這裡。」我說，「你是大男孩囉。」

他更靠近，親了我臉頰一下，然後跑回媽媽身邊。

莫賽維夫人哭了起來，我上前擁抱她。如果阿里沒死，我的生命將截然不同。現在他們應該還是我的家人，就像成為他們家媳婦那十五個月時一樣。我不想見到阿里受到任何傷害，他一死，我好愧疚，爲什麼當初沒愛他，也不恨他。但一切都結束了，我再也不能做什麼。我對他的感覺一直都是，未來也是，摻混著憤怒、挫折、恐懼和不安的情緒。

我從艾文監獄走到大馬路，招了輛計程車。我又逃過一劫，活下來了。彷彿死神自己把我推開，企圖保護我，我不懂爲何會這樣。世界在我眼前移動發亮，爲什麼我能多次死裡逃生，其他人卻不能？莎拉還沒被釋放，或許我應該請莫賽維先生幫她，但此刻思緒一片混亂，我甚至懷疑，他是否眞能幫她任何忙。

一抵家門，我打開大門，就被安德烈緊緊擁入懷中。他把我抱得好緊，激動得全身顫抖。

「感謝上帝，感謝上帝！妳還好嗎？我眞不敢相信他們會放妳回來，到底發生了什麼事？」

我告訴他，曾在艾文監獄坐過牢的人，都要接受這種例行性的回監訪查。

「他們有問妳是否再婚嗎？」

「沒有。」我撒謊。我不想讓他擔心，也不想解釋。「他們應該不知道，要不然就是知道了，但不在乎。」

「這代表他們以後不會再來煩我們？」

「我不知道，但是至少短期內應該不會有事。不過，別忘了，他們那些人反覆無常，很難說明天會做出什麼事。」

我知道如果像哈瑪德這樣的強硬派重新在艾文監獄奪權得勢，我的命運將會徹底改變。

我很怕戰爭，不僅是因爲飛彈攻擊很可怕，更是因爲未來幾個月內，安德烈得接受徵召去服役。後來聽說政府有個方案，准許那些具碩士學位的人去偏遠地區的大學教書三年，以取代兵役。這是唯一讓安德烈不用上戰場的方法。正好安德烈剛拿到碩士學位，他去申請這個方案，也幸運地通過申請。

我們搬到札赫丹（Zahedan），這個城市位於伊朗南部，臨巴基斯坦和阿富汗邊界。安德烈在「西斯丹——巴魯卻斯丹大學」（University of Sistan and Baluchestan）擔任講師。他得在課程開始前一個月先去札赫丹一趟，準備些文書作業，並做必要的安排。我們一起上路，因爲我還沒去過伊朗其他地區，很想先看看這未來即將落腳的地方。

從德黑蘭到札赫丹搭飛機約一個半小時。飛機開始下降，我從窗戶望出去，地表彷彿死寂般，被層層沙漠覆蓋住。我注意到遠處有個小綠點，隨著飛機下降，小綠點在無垠的沙漠中逐漸擴大。沙漠裡冒出的磚造和泥造建築，似乎要努力躲進稀寥樹木的珍貴陰影裡遮蔭。

飛機降落了，我們搭計程車進城。沒有經過空氣煙塵或濕氣過濾的烈陽，大剌剌地直射下來，給人怪異不友善的感覺。從機場通往市中心的路況出奇地平穩，像一條舊傷疤，將平坦的地形劃成兩半。到了札赫丹市中心，狹窄街道兩旁佇立著小商店，人行道上男男女女穿著傳統服飾，男著寬垮褲子和長袖衫，女著手工繡製的及踝長袍和寬鬆圍巾。我以前從沒近距離看過駱駝，在這裡光站在路邊，就可見駱駝在眼前悠閒緩慢地咀嚼著什麼，還瞪著一雙彷彿什麼世面都見過的大眼睛，無趣地看著往來交通。在比較繁榮的新興區域，可以見到用高級磚石建造的大宅，但隨著車子往北行駛，房子愈來愈小，多半是以泥磚簡陋蓋成的。在城市北部邊界地區，岩石小丘上有無數洞口，彷彿鑽入洞口就可通往洞穴。計程車司機告訴我們，這些洞穴是被人鑿出來的，有人住在裡面。一群赤腳男孩在烈陽下追搶著一顆破舊的塑膠球，個個咧嘴大笑。計程車司機問我們怎麼會來這種地方，安德烈說，他要到這裡的大學教書。

「以前國王在這裡蓋大學，」司機說，「這對我們來說很好，從德黑蘭或其他大城市來的人，有受過高等教育，可以好好教我們的孩子，以及從其他偏遠地區來的孩子。」

一九八七年三月，安德烈和我將行李裝上車，開始長達千哩的旅程，前往札赫丹。上路約兩小時後，我們這輛黃色的小雷諾竟成了當下世界唯一的一輛車。透過敞開的車窗，熱空氣直撲我臉龐。沙海以金黃色波浪在道路上飛舞，遠方地平線上，微微顫抖的銀色海洋（海市蜃樓）似乎吞沒了地表。好幾小時，景觀不變，連道路也一路筆直下去。有時，停車下來伸個腰，將車子引擎聲關掉後，才驚覺這片廣垠沙漠竟如此寂靜。在海邊，即使風平浪靜，也聽得見海水低語；在森林，即使所有動物不出聲，也聽得見樹葉彼此拂動的沙聲；但在這裡，卻是絕對徹底的寂靜。日落時分，太陽消融在地球火紅的那一端，夜晚慢慢無聲地降臨，冷卻了灼熱的漠風。我彷彿可以觸摸到夜空中閃爍的明亮繁星，在這裡，沒有倒影或回聲，這片土地如此偏僻、被人遺忘，似乎連時間流逝都掠過此處，在此凝結了。

札赫丹大學在校區蓋了宿舍給教職員住。房子不豪華，但蓋得很紮實、很舒服也很安靜。我們所需的生活用品幾乎都有了，只是這裡的自來水金屬礦物質太高，無法生飲，所以每週我們得兩、三次開車去十分鐘車程遠的水質淨化場，裝幾大桶飲用水回家。

安德烈工作很繁忙，除了到學校教書，在家也得準備教材、批改作業。這片沙漠的隱僻和寂靜讓我們得以揮別過去。我通常忙著打掃、煮飯，打理家務，做完這些若還有時間，就再做一次。我很少聽收音機，不開電視，也不閱讀。這裡沒有書可以看，但很奇怪，我也不怎麼想看書。我就是覺得很疲憊，彷彿剛跑了幾小時的馬拉松，終於跑到終點，終於可以整個人放鬆下來。我的心思只想去做當下必須做的事，我只想去做最簡單的家務：把衣服洗得光鮮潔白、地板拖得光可鑑人、永遠有熱騰騰佳餚上桌。

安德烈學校裡的同事都很好，有時候我們會和其他家庭聚會，大家都很親切。他們不知道我的過去，我常和他們聊些新食譜或居家布置等話題。

戰爭沒有波及札赫丹，這裡離兩伊邊境很遠，但伊拉克的飛彈依舊打到德黑蘭或其他大城。我幾乎每天打電話給母親，確認他們都平安。雖然在這裡睡覺，不會被可能將人炸成碎片的爆炸巨響給驚醒，但我覺得自己好像是個叛徒，一樣睡不安穩。我求父母搬來跟我們一起住一段時間，但父親不願意，他說他還得工作。我求他至少讓母親來，他說，沒麼好擔心的，德黑蘭很大，被飛彈打中的機率很小。有天早上，母親打電話給我。

「媽媽，妳還好嗎？」

「沒事，我會去瑪莉那裡住幾天，那裡比較安全。」

瑪莉住在一棟高樓社區裡，也在德黑蘭，離我家不遠，母親說那裡比較安全。這沒道理啊。

「媽，妳在說什麼啊？在札赫丹才會安全，德黑蘭不安全，不管妳住哪裡。」

「相信我，那裡比較好。」

「媽，妳告訴我到底怎麼了，不然我立刻搭飛機自己回去看個明白。」

「我們這條街昨天早上被炸了。」

父母現在住在一處小院子裡，如果昨天炸彈炸毀街道時，母親在家，後果就難以想像。

「飛彈落在哪裡？」

「轉角第一間房子。」

我家是第四間，母親沒受傷？

「他們家毀了，現在只剩一個大窟窿，彷彿房子不曾存在過。我不認識那家人，他們很沉默，年紀大約和我們差不多。當時男主人去工作，老婆和孫子在家都被炸死了。還有兩個剛好開車經過的人也被炸死，一些鄰居受傷，但不嚴重。現在大家都不敢待在家，不是去工作，就是乾脆到外頭閒逛。」

我想像母親描述的情景，還是難以置信。

「那個男主人回家，發現家沒了，」母親繼續說，「只剩一個大洞。幾分鐘後，警報聲又響起，我那時正在廚房跟妳妮賈阿姨通電話，她叫我趕緊掛上電話，找個安全的地方躲起來。我躲在冰箱和櫥櫃間，炸彈來時好大聲，砰！我以爲自己被炸碎了，然後，一片死寂，好像是我聾了，什麼聲音都沒聽到。我走出屋子，到處都是碎玻璃，有些甚至被炸成灰燼。還有些大片玻璃像箭一樣，被炸進牆裡。我們的房子還在，但已經一團混亂，我甚至在前院找到妳衣櫥的門片。」

兩伊戰爭終於在一九八八年八月結束，那時我正懷孕四個月，伊朗政府接受聯合國安理會決議，宣布兩伊戰事停火。這場戰爭，沒人贏，卻有超過一百萬人因而喪命。

一九八〇年代中期至晚期，墨加帝組織集結了約七千名成員，在伊拉克境內和海珊軍隊聯合，打算大力削弱伊朗政府的力量。我實在搞不懂，墨加帝爲何要和荼毒無數伊朗人的海珊政權站在同一陣線。停火之後沒多久，基地位於伊拉克的墨加帝組織攻擊伊朗西部的凱爾曼沙省（Kermanshan），他們以爲自己集結了足夠的支持勢力，能一舉推翻伊朗的伊斯蘭政權，沒想到革命衛兵輕易就擊垮他們。許多組織成員被殺，僥倖存活者退回伊拉克。之後，數百名艾文監獄囚犯，被控因同情支持墨加帝組織，而遭處決。

懷孕第一個月我害喜很嚴重，經常嘔吐，但第四個月後就好多了。寶寶在我肚子裡長大，很快地我可以感覺到他在裡面踢踢動動的，讓我感動得淚眼婆娑。我知道自己對他的愛，遠超過自己所能想像。我要給安德烈生個健康的孩子。

母親答應寶寶出生時，會來這裡照顧我幾天。寶寶的嬰兒床準備好了，小衣服也都整整齊齊收在衣櫥裡。

懷孕八個月時，我去醫院照超音波，札赫丹是個小城，我去照超音波那天，婦產科醫生正好在醫院。寶寶的頭太大，醫生說應該是腦水腫，也就是水積在胎兒腦內，這是一種很嚴重的狀況，但幫我做超音波的醫技人員說，寶寶的頭雖然很大，但應該還不到腦水腫的地步，如果真是腦水腫，應該還會有其他症狀，但都沒出現。我躺在病床上，聽著他們兩人爭論寶寶的狀況。

「我們應該在胎兒頭上鑽個洞，然後把胎兒取出來，有這種症狀，實在不值得冒險生下來。」醫生說。

安德烈和我受的苦夠多了，我既恐懼又憤怒。我不想讓寶寶死掉，再也不要。我想回德黑蘭聽聽其他人的意見，但是已經懷孕後期，航空公司不會讓我搭機的。而長途開車奔波回去，又太冒險，萬一途中寶寶選在無人跡的偏僻地方出世，到時該怎麼辦？

安德烈的同事有朋友在航空公司上班，我們請他幫忙設法幫我們買到機票。很快地我們就上路回德黑蘭，我的一個堂姊找了她的醫生來看我。

我直接從機場到醫院。醫生要我再做一次超音波，檢查完之後，醫生說寶寶沒事，只是頭顱比較大，不過這樣一來很難自然產，得剖腹，於是我們定了剖腹日期：一九八八年十二月三十一日。但我還是很難完全放心，萬一有事怎麼辦？我好渴望寶寶能來到這世界，讓我擁抱著他，我要餵他，聽他哇哇哭。我一定要讓這新生命在我體內安全地長大、出世、活下來。

一九八八年十二月三十一日，我們的兒子麥可出生了。剖腹手術過後我醒來睜開眼，全身都痛，又想吐，嘴巴乾又苦。安德烈告訴我寶寶很健康。當我把寶寶抱在懷裡時，我想到了雪姐，還有她把寶寶送回父母家時那種心碎失落的神情。現在我完全能體會她有多痛苦了。

一九八九年六月三日，何梅尼去世。他死前深受癌症折磨，也經歷手術，大家都知道他即將不久於人世。那天我正在札赫丹家裡的床上，給五個月大的寶寶麥可餵奶，聽到收音機播報員哭著播報何梅尼去世的新聞。我在艾文監獄那兩年的經歷浮現腦海。那場伊斯蘭革命本來是要終結國王時代艾文監獄的角色，但相反地，這場革命卻強化了這座監獄裡無言的恐懼，使得它沾上的血腥悲劇，更甚過往。何梅尼要爲監獄圍牆後所有慘絕人寰的事實負責，他該爲吉塔、塔瑞娜、沙羅士、蕾拉、蜜娜，和數千條性命負責。然而，不知何故，他的死訊竟沒讓我欣喜，反而讓我有點同情。把帳算到一個已死的人頭上，有什麼意義呢？我相信他和阿里一樣，不完全是個惡魔。我曾聽說，何梅尼喜歡詩，他自己就是個詩人。他改變了世界，但直到他死後，歷史才得以從安全距離客觀地回顧過往，分析他的一切作爲和後果，這時人們才有機會了解他的影響力有多深。我爲革命後那些失去性命的無辜靈魂祈禱，願他們找到安息之所，願他們的家庭父母找到勇氣和力量，好好活下去，齊心將伊朗打造成一個更美好的國家。

麥可睡著了，他眞是個漂亮的寶寶，他不知道那個叫何梅尼的人改變了他父母的生命。我也思索著，不知道他的死會如何影響我們和整個伊朗。許多人相信，他一死，連伊斯蘭政府也可能跟著解體，因爲政府各黨派之間勢必展開激烈的權力鬥爭，最後終將導致伊斯蘭共和國的滅亡。

何梅尼出殯那天，炙熱酷暑，約九百萬人穿著黑色喪服，湧入德黑蘭街道和通往「巴赫須紮拉」墓園（Behesht-eh Zahra）的公路。我們在家看電視轉播，我這輩子沒見過那麼多人同時出動，我想，大概也沒人看過這種場面。他們哀慟、哭喊，以什葉派教徒對烈士的致哀方式，鞭打自己的前胸以表哀悼。但對我來說，此刻我唯一想到的，就是那些死於革命、死於艾文監獄的無辜年輕生命，然而，街道上那些哀痛者似乎不在乎這些，他們認爲何梅尼是他們的大教長，是他們的領袖，他們的英雄，是那個敢堅定蔑視西方的大無畏人物。爲什麼他們會這麼愛戴他？我眞想弄清楚。難道這些人如此仇恨西方，連自己無辜孩子爲此入獄被殺害，也不在乎了嗎？或許他們不是眞的愛戴何梅尼，只是對來自窮苦人家的他產生了一種敬畏的崇拜之情，因爲從他身上，人們找到了力量和威勢，得以挺身對抗長久以來欺凌伊朗的西方世界。

群眾把載有何梅尼木製棺柩的靈車團團圍住，眾人爭相目睹他最後一面，甚至抓奪他的壽衣。靈車被黑壓壓的群眾給淹沒，護衛人員甚至出動消防車灑水來驅散民眾，卻徒勞無功。在一片煙塵和熱氣中，直升機往靈車接近，最後降落在靈車面前，螺旋槳的轟隆聲掩蓋了群眾尖叫和哀號。何梅尼的棺柩從靈車移到直升機時，被群眾緊抓不放，最後棺柩竟然破了。失序群眾伸手撕裂了何梅尼的白色壽衣，甚至讓他一隻腿露了出來。好不容易他的遺體被安置到直升機上，然而，直升機還得不斷上上下下，才能把攀吊在直升機腳架上的群眾甩開，順利起飛。

幾小時後，在較有秩序的安排下，何梅尼的遺體終於被成功安置妥當。直升機隊在附近駐守，其中一輛吊著一個鐵籃子，包著裹屍布的何梅尼遺體就從裡面移出來，與數千位忠勇烈士的遺體安葬在一起。

過了幾個月，伊斯蘭政權在歷經何梅尼去世，仍屹立不搖。哈梅尼（Ayatollah Ali-eh Khamenei）接任何梅尼的位子，成爲伊朗最高領導人。在他兩任總統任期內，恐怖氛圍依舊。被捕入獄的人數雖然減少了，但並非因爲政治氣氛更自由，而是因爲大家都學乖了，明白出言反對政府會付出何種昂貴的代價。膽敢高談闊論的，馬上被迫閉嘴。女性們很快掌握了「好日子」和「壞日子」的週期。所謂壞日子，就是每兩個月，革命衛兵就會嚴密掌控，不許婦女化妝或嚴格檢查黑傑布的衣著規定。但之後幾個禮拜，就有好日子過，塗口紅，或露出幾綹髮絲，也能平安無事。

雖然我和安德烈都知道，我們待在伊朗永遠不會安全，但是也無處可去。我出獄時，他們就警告過我，有三年時間被限制出境，不能離開伊朗。這條規定不會因爲三年期限結束而自動消失。想出國，我必須先申請護照，護照簽核的單位會給我一封信，我得拿著這封信去艾文監獄，請求他們准許我出國。而安德烈也必須在札赫丹教書滿三年才能出國。總之，對我們來說，出國實非易事，尤其我的情況更爲複雜。但沒有實際去試，根本不知道結果如何。

於是我提出護照申請，也如我所料被拒絕。我拿著護照簽核單位給我的信函去艾文監獄，獄方告訴我，如果我繳交五十萬伊朗幣，相當於三千五百美元當保證金，我就能出國。如果我在一年內回來，保證金就會退還給我，如果沒如期返國，保證金就會被沒收。那時，安德烈的薪水一個月才七千伊朗幣，大約六十美元，我們當然沒那麼多錢當保證金。

我開口向父親借錢，但他們反而開口要求我分擔家中的經濟，所以即使我住在札赫丹，也得幫父母分擔一半房租。事實上，父親早就賣掉小木屋，銀行裡的存款是我所需額度的兩倍。

「爸爸，我只是想跟您借點錢，」我告訴他，「我以前從沒開口跟您要過錢，等我到了其他國家，找到工作後，會慢慢把錢還給您。」

「妳以為那裡謀生那麼容易啊？」他問我，「事情沒妳想得那麼簡單，妳怎麼知道妳還得出錢？」

「我知道，因為我們都是認真工作的人，而且上帝會保佑我們的。」

父親笑了一聲，「我來告訴妳一個小故事吧，」他說，「有兩個漁夫乘著小船出海捕魚，剛離開岸邊時，天氣很好，風平浪靜，但到了海中央，天氣突然變了。沒多久兩人身處暴風雨當中，『我們現在該怎麼辦？』其中一個漁夫問。這時船身已經劇烈搖晃，幾乎要被巨浪吞噬，『我們得向上帝禱告，求祂救我們，因為祂是偉大的神，威力無邊，一定能救我們脫離暴風雨。』這時另一個回答，『或許上帝很偉大，但是親愛的朋友啊，別忘了這艘還是太小了啊。』最後兩人還是淹死在大海裡。」

我無法相信自己聽到的。雖然父親不清楚我在牢裡發生過什麼事，但他一定知道我是個政治犯，繼續待在伊朗絕對不會有未來的。因為我的政治犯紀錄，我必須一輩子活在恐懼中，連大學都不能上。我需要他幫我，況且他有能力幫我的，但他卻拒絕我。

「您只在乎錢，根本不在乎我！」我說，「我告訴過您，我會還錢，我說到做到。如果不是走投無路，我不會向您開口求救的。」

「不是像妳說的這樣。」他辯解。

我終究得面對這個殘酷的事實：父親永遠不會為我犧牲。我不知道為什麼會這樣，從小到大，我一直覺得我們之間有距離，但我故意忽略這種感覺，我告訴自己，父親只是不善於表達自己的情感。在我印象中，他不曾對任何人表達過愛意或關心，甚至對母親或哥哥也是如此。這輩子，我一直從眼角餘光偷看別人的父親是怎樣疼愛女兒、公開表達對女兒的關愛、爲子女犧牲奉獻。我曾試著揮去這種羨慕的想法，告訴自己，父親比較不同，然後自欺欺人地幻想他也是慈祥、慷慨、充滿愛的父親。

我想到了莫賽維先生。我知道我可以打電話給他，我很確信他會把阿里留給我的錢原封不動交給我。但我不想這麼做，我必須讓那段過去徹底結束。我很希望父母能像阿里家人那樣對待我，但是我也知道，這個願望永遠不可能實現。

安德烈的父親過世前幾年曾在家具工廠工作，靠著當時工廠老闆的資助，他和其他幾個工人一起投資買了塊地，準備蓋公寓大廈。安德烈父親過世時，這個建案還沒開始進行，但安德烈已經投入不少錢。有一天，我們接到一位女士來電，她說她在工廠工作，要告訴我們房子已經開始蓋。我們告訴她，我們正打算離開伊朗，但手邊錢不夠，她很好心說願意出錢買下我們的股份，並給了我們五十萬伊朗幣，遠比當初安德烈和他父親投入的錢更多。這筆錢正好解決了我們的燃眉之急。

安德烈在札赫丹教書滿三年，立刻就拿到護照，我去艾文監獄，繳了保證金，也拿到了護照。我們聽說西班牙馬德里有個天主教難民中心，所以打算去那裡。我們買了機票，賣掉所有家當（雖然不太多），也換了美金。但這不表示我們可以順利離開伊朗，因爲在機場，很多持有效護照的人，還是會莫名其妙被革命衛兵攔下來，不准出境。除非飛機越過伊朗邊界，才能確定我們眞正自由了。

我們搭的是一九九〇年十月二十六日週五早上的班機。父母半夜開車送我們到德黑蘭國際機場。我把二十二個月大的兒子麥可喚醒，幫他穿衣服時，他嗚咽扭動著，不過車子一開動將他抱在懷裡後，很快又安穩睡著。上路後，首先映入眼簾的是「達福地」（Davoodieh）這個狹窄的住宅區，從札赫丹回德黑蘭後，我們就一直住在這裡，接著，窗外景致變換成商店林立的寬敞大街。這裡的每條街道、每個角落都有我的回憶，我在伊朗的生活造就了當下的我。而此刻，我正要將我部分的心和靈魂留在這裡，揮別過去。我摯愛的人，都安息在這塊土地上，而我卻得離開它。我們在這裡沒有未來，只有沉痛的過去。我想要我的孩子見到我曾所屬的家園，帶他們看看我上學必經的街道、我玩耍的公園，還有給了我信仰和平安的教堂。我想帶他們去看藍色的裏海，還有那座連接港口兩側的港橋，以及高山腳下那片綠油油的稻田。我要他們認識沙漠，還有它蘊藏的智慧及深垠的孤寂。但我明白，這些他們都不可能看見，因爲我們不會回頭了。

一通過「阿札第廣場」（Azadi Square）的高聳白色立碑，這座國王時代蓋的德黑蘭地標，我就知道，過了這德黑蘭的城口，就是最後一次說再見了。我想再看白雪皚皚的阿爾波茲山頂最後一眼，但在這樣漆黑的夜空中，幾乎什麼都看不見。

到了機場，車子停好，我們全家沉默地走向航站大廈。我們知道安全檢查隊伍會排很長，所以提早幾個小時到。革命衛兵打開每件行李，徹底搜查。攜帶古蹟文物、過多珠寶和大批現金離開伊朗，都是違法的。順利通過檢查，我揮手向父母道別，彼此臉上都掛著兩行淚。

瑞士航空的飛機將我們載往寒冷黑暗的清晨高空。一穿越伊朗邊境，女性們紛紛脫下「黑傑布」，開始化妝。聆聽著引擎規律的嗡嗡聲。我閉上雙眼，想著不知天堂是否有失物招領處，因爲太多東西被我遺忘在伊朗了。祖父送給祖母的銀色首飾盒，她是個很實際的女性，把這盒子放在廚房裝白糖。我不禁想到，每次祖母喝茶，從盒子舀出糖時，一定在回想她和祖父共同度過的時光吧。我還忘了阿瑞須的長笛，以及那條他從沒機會親手送我的項鍊，還有我的第一枚結婚戒指。或許它們不會遺失，或許有一天，我會在天使居住的某個森林中，一塊覆滿青苔的祈禱之岩下，發現這些東西吧。

尾聲

在西班牙馬德里度過八天，又在匈牙利布達佩斯等了十個月的簽證文件後，終於，在一九九一年八月二十八日這天，瑞士航空把我們載到蘇黎世機場，我們在那裡排隊等著搭上飛往加拿大多倫多的班機。我教過兒子麥可一些英語，也告訴過他有個漂亮的國家叫加拿大，那裡的冬天白雪皚皚，有很多雪可以讓我們堆大雪人，夏天時氣候溫煦，綠意盎然，我們可以去湛藍的湖裡游泳。他站在我身邊，緊抓著我的手，眼神充滿興奮之情。幾個加拿大學生排在我們前面，我羨慕地望著他們，想像著當加拿大人是什麼滋味。

「我好想趕快回加拿大喔。」一個學生說。

「我也是。」另一個接口，「這裡很好玩，應有盡有，但哪裡都比不上自己的家。」

看著那些青少年臉上明亮無憂的笑容，此刻我明白，到了加拿大，什麼都不用擔心了。那裡將會是我們的新家，那裡可以讓我們感受到自由和安全，我們將在那生養孩子，看著他們長大，那裡，將成為他們的家。

致謝

坦白說，我真不知該如何下筆，或許我得自己造些新字來表達我的謝意，因為「謝謝您」、「萬分感激」這些詞聽起來太普通，不夠分量，讓我反而覺得自己似乎有點忘恩負義，沒表達出心中的感激。

安德烈，我終身的摯愛：我強烈相信，你是上帝創造的人當中，最忠實正直的那個，你的善良美德，根本已經違背人性。你守候在我身邊，給我希望和力量活下去。我知道對你來說，任由我遵從自己心底的聲音，寫出這本書，實在不是一件容易接受的事。但是，你依然繼續支持我，謝謝你堅定的愛、絕對的信任和寬容。

麥可和湯瑪士：謝謝你們來到這世界，讓我當母親，給我無盡的愛。因為你們，我的生命才得以完整。謝謝你們跟我分享無窮的精力和對世界的好奇，謝謝你們在我長時間寫作時的耐心對待。

貝芙麗（Beverley Slopen）：我了不起的經紀人和神奇的工作夥伴：妳是我的救星，讓這本書得以誕生，還將它推向全世界。妳的睿智建言引領我度過瓶頸難關，妳對我的恩情之深，我永遠難以言喻。

我最棒的編輯群和出版商：黛安（Diane Turbide）和大衛（David Davidar）（加拿大企鵝出版社，Penguin）；伊蓮娜（Eleanor Birne）和羅藍德（Roland Philipps）（英國約翰默瑞出版社，John Murray Publishers）；麗姿（Liz Stein）和瑪莎（Martha Levin）（美國自由出版社，Free Press），謝謝你們毫無保留的支持，體貼的建議，和提出的好問題。謝謝你們相信並堅持，我應該要說出自己的故事，並以你們的專業智慧指引我方向。

吉姆（Jim Gifford）：你神奇地出現在我生命中，鼓勵我，成爲我的良師益友。因爲你，我的手稿才終於能成爲一本書。我這輩子都欠你一份情。

蜜雪兒（Michelle Shephard）：謝謝妳讓我得以退後一步，透過妳的文字來看自己的故事。妳幫助我深掘自己的記憶，回憶出那些我以爲不可能記住的細節，幫助我面對自己潛意識試圖遺忘的回憶，妳在我心底占據了一個特殊位置，別人難以取代。

瑞秋（Rachel Manley）：不管我多努力說出妳對我的意義，依然無法完全道盡。沒錯，你是我的良師，但絕不止於此，妳還像我的好母親、親密的摯友、永遠的好姊妹。我永遠敬重妳。謝謝妳的支持，還有給我那些最讚譽有佳的書評。妳是個了不起的作家、詩人、老師，還有一顆真正自由的靈魂。

史考特（Scott Simmie）：我們都非常明瞭那種失落、掙扎和悲傷的感覺，但我們也都在文字的世界、玫瑰和水仙意想不到的芬芳裡找到了自由、幸福和安慰。那種芬芳讓死亡留下的巨大孤寂有了生氣和溫暖。

瓊安（Joan Clark）：妳一定是個天使，因爲除了用天使形容妳，我無法找出其他字句來描述妳的善良和仁慈。妳的細心謹慎讓人難忘。妳幫助我將片段回憶拼湊組織起來，讓我的手稿能往出書方向大跨一步。妳的友誼是我珍貴的祝福。

史帝文（Steven Beattie）：當我希望破滅時，你從廢墟中出現帶給我新希望。謝謝你對我這本書的信心，相信我有能力完成。謝謝你的指正、無價的建議和支持。

奧立佛（Olive Koyama）：謝謝你提出的好問題，不斷的鼓勵和支持。

李（Lee Gowan）：我的寫作知識和技巧都要歸功於你。我夢想有一天能寫得像你一樣。當我失去信心，差點寫不下這本書時，你扶了我一把。你打開一扇門，引領我達成目的。謝謝你無窮的仁慈和慷慨的友誼。

吉利安（Gillian Bartlett）：謝謝你幫助我對寫作有信心。我從沒遇過像你這樣親切、充滿活力、慷慨又有智慧的人。你對生命的熱愛感動了周遭每個人，你讓世界變得更美好。

卡瑞娜（Karina Dahlin）、金（Kim Echlin）、肯特（Kent Nussey），以及所有我在多倫多大學進修推廣部的朋友和老師們：沒有你們的幫助和支持，這本書永遠不可能誕生。謝謝你們和我一樣對文學充滿熱情，你們也支持我的信念，讓我更堅信把我的故事說出來，是療癒這暴力世界的一大步。

瑪莎（Martha Batiz Zuk）和索尼雅（Sonia Worotynec）：謝謝妳們的友誼，和對我作品的信心，並在我迷失目標時，給了我寶貴意見幫助我釐清方向。感謝妳們的電子郵件，讓我埋首於手稿時，還能和外頭世界有所聯繫。妳們是我的救星。瑪莎，每次我情緒低落時，妳總是能讓我振奮而起。如果要我挑人當姊妹，妳一定是第一個。

讀書俱樂部的女孩們：羅曼娜（Romana Dolcetti）、凱倫（Karen Eckert）、妮娃（Neva Lorenzon）、芙萊薇亞（Flavia Silano）、瓊安（Joanne Thomson）和桃樂希（Dorothy Whelan）。我們一起閱讀了十四年，多長的一段時間啊！當我孤獨陌生地來到妳們面前時，妳們張開雙臂歡迎我。妳們對我一見如故、親切熱誠，彷彿我是妳們失聯已久的表姊妹。妳們和我交心，分享教養小孩技巧，傳授我最好的食譜祕方。妳們成了我最初手稿的頭號讀者，耐心地閱讀我生澀雜亂的文字，卻回饋給我體貼支持的文字和鼓勵。

瑪莉（Mary Lynn Vanderwielen）：謝謝妳讓我有歸屬感，謝謝妳嚴謹地編輯了我的第一次初稿。

玲（Lynn Tobin）：謝謝妳待我如姊妹，我好珍惜我們的友誼。

還有，有太多感謝要獻給我的老闆、同事和我服務的Swiss Chalet連鎖餐廳的常客，謝謝你們眞誠的支持、和善及體諒。

還有，潔拉・卡傑蜜：妳的慘死，讓艾文監獄政治犯的故事得以被聽見，讓我們有了現身露臉的機會，因爲妳，這世界才知道艾文監獄的恐怖犯行。願妳在天上安息。

這本書要獻給我所有共患難的獄友們。

我永遠記得妳們，懷念妳們，我愛妳們。

請原諒我沉默了這麼久，犯了這麼多的錯。

附錄

潔拉・卡傑蜜死於二〇〇三年七月十一日。

二〇〇三年六月二十三日，潔拉，這位加拿大籍伊朗裔的女攝影師在艾文監獄外面被逮捕。當時她正在拍攝監獄外頭學生領導的抗議行動。入獄沒多久，就傳出她陷入昏迷的消息。

她死後幾天，伊朗總統哈塔米（Mohammad-eh Khatami）下令就此事進行內部調查。卡潔蜜的兒子和加拿大外交部官員要求將她的遺體運回加拿大。伊朗政府承認她被毆打致死，但無視於國際社會壓力，硬將她埋葬在伊朗，而且不允許公正獨立的法醫檢視她的遺體。伊朗當局逮捕了幾位據說與潔拉之死有關的獄方安全人員，但旋即將他們全數釋放。

後來，伊朗情報部一名叫阿馬迪（Mohammad Reza Aghdam Ahmadi）的訊問官被控涉嫌殺害潔拉，接受審判，但最後無罪釋放。潔拉家人聘請的律師團，其中還包括諾貝爾和平獎得主希爾琳・艾芭迪①都相信阿馬迪只是代罪羔羊。

二〇〇五年三月三十一日，德黑蘭「巴格希度拉」醫院（Baghiatulah Hospital）急診室醫生阿贊姆（Shahram Azam）公開說出他一年前曾對瑞典的加拿大外交官員陳述的驚人細節。潔拉死前遭到殘忍強暴，身體有嚴重抓傷、瘀傷、兩根手指斷裂、鼻子斷裂、三根手指甲被拔起、頭顱破裂、左腳趾碎裂、雙腿遭到嚴重鞭打。

我不認識潔拉．卡傑蜜。二〇〇三年七月中某天，早上八點左右，我打開大門拿起放在門廊上的報紙，那天風和日麗，陽光普照，院子裡的玫瑰和鐵線蓮盛開綻放，我決定在院子裡讀報。我從藍色塑膠籃拿起報紙並攤開，發現一張照片，一個笑容燦爛、眼神明亮的美麗女子。我很好奇，想知道這是誰，所以立刻細讀新聞內容。每讀一個字，我的頸子就像被繩子一吋吋套緊。

二〇〇二年我開始動手寫回憶錄，當時才寫到第三章初稿，所以對艾文監獄的記憶猶新。我本來就知道近二十年前我在監獄裡嚐過的一切，此刻還繼續在監獄高牆後上演著，但是見到潔拉的照片和她燦爛的笑容，我的心仍像被一股劇烈驚人的力道深深劃過。她像蜜娜一樣慘死，但是蜜娜的照片從不曾出現在任何報紙的頭版。這世界注意到潔拉，因為她是加拿大籍。如果這世界早一點注意到伊朗的問題，如果這世界多點關心，潔拉就不會慘死，更多無辜性命也能獲得拯救。但是這世界一直沉默著，部分原因就是像我這樣的見證者不敢發聲，選擇沉默。夠了，夠了，我不會再讓恐懼禁臠我了。

二〇〇五年三月三十一日，蜜雪兒打電話給我，她是我的摯友，任職於《多倫多明星報》（*Totonto Star*），專門撰寫中東恐怖主義和國家安全等題材。我很高興接到她的電話，但是她卻帶來一個令人難過的消息。

①Shirin Ebadi，伊朗第一位女性法官，曾任律師，致力促進伊朗的民主發展，及婦女和政治犯的人權而獲得諾貝爾和平獎殊榮。

「妳先坐好，我再告訴妳這個消息。」她說。

我坐好，然後就聽到她說出阿贊姆醫生陳述的潔拉的傷勢。我眞希望自己能救潔拉，我希望自己能和她一起面對死亡，然而，即使我死了，也救不了任何人。但我有親身故事可以訴說。潔拉給了伊朗的政治犯一次露臉現身的機會，現在該輪到我來給他們文字，讓他們說出自己的故事。

國家圖書館出版品預行編目資料

德黑蘭的囚徒/瑪莉娜・奈梅特（Marina Nemat） 著;郭寶蓮譯. --初版. -- 臺北市：商周出版：家庭傳媒城邦分公司發行, 2007〔民96〕 面； 公分
譯自：Prisoner of Tehran
ISBN 978-986-124-946-9（平裝）

885.357 96017735

德黑蘭的囚徒

原著書名／Prisoner of Tehran
作　　者／瑪莉娜・奈梅特（Marina Nemat）
譯　　者／郭寶蓮
副總編輯／楊如玉
責任編輯／陳靜芬

發 行 人／何飛鵬
法律顧問／台英國際商務法律事務所　羅明通律師
出　　版／商周出版
臺北市中山區民生東路二段141號9樓
電話：(02) 2500-7008　　傳真：(02) 2500-7008
E-mail：bwp.service@cite.com.tw
發　　行／英屬蓋曼群島商家庭傳媒股份有限公司城邦分公司
臺北市中山區民生東路二段141號2樓
書虫客服專線：(02)2500-7718；2500-7719
24小時傳眞專線：(02)2500-1990；2500-1991
服務時間：週一至週五上午09:30-12:00；下午13:30-17:00
劃撥帳號：19863813　戶名：書虫股份有限公司
E-mail：service@readingclub.com.tw
歡迎光臨城邦讀書花園　網址：www.cite.com.tw
香港發行所／城邦（香港）出版集團有限公司
香港 灣仔 軒尼詩道235號3樓
E-mail：hkcite@biznetvigator.com
電話：(852) 25086231　傳眞：(852) 25789337
E-mail：hkcite@biznetvigator.com
馬新發行所／城邦（馬新）出版集團
Cité (M) Sdn. Bhd. (458372U)
11, Jalan 30D/146, Desa Tasik, Sungai Besi,
57000 Kuala Lumpur, Malaysia.
電話：603-90563833　傳眞：603-90562833

封面設計／山今伴頁
排　　版／浩瀚電腦排版股份有限公司
印　　刷／鴻霖印刷傳媒事業有限公司
總 經 銷／農學社　電話：(02)2917-8022　　傳眞：(02)2915-6275

■2007年（民96）11月6日初版一刷　　Printed in Taiwan

定價／280元

ISBN 978-986-124-946-9

商周出版

讀者回函卡

謝謝您購買我們出版的書籍！請費心填寫此回函卡，我們將不定期寄上城邦集團最新的出版訊息。

姓名：________________

性別：□男　□女

生日：西元 ________ 年 ________ 月 ________ 日

地址：________________

聯絡電話：________________　傳真：________________

E-mail：________________

職業：□1.學生 □2.軍公教 □3.服務 □4.金融 □5.製造 □6.資訊
□7.傳播 □8.自由業 □9.農漁牧 □10.家管 □11.退休
□12.其他 ________________

您從何種方式得知本書消息?

□1.書店□2.網路□3.報紙□4.雜誌□5.廣播 □6.電視 □7.親友推薦
□8.其他 ________________

您通常以何種方式購書?

□1.書店□2.網路□3.傳真訂購□4.郵局劃撥 □5.其他 ________________

您喜歡閱讀哪些類別的書籍?

□1.財經商業□2.自然科學 □3.歷史□4.法律□5.文學□6.休閒旅遊
□7.小說□8.人物傳記□9.生活、勵志□10.其他 ________________

對我們的建議：

____

____

____

____